dtv
premium

Birgit Brandau

Der Sieger von Kadesch

Roman aus dem Land der Hethiter

Deutscher Taschenbuch Verlag

Originalausgabe
Dezember 2001

www.dtv.de
Umschlagkonzept: Balk & Brumshagen
Umschlagfoto: Hethitischer Krieger, Relief aus Karkamis
(© Giraudon Bridgeman, Paris)
Satz: Jürgen G. Rothfuß, Neckarwestheim
Gesetzt aus der Palatino und der Rotis Semi Sans
Druck und Bindung: Kösel, Kempten
Gedruckt auf säurefreiem, chlorfrei gebleichtem Papier
Printed in Germany · ISBN 3-423-24288-4

Prolog

Als mein Vater Mursili Gott geworden war, setzte sich mein Bruder Muwattalli auf den Thron seines Vaters. Und mein Bruder legte das gesamte Heer und die Wagenkämpfer des Landes Hattusa in meine Hand und gab mir das Obere Land zur Verwaltung. Das Wohlwollen der Istar, meiner Herrin, aber ruhte auf mir. Da besiegte ich die einen Feinde, die anderen aber schlossen mit mir Frieden, und die brachliegenden Länder besiedelte ich und machte sie wieder zum hethitischen Gebiet. Als mein Bruder gegen das Land Ägypten zog, da führte ich die Truppen und Wagenkämpfer dieser Länder, die ich wieder besiedelt hatte, hinab zum Feldzug gegen Ägypten.

Als aber mein Bruder Gott geworden und für ihn kein legitimer Sohn vorhanden war, nahm ich den Urhitesub, den Sohn einer Nebenfrau, und setzte ihn zur Herrschaft ein. Ganz Hattusa legte ich ihm in die Hand, und er war Großkönig in den Ländern von Hattusa. Ich aber war König von Hakmissa.

Als aber Urhitesub das Wohlwollen der Gottheit mir gegenüber sah, da beneidete er mich und suchte mir Leid zuzufügen. So nahm er mir alle Untergebenen fort. Die Städte Hakmissa und Nerikka jedoch nahm er mir auf göttliches Geheiß nicht fort. Und um meines Bruders willen fügte ich mich für sieben Jahre.

Urhitesub aber suchte mich zu vernichten und nahm mir auch noch Hakmissa und Nerikka weg. Nun fügte ich mich nicht mehr, sondern ergriff gegen ihn Feindschaft.

Weil mir aber Istar, meine Herrin, die Königsherrschaft schon früher zugesagt hatte, erschien zu eben jener Zeit Istar, meine Herrin, meiner Gattin im Traume und sprach: »Deinem Gatten werde ich vorangehen, und ganz Hattusa wird sich auf die Seite deines Gatten wenden!« Und den Herren, die Urhitesub vertrieben hatte, erschien Istar im Traume mit den Worten: »Die Länder von Hattusa insgesamt habe ich, Istar, dem Hattusili zugewandt.«

Entsprechend der Hochachtung für meinen Bruder tat ich keinesfalls Böses, sondern marschierte gegen Urhitesub und führte ihn wie einen Gefangenen ab. Ich gab ihm im Lande Nuhassa befestigte Städte, und dort verblieb er.

Und Istar, meine Herrin, gab mir das Königtum über das Land Hattusa, und ich wurde Großkönig.

Hattusili III. in seiner
»Rechtfertigung« über die Ereignisse
im Jahr 1266 vor unserer Zeitrechnung

Vorletzter Tag des ersten Frühlingsmonats
im ersten Jahr des Großkönigs Hattusili

(Ende April 1265 vor unserer Zeitrechnung)

An jenem strahlenden Frühlingstag scherte sich Hattusili noch weniger als sonst um das Protokoll, das das Leben am Hof in der hethitischen Hauptstadt Hattusa normalerweise bestimmte. Er war nervös. Sehr nervös. Schließlich ging es um seinen Thron. Vielleicht sogar um sein Leben.

Gerade war er, ohne Gefolge und drei Befehle gleichzeitig erteilend, in das Zimmer von Walwaziti, seinem Obersten Schreiber, gestürmt.

»Und die Anordnungen müssen heute noch losgeschickt werden!« Leicht außer Atem ließ sich Hattusili auf einem Stuhl gegenüber von Walwaziti nieder.

»Natürlich, Meine Sonne, ich kümmere mich sofort darum«, erwiderte Walwaziti in seiner gewohnt ruhigen Art. Doch am liebsten hätte er in wesentlich schärferem Ton hinzugefügt: »Das ist schließlich nicht das erste Torfest, das in Hattusa gefeiert wird!«

Nicht, dass Walwaziti seinen König nicht mochte. Im Gegenteil, er schätzte und bewunderte Hattusili, und er gehörte auch zum nicht allzu großen Kreis derer, die bedingungslos mit den zahllosen Neuerungen einverstanden waren, die der König für dieses Torfest eingeführt hatte.

Doch heute, sechs Tage vor dem Fest, war selbst ihm die Ungeduld zu viel, mit der Hattusili alle antrieb. Den ganzen Morgen schon war er wie ein Eber, dem ein Speer im Hals steckt, durch Hattusa gehetzt. Walwaziti griff verlegen nach seinem linken Ohrläppchen. Ein klein wenig zu dreist war dieser Gedanke schon. Als wild gewordenen Keiler durfte selbst er den König eigentlich nicht titulieren – doch Hattusili war tatsächlich wie von Sinnen herumgerannt, um sich nach dem Stand der Vorbereitungen zu erkundigen, und hatte dabei mehr Durcheinander angerichtet als beseitigt. Natürlich gab es viel zu tun, und in diesem Jahr war das Fest in der Tat besonders wichtig. Genau genommen: lebenswichtig.

Diesmal sollten nicht nur die Abordnungen der Provinzstädte zum Fest kommen, sondern auch die hethitischen Vasallenkönige und Delegationen aus den angrenzenden Großreichen. Ihnen musste Hattusili seine Stärke glanzvoll beweisen. Gelang ihm das nicht, drohten blutige Aufstände und der Zerfall des Reichs. Und das Leben des Königspaars wäre keinen Sekel Blei mehr wert.

»Und die Assyrer sind wirklich nur noch ein paar Tagesreisen entfernt?«, insistierte Hattusili.

Das hatte Walwaziti dem König – mit abnehmenden Distanzen – in den letzten Tagen schon ein paarmal verkündet. »Baba-aha-iddina wird pünktlich eintreffen, die Wege über die Berge sind gut passierbar, haben meine Kundschafter gemeldet«, erklärte er auch diesmal. Da er Hattusilis nächste Frage schon kannte, fügte er gleich hinzu: »Und die ägyptische Delegation unter Mairia hat den Marassanta schon überquert, und Itti-Marduk-balatu wird es auch rechtzeitig schaffen.«

»Itti-Marduk-balatu«, schnaubte Hattusili. »Dieses alte Schandmaul könnte ruhig zu spät kommen, wenn's nicht so wichtig wäre! Warum tut mir Kadasman-Turgu das an? Als gäbe es in ganz Babylon nur diesen einen Gesandten!«

Auch diese Klage war nichts Neues.

Nahezu täglich denselben Dialog mit seinem König zu führen, verkraftet selbst der ergebenste Schreiber nicht, dachte Walwaziti ungeduldig.

»Und es ist dafür gesorgt, dass bei ihrer Ankunft die Rangfolge …«, suchte er die Fortsetzung abzukürzen.

Doch zu seiner Überraschung brach Hattusili selbst diesmal das Gespräch ab: »Schon gut. Ich muss dringend zum Sphinxtor und nachsehen, wie weit die Arbeiten für die Gästetribünen dort oben gediehen sind.« Genauso schnell, wie er den Raum betreten hatte, war er wieder verschwunden.

Abamuwa, der Kommandant der Leibgarde, wäre um ein Haar mit dem König zusammengeprallt. Um seinen Posten war er an diesem Tag wirklich nicht zu beneiden. Ständig musste er Hattusili hinterherhetzen und schaffte es kaum, in der Nähe des Königs zu bleiben und seine Leute dabei in einigermaßen geordneter Formation zu halten. Natürlich war das in der Staatskanzlei oben auf der Burg nicht so wichtig. Genau genommen nicht einmal innerhalb der Mauern der Hauptstadt, denn hier war das Leben von den Höflingen geprägt, die allesamt den verschiedenen Zweigen der königlichen Sippe angehörten. Alles blieb sozusagen in der Familie. Trotzdem, fand Abamuwa, sollte eine gewisse Form eingehalten werden.

Er seufzte und warf Walwaziti einen Hilfe suchenden Blick zu, ehe er sich umdrehte, um die Verfolgung erneut aufzunehmen.

»Zum Sphinxtor«, rief Walwaziti ihm hinterher und fügte grinsend hinzu: »Pass auf, dass der König ihnen nicht wieder das Baumaterial wegnimmt.«

Dann wandte sich Walwaziti wieder den Arbeiten zu, die wirklich wichtig waren. Vor allem musste er sehen, wo die Bleilieferung blieb, damit die Figürchen noch alle gegossen werden konnten, die die Gäste bei der Großen Prozession als Geschenk bekommen sollten.

Walwaziti hatte Recht gehabt.

»So viel Kalk benötigt ihr hier oben nicht. Für den Großen Tempel wird dringend mehr gebraucht«, erklärte Hattusili Pidda, dem Bauleiter.

Abamuwa und seine Gardisten waren ein bisschen zu spät gekommen.

Pidda hatte sich eigentlich ein Lob erhofft, denn die Arbeiten waren nahezu abgeschlossen, nur der Putz fehlte noch. Und nun das.

»Ja, Meine Sonne, ich lasse hundert Minen hinunterbringen.« Vielleicht reichte ihm ja der Rest.

»Nein, dreimal hundert.« Hattusili blieb hart.

»Aber dann weiß ich nicht, wie ich den Aufgang hier verputzen soll! Was sollen denn die Fremden von uns denken?«

Normalerweise war das ein schlagendes Argument, aber heute kümmerte sich Hattusili nicht darum.

»Hol dir neuen Kalk aus der Grube, ihr habt es näher«, befahl er und stürmte wieder zurück zu seinem zweirädrigen Wagen, der vor der Tribüne stand.

Pidda war verbittert. »Wie sollen wir denn fertig werden, wenn wir die Arbeit ständig wegen solcher Launen unterbrechen müssen?«, schimpfte er in sich hinein. »Immer kriegt Kella alles für seinen Tempel.«

In solchen Momenten war sich Pidda gar nicht sicher, ob er sich den entthronten Urhitesub nicht zurückwünschte. Der hatte nicht so viel Aufhebens um die Feste gemacht. Zu dem waren allerdings auch kaum noch Gesandte aus den Fremdländern gekommen.

Gefolgt von Abamuwa und seinen Leibgardisten lenkte Hattusili seinen wendigen Wagen außen an der Mauer entlang und fuhr durch das mit zwei steinernen Löwen geschmückte Tor im Südwesten wieder in die Stadt und hinunter in die Senke, wo Werkstätten und kleinere Privathäuser lagen.

Palla zuckte erschrocken zusammen, als die Tür plötzlich aufgerissen wurde. »Raus hi …« Sein barscher Schrei erstarb, als er den König erkannte. Hastig verbeugte er sich.

Doch auch Hattusilis finstere Miene hellte sich auf. Die Istar-Statue, die der Goldschmied in Auftrag hatte, war bereits fertig. Damit hatte Hattusili nicht gerechnet, denn Palla gab sich nur zu gern als den großen Künstler, für den Zeit keine Rolle spielt.

»Wunderschön ist sie geworden.«

Zufrieden umrundete der König die Figur, die Palla auf einen Holzblock gestellt hatte. So hatte er sie sich vorgestellt. Stolz stand die Göttin da, sie war größer als er erwartet hatte. Gut eineinhalb Halbellen maß sie von den Füßen bis zur spitzen, gehörnten Göttermütze. Auf dem Rücken wuchs ihr ein Flügelpaar, und an der Seite trug sie ein kurzes Schwert. Istar, die Bewaffnete, seine Schutzgöttin, Istar, die ihn zum Großkönig bestimmt hatte, und zugleich die Göttin der Liebe. Istar, aus massivem Gold.

»Wunderbar. Sie muss jetzt sofort in ihren Tempel«, befahl Hattusili.

Palla zögerte. »Aber ich muss sie noch besser polieren, Meine Sonne.«

Jetzt mimt er also den Künstler, der sich nicht von seinem Werk trennen will, dachte Hattusili und entgegnete gereizt: »Nichts da, der Gottheit gebührt unverzüglich der Platz in ihrem Haus. Sie ist vollendet.« Hattusili baute sich drohend neben der Tür auf.

Palla war klar, dass er dagegen nichts mehr vorbringen konnte. »Ja, Meine Sonne, ich trage sie sofort in den Tempel.«

Hattusili wartete ab, bis Palla die siebzig Minen schwere Figur geschultert hatte und ächzend losgetrottet war, ehe er wieder die Zügel seines Gespanns ergriff, um seine Inspektionsfahrt fortzusetzen.

»In die Unterstadt, zum Großen Tempel«, gab er Abamuwa das nächste Ziel bekannt.

An Tagen wie diesem liebte Alalimi seine Heimatstadt ganz besonders. Hattusa, die Silberstadt, wie sie liebevoll genannt wurde. Eindrucksvoll hoben sich die zahllosen Felsen, die Mauern, Tempel und Paläste gegen den dunkelblauen Himmel ab. Wenn sich das Wetter beim Fest genauso strahlend präsentierte, würde das viel zum Gelingen beitragen.

Blinzelnd beobachtete er, wie die Fässer und Krüge mit dem

Wein zur Begrüßung der Gäste aus einem Gewölbe unten im Prinzenfelsen geholt und auf einen Karren geladen wurden.

Plötzlich zuckte einer der Arbeiter zusammen und stolperte. »He, pass doch auf! Der Wein darf nicht geschüttelt werden«, schrie Alalimi ihn an. Obwohl er sich sonst nicht so schnell aufregte, war auch er nicht völlig unberührt von der Nervosität geblieben, die die Festvorbereitungen in der Stadt begleitete. »Ich habe doch gesagt, ihr sollt ganz vorsichtig sein!« Dann sah er, warum sich der Arbeiter erschrocken hatte. In der Kurve hinter dem Karren waren zwei große Rappen aufgetaucht: die Hengste des Königs.

Hattusili hielt neben Alalimi an, der sich verneigte. »Hast du den Wein schon probiert, ist er gut?«

»Ja, ich bin sehr zufrieden, Meine Sonne. Dafür brauchen wir uns nicht zu schämen.« Alalimi war sichtlich stolz, dass er trotz seines jugendlichen Alters schon Mundschenk war und Hattusili offenkundig seinem Urteil vertraute. Er verehrte seinen König, weil dieser das Leben und seine Freuden liebte.

»Diese Fässer mit Wein vom nördlichen Meer, aus Zalpa, sind für den Empfang der Abordnungen aus den Fremdländern, und die Krüge hinten rechts mit Wein aus Kizzuwatna holen wir dann für das große Bankett am zweiten Festtag heraus.« Er deutete in den Gang, der tief in das schroffe Felsmassiv geschlagen war, das fast bedrohlich am Rand der Senke mit den Werkstätten aufragte.

»Schön. Ich wusste, dass ich mich auf dich verlassen kann, Alalimi.«

Der Mundschenk strahlte. »Danke, Meine Sonne. Nur eins noch …«

»Nicht jetzt«, schnitt ihm Hattusili das Wort ab. »Ich muss unbedingt noch ein paar Änderungen mit Kella besprechen.« Hattusili wollte seinen Weg fortsetzen.

»Moment, Meine Sonne, Kella ist nicht unten im Großen Tempel. Er kam gerade hier vorbei und wollte zum Istar-Tempel. Dort müsste er immer noch sein.«

»Danke. Und denk auch an den Wein für die Opferungen.« Hattusili wendete seinen Wagen und fuhr durch das Spalier der Leibwachen wieder Richtung Oberstadt.

Der Arbeiter, den Alalimi angeschrien hatte, grinste hämisch, und Alalimis eben noch so strahlende Laune verdüsterte sich erheblich. Irgendwas musste Hattusili doch immer zum Schluss noch bemängeln. Natürlich hatte er zu allererst den Wein für die Trankopfer bestimmt. Als ob er nicht wüsste, was zum Fest gehörte!

Wer den Innenhof des neu errichteten Tempels betrat, sah sofort, dass hier Istar die Hausherrin war: Zehn große steinerne Löwen zierten ihn.

Kella, der Oberste Priester des Großen Tempels, lief gerade durch die hintere der beiden lang gestreckten Säulenhallen, als Hattusili heftig gestikulierend im Tor gegenüber auftauchte.

»Kella, wir müssen unbedingt den Ablauf des dritten Festtags durchgehen.«

Missmutig blieb Kella stehen. »Schon wieder eine Änderung! Hat die Königin mal wieder einen Traum gehabt?«, murmelte er böse, als der König den gepflasterten Hof überquerte. Laut sagte er allerdings nur: »Meine Sonne?«

»Hör zu, Istar ist Puduhepa letzte Nacht im Traum erschienen.«

Kella stöhnte verhohlen. Natürlich. Nichts wünschte er sich sehnlicher als einen traumlosen Schlaf der Königin.

»Die Eiche für Telipinu soll nicht unten in der Schlucht bei den Stelen aufgestellt werden, sondern bei den Palastteichen, so dass man sie von diesem Tempel aus sehen kann.«

Kella war erleichtert. Wenn das alles war … Dieser Ritus für den Gott des Wachsens und Werdens gehörte nicht zu seinen Aufgaben, daher war ihm egal, wo er stattfand. Solange kein Festabschnitt, für den er zuständig war, geändert werden sollte …

Aber Hattusili war noch nicht fertig: »Und weil dann die Festgesellschaft schon an den Teichen versammelt ist, werden wir noch eine Bootsfahrt dort machen. Ich will dem Ägypter zeigen, dass wir zu so etwas auch imstande sind.«

Kella war alarmiert. Das hatte unweigerlich Auswirkungen auf den nächsten Programmpunkt, die Große Prozession zur Versammlung der Götter. Und die betraf ihn sehr wohl.

»Eine hervorragende Idee, Meine Sonne«, stimmte er scheinheilig zu. »Aber sollte das nicht nur den höchsten Würdenträgern vorbehalten sein?«

»Nein, ich will alle Boote auf dem Wasser haben.«

Kella wurde deutlicher: »Aber ich brauche die Träger für die Große Prozession rechtzeitig unten an meinem Tempel. Wenn sie erst noch auf den Booten sind, kommen sie zu spät zur Reinigung. Und das geht nicht. Unrein dürfen sie die Götterbilder nicht berühren.«

»Oh ja, gut dass du mich daran erinnerst. Ich will, dass du da noch einige Träger austauschst.«

Jetzt war Kellas Stöhnen kaum noch zu überhören.

»Auf alle Fälle Palla: Der ist ein guter Goldschmied, aber er ist nie aus Hattusa herausgekommen. Ich will, dass der Istar-Träger ein Mann von Welt ist, ein Diplomat. Wie Magallu zum Beispiel. Ja, nimm Magallu als Istar-Träger.«

»Aber muss der nicht die Assyrer betreuen?« Dass es eigentlich Tradition war, den Erschaffer einer Statue diese zumindest bei der ersten Prozession selbst tragen zu lassen, wagte er gar nicht erst anzuführen. Das hätte nur den nächsten Traum heraufbeschworen. Das Renommee bei den Fremden war das weitaus bessere Argument.

»Nein, das kann dann Walwaziti persönlich machen. Ich will diesmal einen weltläufigen Träger. Mairia soll beeindruckt sein und niemals vergessen, dass die Istar aus Gold gefertigt ist, das Ramses gern für sich beansprucht hätte. Alle sollen sehen, wer vor neun Jahren die Schlacht von Kadesch wirklich gewonnen hat!«

Kella gab auf. Gegen Ägypten und Kadesch kam keiner an.

»Ich veranlasse das, Meine Sonne.« Vorsichtshalber wechselte er schnell das Thema, denn entgegen seinen sonstigen Gewohnheiten hatte der Priester an diesem Tag keine Lust auf eine Auseinandersetzung mit seinem König. »Ich habe übrigens gesehen, dass Palla die Istar-Statue schon gebracht hat. Er stellt sie, denke ich, gerade zusammen mit Halpaziti auf. Wann willst du ihr das erste Mal opfern?«

»Gleich morgen früh, zusammen mit Puduhepa. Sag das Halpaziti.«

Hattusili war froh, dass Kella diesmal so rasch den Änderungen zugestimmt hatte. Sonst hatten sie immer viel länger gestritten. Zufrieden sah er sich um. Auch die Bemalung der Wände war genau so ausgefallen, wie er es sich vorgestellt hatte. Sein Blick glitt über Gruppen von Schilfbüscheln hinüber zum Bild eines Priesters, der einen Widder an den langen, gewundenen Hörnern gepackt hatte, um ihn der Göttin als Opfer zuzuführen.

»Dieser Tempel ist wirklich angemessen für Istar. Aber jetzt muss ich weiter. Sicher sind die Gefäße für die Trankopfer und die Figürchen für die Gäste noch nicht fertig. Ach ja, ich habe Pidda befohlen, dass er dir dreimal hundert Minen Kalk bringen lässt. Das dürfte reichen. Und vergiss nicht, dass ich einen roten Verputz haben will.« Seine Schritte hallten auf den großen Steinplatten, als er den Hof verließ.

Die Wachen am Tor des Wettergotts, das die neuere Oberstadt von der Unterstadt trennte, präsentierten ihre Speere und verneigten sich, als Hattusili mit seinem Wagen hindurchfuhr. Im Schatten hinter dem Tor lehnte ein rundlicher Halbwüchsiger an der Mauer. Sein Gesicht zeigte noch ein paar letzte Pickel, doch für sein Alter strahlte er ein erstaunliches Selbstbewusstsein aus: Prinz Nerikkaili, Hattusilis ältester Sohn. Drei Gleichaltrige standen um ihn herum und blickten ihn bewundernd an.

Als er den König sah, trat Nerikkaili vor: »Vater, bitte, lass uns noch einmal über die Betreuung der Delegationen reden.«

Hattusili hielt an, übergab die Zügel seines Gespanns einem Leibgardisten und stieg vom Wagen.

»Du weißt doch: Mein Entschluss steht fest.« Er legte den Arm um seinen Sohn und schob ihn sanft weg von den anderen, die begierig lauschten. »Die Betreuung müssen erfahrene Diplomaten übernehmen. Du bist dafür noch viel zu jung.«

»Bin ich nicht. Ich habe in den letzten Monaten wirklich fleißig Babylonisch gelernt. Und jetzt willst du mir keine Aufgabe als Diplomat geben!«

»Ja, ich weiß. Aber damit hat meine Entscheidung nichts zu tun. Hör zu …«

Nerikkaili befreite sich aus der Umarmung. Zornesröte stieg ihm ins Gesicht. »Aber du kannst doch mir, deinem erstgeborenen Prinzen, nicht Männer vorziehen, die von niedrigerem Rang sind.«

»Ich schlage dir ungern einen Wunsch ab, Nerikkaili, schon gar nicht in der Öffentlichkeit. Aber in diesem Fall muss ich hart bleiben. Du wirst keine ausländische Delegation betreuen.«

»Ich will aber!« Trotzig stampfte der Prinz mit dem Fuß auf den Boden. »Selbst Kurunta ziehst du mir vor. Und der ist nur dein Adoptivsohn. Ihn hast du schon zum König von Tarhuntassa gemacht, obwohl er kaum älter ist als ich!«

Hattusili wurde sehr ernst. »Du weißt genau, warum ich das getan habe«, sagte er so leise, dass niemand außer Nerikkaili ihn verstehen konnte. »Weil ich sicherstellen wollte, dass er keinen Anspruch auf den Thron in Hattusa erheben wird, obwohl er der Bruder von Urhitesub ist. *Mein* Sohn soll eines Tages mein Nachfolger werden!«

»Und wer wird das sein? Ich bin dein ältester Sohn, aber so, wie du mich behandelst, muss ich befürchten, dass du eines Tages Tudhalija zum Kronprinzen machst. Du wirst schon merken, was du davon hast«, zischte Nerikkaili außer sich vor Wut. »Ich lasse mich nicht bloßstellen!«

»Das tust du gerade selbst.« Hattusili packte Nerikkaili an den Schultern und blickte ihm fest in die Augen. »Siehst du, genau das ist es, was ich meine. Du musst erst lernen, deine Unbeherrschtheit zu zügeln. So weit bist du noch nicht. Bei diesem Torfest wäre das zu gefährlich. Das musst du einsehen.«

Mit gesenktem Kopf und immer noch rot vor Zorn stapfte Nerikkaili davon.

Bis die Sonne schließlich tief im Westen stand, sehnten sich nicht allein Pidda und Kella nach den guten alten Zeiten unter dem provinziellen Urhitesub zurück.

Hattusili hatte davon keine Ahnung. Wohl aber Königin Puduhepa.

Als er durchgeschwitzt und immer noch nervös wieder in den Palast zurückgekehrt war, bestand sie auf einem Gang durch die königlichen Gärten.

Diese waren Hattusilis großer Stolz und verfehlten auch an diesem Tag ihre Wirkung nicht. Als sie zwischen den üppigen Beeten mit Iris, Flockenblumen und Stockrosen hindurchgingen, war er ruhiger geworden und strahlte wieder das Majestätische aus, das Puduhepa so sehr an ihm liebte. Mit dreieinhalb Ellen und vier Finger war er größer als die meisten seiner Untertanen. In diesem Sommer würde er seinen vierzigsten Geburtstag feiern, doch in seinen glatten, dunkelblonden Haaren fanden sich noch keine Anzeichen von Grau. Sein Körper war straff und kräftig, und das markante Kinn in seinem schmalen Gesicht zeugte von Energie. Die Ohren hätte ein Babylonier wahrscheinlich als ein wenig zu riesig bezeichnet, aber in Hattusa entsprachen sie durchaus dem Schönheitsideal. Den Ausgleich bildeten der breite sinnliche Mund und vor allem die Augen: Als Puduhepa diese großen, eng stehenden blauen Augen zum ersten Mal gesehen hatte, war sie ihnen auf der Stelle verfallen. Und daran hatte sich nichts geändert. Im Gegenteil, ihre Liebe zu Hattusili war mit jedem Jahr tiefer geworden.

Puduhepa pflückte eine gelbe Iris, roch an der Blüte und sagte beiläufig: »Heute ist etwas Denkwürdiges passiert: Walwaziti hat Adduwa so beschimpft, dass man es noch im Hof hören konnte.«

Hattusili lachte. »Da muss sich der Junge aber etwas Schlimmes geleistet haben. Walwaziti lässt seinem kleinen Bruder doch nahezu alles durchgehen.«

»Nein, das ist ja das Merkwürdige. Kunni sagt, dass der Anlass nicht der Rede wert war. Adduwa ist nur ein bisschen zu schnell in Walwazitis Zimmer gestürmt.«

»Aber Walwaziti lässt sich doch sonst nicht so leicht aus der Ruhe bringen.«

»Eben. Ich habe da einen gewissen Verdacht. Könnte Walwazitis Wutanfall vielleicht etwas mit deinem Besuch bei ihm heute Mittag zu tun haben?«

Hattusili wollte empört widersprechen, doch Puduhepa strich ihm sanft über die Nase und küsste ihn auf den Mund. Dem hatte er nichts entgegenzusetzen. Wie schön sie wieder ist, dachte er. Ihr kann wirklich keine andere Frau das Wasser reichen.

Puduhepa war nur sieben Finger kleiner als ihr Gemahl und sehr schlank. Ihr schmales Gesicht wurde von kupferroten Haaren umrahmt, und apart geschwungene Augenbrauen betonten ihre mandelförmigen, dunkelgrünen Augen. Ihre Schönheit war weit über die Grenzen des Hethiter-Reichs hinaus berühmt, selbst in Ägypten sprach man davon.

»Ich glaube, du warst heute ein bisschen zu ungeduldig. Dass Kella und seine Leute missmutig sind und Mutarki herumschleicht, ist ja nichts Neues. Doch dass Abamuwa jemals gestöhnt und auch noch Alalimi seine gute Laune verloren hat, daran kann ich mich nicht erinnern.«

»Aber das Fest muss ein Erfolg werden. Ich kann nicht riskieren, dass etwas vergessen wird. Deshalb kümmere ich mich lieber persönlich um alles«, verteidigte sich Hattusili.

»Vertrau deinen Leuten doch ein bisschen mehr. Du kannst sicher sein, Männer wie Walwaziti oder Alalimi setzen auch von sich aus alles daran, dass das Fest so glanzvoll wie nie zuvor wird.«

»Aber einige sind noch ziemlich jung und unerfahren.«

»Gerade deshalb werden sie sich besondere Mühe geben. Und bei den Älteren denk daran, dass es nicht das erste Fest für sie ist.«

»Aber vielleicht wollen sie mich vor den Fremden bloßstellen?«

»Ach was. Kunni sagt, dass dir alle loyal gesinnt sind. Selbst Kella scheint sich dreingeschickt zu haben, dass jetzt du auf dem Eisenthron sitzt. Aber vergiss nicht, dass die Stimmung auch umschlagen kann. Wenn zu viele unzufrieden sind, können schnell neue Bündnisse entstehen. Du selbst kennst deine Sippe am besten.«

Aus dem Tiergehege war das gedämpfte Brüllen eines Löwen zu hören.

Hattusili war wieder einmal beeindruckt von der Klugheit und Umsicht seiner Frau.

Fünfter Tag des zweiten Frühlingsmonats im ersten Jahr des Großkönigs Hattusili

(Anfang Mai 1265 v. u. Z.)

Am Morgen des ersten Festtags

Die Leiche in der Schlucht sah aus wie ein Fass mit Beinen.

Nachdem Mutarki das obere Plateau auf dem Stadtfelsen erreicht hatte, gähnte er erst einmal ausgiebig. Im Osten war gerade das erste Anzeichen der Morgendämmerung zu ahnen, und die Stadt zu seinen Füßen lag in tiefem Schlaf. Normalerweise hätte auch er um diese Zeit noch friedlich im Bett gelegen. Eigentlich war er sogar ein Langschläfer. Doch nicht an diesem Tag. Heute sollte das Fest beginnen. Das erste, bei dem die Versorgung der Gäste in seinen Händen lag.

Er fuhr sich durch die lockigen Haare, die er für hethitische Verhältnisse ziemlich kurz trug, setzte sich auf eines der großen Weinfässer, die hier für den Wettkampf am zweiten Festtag bereitstanden, und blickte auf die dunklen Häuser. Wie in einer großen ovalen Schüssel lagen sie am Berghang, den Schüsselrand bildete die mächtige Stadtmauer mit ihren Türmen und Zinnen. Den südlichsten und höchsten Punkt beherrschte das Sphinxtor mit seinen langen Treppen. Fast fünfhundert Ellen höher am Hang lag es als der Große Tempel direkt unterhalb von Mutarkis Aussichtspunkt.

Mutarki liebte diesen Blick über die gesamte Stadt und ihre imposanten Felsen. Nur die hethitischen Baumeister waren in der Lage, solch ein unwirtliches Gelände in eine Stadt mit gepflasterten Straßen, Gassen, komfortablen Wohnvierteln und stolzen Palästen zu verwandeln. Nicht nur die Senken, sondern auch jeder der vielen schroffen Felsen innerhalb der Stadt waren bebaut: mit Tempeln, Altären, Militär- und Verwaltungsgebäuden oder herrschaftlichen Häusern.

Südlich von seinem luftigen Sitzplatz erhob sich der Felsen mit der Königsburg, wo er in Kürze seiner Arbeit als Oberster Page nachzugehen hatte. Die Vasallenkönige waren bereits am Tag zuvor eingetroffen und hatten ihre Zimmer im unteren Burgbereich bezogen. Am Vormittag wurden nun die Gesandten der Fremdländer erwartet. Ihre Quartiere lagen standesgemäß am ersten Hof, direkt unterhalb des zentralen Hofs mit dem Audienzpalast, dem Bankettsaal und der Staatskanzlei. Der dritte und oberste Hof war allein der königlichen Familie vorbehalten. In solch feinen Abstufungen, die die Gegebenheiten des Geländes ebenso nutzten wie Rangordnungen deutlich machten, waren die Hethiter Meister. Mutarki kannte sich da ziemlich gut aus, denn sein Vater war einer dieser Baumeister gewesen. Wie zum Salut für den Vater trommelte er mit den Fersen einen kurzen Rhythmus gegen die Fasswand.

Doch allzu lange durfte er an diesem Tag die Einsamkeit auf dem Stadtfelsen nicht mehr genießen. Natürlich waren alle Quartiere schon vorbereitet, aber die Blumen und aromatischen Hölzer fehlten noch, die zu einem wirklich repräsentativen Empfang gehörten. Es gab noch viel zu tun. Und er wollte sich nicht nachsagen lassen, dass er seiner Aufgabe nicht gewachsen sei.

Allmählich wurde es heller und heller. Bald würden die ersten Sonnenstrahlen die Stadt erreichen. Der Tag versprach wunderschön zu werden, nur ein paar vereinzelte Wölkchen waren zu sehen, weiß wie der Flaum des Sumpfgrases.

Mutarki warf einen letzten Blick auf den weitläufigen Komplex des Großen Tempels, schwang sich von dem Fass und stieg langsam und fast ein wenig widerwillig die Stufen zum unteren Plateau hinunter. Ihm gegenüber lag der Große Felsen, der älteste Teil von Hattusa. Luftlinie war er nur wenige Ellen entfernt, doch dazwischen befand sich der faszinierendste Bereich der Stadt, die riesige Schlucht, die sich bis unterhalb der Burg und der königlichen Gärten erstreckte. Am schroffsten und engsten ragten ihre Wände hier zwischen dem Stadtfelsen und dem Großen Felsen empor. Allein die Wände des Stadtfelsens fielen nahezu senkrecht über einhundertfünfzig Ellen ab. Und genau dieser Abschnitt wurde ein Stück rechts von ihm von einem Verteidigungsgang überbrückt.

Mutarki wusste von keiner anderen Stadt, die eine Schlucht auf diese Weise einschloss. Mit Stolz dachte er daran, dass sein Vater auch am Bau dieses Wunderwerks beteiligt gewesen war. Er war vor drei Jahren gestorben, verbittert darüber, dass Urhitesub alle Pläne, die Stadt weiter auszubauen, wieder fallen gelassen hatte. Zwei Jahre zu früh, denn seit Hattusili König war, hatte er Baupläne entwickelt, die selbst die kühnsten Träume seines Vaters übertrafen. Die schon früher begonnenen Teile, wie die mit Tierfiguren, Götterbildern oder eben Sphingen geschmückten Stadttore oben im Süden, waren bereits fertig, aber das war erst der Anfang. In der Oberstadt sollte ein Tempelbezirk entstehen, wie ihn die Hethiter noch nie gesehen hatten. Und auch der Große Felsen sollte prächtiger denn je bebaut werden.

Versonnen blickte Mutarki hinüber zu dem Felsen, als er merkte, dass etwas nicht stimmte. Die Schmutzgeier kreisten ungewöhnlich tief über der Schlucht. Irgendetwas musste ihre Aufmerksamkeit erregt haben. Mutarki beugte sich so weit vor, dass er beinahe vom Felsen gestürzt wäre. Es dauerte eine ganze Weile, bis er in den Schatten etwas erkennen konnte: Mitten im Stelenhain unten in der Schlucht lag ein Fass.

Mutarki erschrak. Ein Fass gehörte ganz und gar nicht dort hin. Das mussten die Burschen aus Lallupija gewesen sein. Offenbar hatten sie es am Abend zuvor bei ihrem lärmenden Zug durch die Silberstadt vom Felsen gestoßen. Wenn Kella das entdeckte, würde es Ärger geben. Dann würde er endlose Reinigungsrituale anordnen, und das würde dazu führen, dass das Fest nicht pünktlich beginnen konnte. Und die Gesandten aus Ägypten und Assyrien hätten allen Grund, sich über einen hethitischen König lustig zu machen, der sein wichtigstes Fest verschieben musste. Diese Gelegenheit, Hattusili eins auszuwischen, würde sich Kella ganz bestimmt nicht entgehen lassen. Und das alles wegen eines dummen Streichs.

Es gab nur eine Möglichkeit. Mutarki musste das Ärgernis beseitigen, ehe es jemand anders entdecken konnte. Ohne weiter nachzudenken machte er kehrt, hastete den steilen Pfad hinunter und rannte dann, so schnell er konnte, am Fuß des Hügels entlang zum Bach, der durch die Schlucht floss. Stolpernd und keuchend erreichte er den Stelenhain.

Was dort lag, war nicht bloß ein leeres Fass. In ihm steckte ein Mann, der bereits kalt war. Ein Toter. Wer es war, konnte Mutarki nicht erkennen, denn nur die Beine ragten heraus. Im rechten Fuß des Toten klaffte ein tiefer Schnitt.

Aber all das war für Mutarki jetzt nicht wichtig. Leiche und Fass mussten um jeden Preis aus dem Heiligtum verschwunden sein, ehe Kella auftauchte, sonst würde das Fest überhaupt nicht stattfinden.

Ein heftiger Würgereiz überkam Mutarki, den er nur mit Mühe unterdrücken konnte, als er sein makabres Werk begann. Er kippte das Fass auf die obere Hälfte, so dass die Beine des Mannes den Boden nicht mehr berührten, rollte es zum Bach und ließ es dann senkrecht ins Wasser rutschen.

Das Platschen war so laut, dass er sich erschrocken umsah. Das hatte bestimmt jemand gehört. Doch offenbar war alles gut gegangen. Niemand kam. Mutarki stieg in den Bach, der hier ziemlich tief war, und schob das Fass wie einen Zuber mit der Strömung immer weiter vom inneren Teil der Schlucht weg, wobei er sorgfältig darauf achtete, dass es aufrecht blieb und kein Wasser hineinschwappte.

Der Atem stockte ihm, als sich seine Fracht nach fünfzig Ellen an einem der Felsblöcke im Wasser verhakte. Mutarki watete nach vorn und zerrte. Nichts geschah, die Strömung drückte das Fass fest gegen den Stein. Verzweifelt warf er sich seitlich dagegen. Das half. Das Fass gab nach, und er fiel der Länge nach ins eiskalte Wasser. Triefend rappelte er sich wieder auf. Egal. Hauptsache, er konnte das Fass weiterbewegen. Krampfhaft bemühte er sich, nicht auf die Beine des Mannes zu schauen, die über dem Fass grotesk durch die Luft schlenkerten.

Als er endlich eine dicht mit Büschen bewachsene Stelle bei einem kleinen Wasserfall am Großen Felsen erreicht hatte, erschien es Mutarki, als sei eine Ewigkeit vergangen. Noch eine letzte Anstrengung, und er würde sein Ziel erreicht haben. Er kippte das Fass wieder auf die Seite und stemmte es ans Ufer. Nun war es durch das Wasser vom Stelenhain getrennt, und in wenigen Augenblicken würde es im Gebüsch verborgen sein. Und Kella wüsste von nichts.

Erleichtert stieg Mutarki aus dem Bach. Das Blut in seinen Ohren rauschte fast so laut wie der Wasserfall.

»Was machst du denn da im Bach, Mutarki? Ist das nicht ein bisschen kalt?« Ein Stück weiter unten war Walwaziti am anderen Ufer aufgetaucht und kam rasch näher. »Und was ist das für ein Fass?«

»Ich … es schwamm im Wasser …«, begann Mutarki und suchte fieberhaft nach einer plausiblen Erklärung. Wenigstens war es nicht Kella, der die Fragen stellte. »Ich habe es rausgeholt … damit es nicht untergeht.« Zum Glück lag das Fass so, dass der Oberste Schreiber die Beine nicht sehen konnte.

Doch Walwazitis Neugier war geweckt. Nicht ganz so leichtfüßig wie ein Kranich, sondern eher wie eine wasserscheue Gans überquerte er, über ein paar flache Steine hüpfend, den Bach. Er war zwar von kräftiger Statur, doch seine Beine waren im Vergleich zum massigen Oberkörper zu kurz. Und obwohl er erst fünfundzwanzig war, ließ eine gewisse Leibesfülle erkennen, dass er Bier und vor allem gutem Essen nicht abgeneigt war. Mit Mühe verhinderte er, auf den Hintern zu platschen, und stand kurz darauf neben dem frierenden Mutarki.

Er warf den langen, fast schwarzen Zopf in den Nacken und sah sein Gegenüber forschend an. Seine grauen Augen, die nur einen ganz leichten Anflug von Blau aufwiesen, blitzten misstrauisch.

»Wieso schwamm das im Bach, wie kommt das hier…?« Walwaziti blickte nach unten und entdeckte die Beine. »Wer ist das? Da stimmt doch was nicht. Dieses Fass kann nicht von allein schwimmen. Es wäre sofort untergegangen. Außer, es hat jemand nachgeholfen. Hast du das?«

»Ja. Aber ich weiß nicht, wer das ist, und auch nicht, wie er da reingekommen ist. Glaub mir.«

»Aber warum hast du dann das Fass nicht gelassen, wo es war, und die Wachen geholt?«

»Es ist wegen des Fests … Es war nicht im Wasser, sondern auf der anderen Bachseite. Ich wollte nicht, dass Kella es findet, wenn er zum Stelenhain geht. Du weißt doch, wie er ist.« Dass das Fass mitten zwischen den Stelen gelegen hatte, verschwieg Mutarki vorsichtshalber.

Walwaziti war nicht ganz überzeugt, aber er wollte erst einmal wissen, wer der Tote war. »Hilf mir, ihn rauszuziehen.«

»Magallu«, entfuhr es Mutarki, als der Kopf des Mannes auftauchte. »Die Assyrer!«

»Da muss sich Abamuwa persönlich drum kümmern. Und vor allem muss ich Hattusili sagen, dass wir dringend einen Ersatzmann für die Betreuung der Assyrer benötigen.« Walwaziti fand blitzartig zu seinem gewohnten Pragmatismus zurück. »Bis dahin darf niemand erfahren, dass Magallu tot ist. Zieh ihn unter die Büsche, deck ihn mit Zweigen zu, und komm dann in den Palast. Ich veranlasse das Nötige.«

Bentesina freute sich auf das Fest. Zufrieden sah er sich in dem Zimmer um, das man ihm zugewiesen hatte – einem großen Raum im Säulenhaus, eindeutig dem nobleren der beiden Gästehäuser, in denen die hethitischen Vasallen untergebracht waren. Offensichtlich hatten sich Hattusilis freundschaftliche Gefühle für ihn nicht geändert.

Er stand vom Bett auf, ging barfuß zu einem der schmalen Fenster und schob den Vorhang beiseite, um hinauszuschauen. Als er das letzte Mal in Hattusa gewesen war, hätte er das nicht gekonnt. Da hatte er Fesseln getragen und war Gefangener von Hattusilis Bruder Muwattalli gewesen, der ihn vom Thron seiner Väter gestürzt hatte. Damals hätte er sich selbst in seinen kühnsten Träumen nicht vorstellen können, dass er einst als König von Amurra in die Silberstadt zurückkehren würde.

Doch genau das war er – und nicht nur das. Seine junge Frau, die im Nebenraum schlief, war die Tochter des hethitischen Großkönigs. Bentesina genoss den Schauder, den die Erinnerung in ihm hervorrief. Angesichts der so völlig veränderten Situation war er wie eine Verzögerung beim Liebesspiel, eine lustvolle Qual.

Neun Jahre war das her. Schon immer war sein kleines Königreich Spielball zwischen den größeren Mächten gewesen, hatten seine Städte mal Mittanni, mal Ägypten gehört. Beide wollten vor allem Zedern für ihre Schiffe und Bauwerke. Erst nachdem sein Urgroßvater das Land geeint und einen Vasallenvertrag mit dem hethitischen Großkönig abgeschlossen hatte, waren ruhigere Zeiten angebrochen. Wohlweislich hatten sein Großvater und sein Vater den Vertrag erneuert, Krieger bereitgestellt und den bescheidenen Tribut von siebeneinhalb Minen feinsten Goldes gezahlt. Ein Preis, der wahrlich nicht hoch war für Frieden und vor allem für innere Unabhängigkeit. Hethitischer Vasall zu sein brachte viele Vorteile. Amurra ging es weit besser als den benachbarten Ländern, die immer wieder den Aufstand geprobt hatten. Gerne hätte er es dabei belassen.

Doch dann kam Ramses. Um Blutvergießen zu vermeiden, unterstellte Bentesina sein Land Ägypten, denn hethitische Hilfe war nicht in Sicht. Hätte er sein Volk niedermetzeln lassen sollen, während er auf Muwattallis Truppen wartete? Und da war es nur folgerichtig gewesen, dass er auch die Elite-Einheit von Ramses in Amurra beherbergte – jene Truppe, die Muwattalli beinahe den Sieg bei Kadesch gekostet hätte. Aber eben nur beinahe! Wie sehr freute sich Bentesina, als er hörte, dass Muwattalli und Hattusili den angeblich so großen Ramses mit einer simplen List getäuscht und gänzlich unvorbereitet getroffen hatten, so dass den Ägyptern nur die überstürzte Flucht blieb!

Und trotzdem bereitete Muwattalli ihm dann diese Schmach. Eine schreiende Ungerechtigkeit, die Bentesina selbst jetzt noch die Zornesröte ins Gesicht trieb. Nicht er, sondern Muwattalli hatte den Vertrag verletzt. Wie hätte Amurra den Hethitern noch Soldaten für den Kampf gegen Ramses stellen können? Doch der Großkönig hatte das ganz anders gesehen. Als er nach der Schlacht von Kadesch auch Amurra wieder erobert hatte, setzte er einen anderen auf den Thron von Amurra und ließ Bentesina in Ketten nach Hattusa bringen.

Nie hätte er das den Hethitern verziehen. Doch dann hatte Hattusili eingegriffen. Als Diplomat hatte dieser sein Verhalten besser verstanden. Ihm hatte Bentesina zu verdanken, dass sein Schicksal noch nicht besiegelt war. Er hatte seinen Bruder gebeten, ihm Bentesina zu übergeben, und ihn mit nach Hakmissa genommen. Dort hatte er ihn nicht als Gefangenen behandelt, sondern ihm Haus und Hof geschenkt und immer wieder seinen Rat gesucht. Schließlich waren die beiden Männer sogar Freunde geworden, und Hattusili hatte ihm seine älteste Tochter Gassulawija zur Frau gegeben.

Als Hattusili dann vor einem Jahr seinen Feldzug gegen Urhitesub begonnen hatte, war es für Bentesina keine Frage gewesen, ihm uneingeschränkt zur Seite zu stehen. Obwohl Gassulawija erst kurz zuvor ein Kind bekommen hatte, hätte Bentesina eher seine Familie als Hattusili im Stich gelassen.

Doch alles war gut gegangen, seit dem letzten Herbst war er wieder König von Amurra – und konnte so seinem Großkönig in Hattusa seine Ehre erweisen.

Bentesina wickelte nachdenklich eine Haarsträhne um den Zeigefinger, die schon kräftig mit Grau durchsetzt war. Bei aller Freude über die Ereignisse des letzten Jahres und die Rückkehr nach Hattusa unter so ganz anderen Vorzeichen konnte er die warnende Stimme in seinem Hinterkopf nicht verdrängen, die im Verlauf seiner Überlegungen immer lauter geworden war.

Dass Hattusili den Sohn seines Bruders vom Thron gestoßen hatte, war zwar bestimmt besser für das Hethiter-Reich, aber trotzdem ein Rechtsbruch. Nicht wenige hofften darauf, dass der Orakelspruch der Götter am Ende des Fests dies bestätigen würde und die Gesandten der Fremdländer zu Hause berichten könnten, Hattusili sei ein König, der nicht einmal in seiner eigenen Hauptstadt Rückhalt hätte, ein Großkönig, gegen den man sich gefahrlos erheben könnte.

Am glücklichsten darüber würde Ramses sein, der dann ohne Mühe Revanche für die Niederlage von Kadesch nehmen könnte. Und Amurra wäre dem allen hilflos ausgeliefert.

Bentesina hoffte inständig, dass es nicht dazu kommen würde. Er war jetzt fünfunddreißig, und nach all den wechselhaften Begebenheiten seines Lebens verspürte er wenig Lust, sich ein weiteres Mal auf neue Verhältnisse einstellen zu müssen. Nicht nur er, auch sein Land brauchte ruhige Zeiten. Das Gelingen des Fests war also nicht nur für Hattusili lebenswichtig.

»Bentesina. Bentesina ist der Richtige«, sagte Puduhepa.

Hattusili schaute sie an, als hätte direkt neben ihm ein Blitz eingeschlagen. Dass seine Frau gelegentlich unkonventionelle Vorschläge machte, war er gewohnt, doch dies ging zu weit.

»Aber er ist mein Vasall, und im Vertrag habe ich ihm ausdrücklich jeden Kontakt mit anderen Großreichen verboten. Da kann ich ihn doch nicht selbst mit den Assyrern zusammenbringen. Ganz abgesehen vom Protokoll …«

Puduhepa stellte den Becher mit warmer, honiggesüßter

Milch ab. Das Königspaar war gerade beim Morgentrunk gewesen, als Walwaziti seine Neuigkeiten überbrachte.

»Das ist alles richtig, aber jetzt geht es um Wichtigeres. Du weißt, wie gespannt das Verhältnis zu Assyrien ist. Jede auch nur im Geringsten abfällige Bemerkung über dich würde da auf weit offene Ohren stoßen, jede Ungeschicklichkeit genussvoll gegen dich gewendet. Bentesina ist klug und dein bester Freund. Und er spricht Hethitisch und Babylonisch. Auf ihn kannst du dich verlassen.«

Walwaziti sah Puduhepa voller Bewunderung an. Ihr kupferfarbenes Haar leuchtete im Morgenlicht und betonte ihren schlanken Hals. Obwohl die Königin in diesem Jahr ihren siebenundzwanzigsten Geburtstag feiern würde, wirkte sie immer noch wie das bildschöne junge Mädchen, das Hattusili zur Königin von Hakmissa gemacht hatte. Der Vorschlag der Königin war in der Tat ungewöhnlich. Offiziell war Bentesina nur ein normaler Vasall, aber andererseits war das Band zwischen ihm und dem knapp fünf Jahre älteren Hattusili so stark, dass Walwaziti sich nichts vorstellen konnte, was es zum Reißen bringen könnte. Wahrscheinlich hatte Puduhepa wieder einmal Recht. Auch wenn die Entscheidung innenpolitisch vielleicht Probleme bringen mochte.

Hattusili hatte anscheinend denselben Gedanken: »Bentesina ist nur angeheiratet, er gehört nicht direkt zur Königssippe wie Kurunta oder der König von Karkamissa. Eigentlich gebührt ihm eine solche Ehre nicht. Das könnte Ärger geben. Aber Sahurunuwa ist nicht hier, und Kurunta ist viel zu jung und unerfahren für eine solche Aufgabe. Außerdem spricht er zu schlecht Babylonisch. Nerikkaili beherrscht zwar die Diplomatensprache, aber er ist erst recht noch nicht reif genug. Und der König von Mira ist zwar gekommen, aber ihm traue ich nicht.« Er strich sich über sein Kinn, das, wie bei fast allen hethitischen Männern, glatt rasiert war. »Du hast Recht, Puduhepa. Bentesina ist der Richtige.«

Walwaziti stand auf. »Ich werde es ihm sagen, Meine Sonne.«

In diesem Augenblick erschien Abamuwa in der Tür. Der Kommandant der königlichen Leibgarde war von so hünenhafter Gestalt, dass er sich beim Eintreten aus Gewohnheit leicht bückte, obwohl hier in den königlichen Gemächern wirklich alles sehr großzügig dimensioniert war. Selbst seinen König überragte er noch, und sein überaus muskulöser Körper ließ keinen Zweifel daran, dass er auf seine Aufgabe, den Herrscher mit dem eigenen Leben zu schützen, bestens vorbereitet war. Er nickte kurz in die Runde, strich seine langen dunkelblonden Haare aus der Stirn und trat vor Hattusili. Dieser sah ihn fragend an.

»Ich habe den Leichnam erst einmal in den Turm am Großen Felsen bringen lassen, Meine Sonne. Außer Zuzuli, dem Gehilfen von Palla, ist uns dabei niemand begegnet. Aber das war erst beim Turm, er weiß nicht, woher wir kamen. Kella und seine Leute haben sicher nichts bemerkt. Und Zuzuli hat nicht weiter gefragt, als ich ihm sagte, dass Magallu einen Unfall hatte.«

»Gut. Aber trotzdem können wir es nicht dabei belassen«, entgegnete Hattusili. »Magallu ist nicht irgendwer. Und Kella muss es sowieso erfahren, denn Magallu ist auch als Träger bei der Großen Prozession eingeteilt.«

»Aber Kella muss nicht wissen, wo er genau gefunden wurde, Hattusili«, warf Puduhepa ein. »Natürlich müssen wir herausbekommen, was hinter Magallus Tod steckt«, fügte sie hinzu, als Hattusili die Stirn runzelte. »Etwas merkwürdig ist die Sache schon. Aber Abamuwa kann sich während des Fests nicht mit einer solchen Untersuchung abgeben. Er hat keine Zeit. Außerdem würde das offizielle Vorgehen ein ziemliches Aufsehen erregen. Und bloß einen seiner Leute damit zu beauftragen …«

»Walwaziti«, unterbrach sie Hattusili. »Du musst dich darum kümmern. Du bist keiner Delegation fest zugeteilt, musst sowieso überall sein, und es fällt nicht auf, wenn du dabei auch ein paar Fragen stellst. Und du bist geschickt genug, das diskret zu tun. Was du herausfindest, kannst du dann mit Abamuwa besprechen. Nichts, aber auch gar nichts darf das Fest beeinträchtigen.«

Abamuwa nickte zustimmend. Auch der König neigte zu unkonventionellen Vorgehensweisen, wenn es nötig war.

Walwaziti schluckte. Einerseits freute er sich über das Lob, das ihm Hattusili auf diese Weise ausgesprochen hatte. Andererseits konnte die Aufgabe heikel werden. Prinz Nerikkaili, der älteste Sohn aus Hattusilis erster Ehe, hatte kürzlich einen heftigen Streit mit Magallu gehabt. Walwaziti hatte das zufällig mitbekommen, außer ihm wusste niemand davon. Wenn Nerikkaili etwas mit Magallus Tod zu tun hatte, musste Walwaziti sehr diplomatisch sein. Und es wäre ganz bestimmt nicht gut, so etwas während des Fests zu enthüllen. Ein König, dessen Sohn ein Mörder war, wäre bis auf die Knochen blamiert.

»Und die Istar-Statue soll Kunni tragen. Meinetwegen kann Nerikkaili währenddessen die Babylonier betreuen. Das Verhältnis zu Babylon ist bestens. Da kann sich der Junge erproben.« Zufrieden beendete Hattusili die Zusammenkunft und trank einen Schluck Süßmilch.

So ruhig, wie Puduhepa sich bei der Besprechung gegeben hatte, war sie in Wirklichkeit nicht. Warum war Magallu ausgerechnet an diesem Tag tot aufgefunden worden? Sonderlich beliebt war er nie gewesen, weil er sich überall eingemischt und ungefragt Ratschläge erteilt hatte. Vielleicht hatte es, wie schon so oft, einen Streit mit ihm gegeben. Als Diplomat war er äußerst zurückhaltend und geschickt gewesen, doch ansonsten hatte er eine Meisterschaft entwickelt, selbst die friedfertigsten Menschen in rasende Wut zu versetzen. Puduhepa hoffte, dass Magallus Charakter der Anlass war, aber sie fürchtete, die Sache hatte viel eher mit Magallus Aufgabe als Betreuer der Assyrer zu tun. Das bedeutete, dass es sich um einen geplanten Mord handeln musste. Und vor allem konnte das heißen, dass Hattusili damit getroffen werden sollte.

Nachdem Puduhepa scheinbar gleichmütig ihre Süßmilch ausgetrunken hatte, war sie in ihre Gemächer zurückgekehrt und hatte ihre Dienerinnen weggeschickt. Den Mittelpunkt des Raums bildete ein großes Bett mit einem breiten Fries aus Elfenbein. Seine Reliefs zeigten Blumen, Büsche und Tiere, fröhliche Szenen bei der Jagd und Vergnügungen im Sommer. Die Königin liebte diese Bilder, weil sie aus ihrer Heimat im Süden kamen. Doch jetzt hatte sie keinen Blick dafür übrig. Die Heiterkeit der Darstellungen passte überhaupt nicht zu Puduhepas Besorgnis an diesem Morgen.

Auf einem Schemel vor dem Toilettentisch lagen bereits ihre Gewänder für das Fest: das feine weiße Kleid mit dem Faltenrock, der lange Mantel aus etwas gröberem Leinen und der große kreisrunde Hut. Darunter standen ihre Schnabelschuhe. In wenigen Stunden würde sie sie tragen. Wenn das Fest seinen normalen Verlauf nähme.

Puduhepa ging zu dem kleinen Altar in der Ecke zwischen den Fenstern, tauchte ihre Hände in das flache Wasserbecken daneben und hob sie vor der kleinen Istar-Statue aus Bronze, die dort stand.

»Oh Istar, meine Herrin! Dein Name ist groß unter den Göttern. Und ich, Puduhepa, bin deine Dienerin von Anfang an. Herrin, du hast mich hierher geführt, hast Hattusili auf den Eisenthron gesetzt. Es kann nicht dein Wunsch sein, dass er ihn wieder verliert und wir Hattusa verlassen müssen oder gar Schlimmeres passiert. Hilf uns, dass wir die Gegner besiegen und weiterhin deinen Willen erfüllen können. Gib mir ein Zeichen, Herrin, dass dein Wohlwollen auf uns ruht. Nie habe ich mich deinen Anweisungen widersetzt, und du hast stets alles zum Besten gewendet. Der Kampf gegen Urhitesub darf nicht umsonst gewesen sein.«

Hattusili wie Puduhepa waren Istar besonders verbunden. Hattusili war ein kränkliches Kind gewesen, dem nur wenige Lebensjahre gegeben wurden. Doch dann war Istar seinem

Bruder Muwattalli im Traum erschienen und hatte verkündet, Hattusili würde am Leben bleiben, wenn er in ihre Dienste träte. Das hatte er getan. Auch Puduhepa hatte schon früh der Göttin gedient, denn ihr Vater war der Istar-Priester von Lawazantija gewesen. Dort im fernen Kizzuwatna hatten sie sich im Herbst nach dem Sieg über Ramses getroffen. Und selbst ihre Ehe war von Istar gestiftet worden: Sie hatte Hattusili damals einen Traum geschickt, der ihm befahl, Puduhepa zu heiraten.

Diese Ehe hatte einiges Erstaunen hervorgerufen. Normalerweise heiratete ein so enger Verwandter des Königs nicht die Tochter eines eher unbedeutenden Priesters. Turbulente Jahre folgten. Während Hattusili an der Seite seines Bruders in Kadesch gekämpft hatte, waren die Kaskäer, die Bergbewohner des Nordens, im Oberen Land eingefallen und hatten Hattusilis Regierungssitz Hakmissa erobert. Nur die heilige Stadt Nerikka, die Hattusili ihnen nach jahrhundertelanger Besetzung entrissen hatte, verblieb in hethitischer Hand. Doch mit Istars Hilfe vertrieb Hattusili die kaskäischen Horden erneut und wurde wieder König von Hakmissa. Und die kleine Priesterstochter Puduhepa wurde Königin.

Aber es waren auch gute Jahre. Jahre voller Liebe und Glück. Jahre, in denen ihnen drei Kinder geschenkt wurden. Jahre des fröhlichen Zusammenlebens mit der Familie und den Freunden. Jahre, in denen Hakmissa prosperierte. Jahre, in denen deutlich wurde, dass Hattusili zu mehr bestimmt war als zum untergeordneten Provinzherrscher.

All das wollte Urhitesub zerstören. Deshalb hatte Puduhepa Hattusili bestärkt, den Kampf gegen ihn aufzunehmen. Das war sehr risikoreich gewesen, doch am Ende hatte sich Hattusili durchgesetzt. Und das durfte nicht durch Magallus Tod gefährdet werden.

Puduhepa ging zur Tür und rief ihre Dienerinnen. Es wurde Zeit, sich für die ersten Opfer umzukleiden. Doch dann fiel ihr noch etwas anderes ein. Obwohl Magallu ein so schwieriger Mensch gewesen war, liebte ihn seine Frau sehr.

Sicherlich hatte niemand daran gedacht, sich um sie zu kümmern.

»Lauf zum Säulenhaus an der Burgmauer und richte Gassulawija von mir aus, dass sie zu Magallus Frau gehen soll«, sagte sie zu der Dienerin, die als Erste hereingekommen war. »Gassulawija weiß dann schon, was zu tun ist.«

Offenkundig hatte Abamuwa die morgendliche Ruhe in Hattusa überschätzt. Als Walwaziti aus dem Säulenhaus kam, wo er Bentesina auf seine neue Aufgabe vorbereitet hatte, begegnete er Alalimi.

»Ich habe gehört, es hat einen Unfall gegeben, Magallu ist tot«, hielt ihn der junge Mundschenk auf. »Stimmt das?«

Walwaziti nickte. »Woher weißt du das, Alalimi?«

»Palla hat es Uratarhunta erzählt.«

Natürlich. Zuzuli hatte die Neuigkeit auf der Stelle seinem Herrn mitgeteilt, und der hatte es jedem, der es hören wollte oder nicht, brühwarm weitergetratscht.

Walwaziti hob resigniert die Schultern. »Und das bedeutet, dass ich jetzt einiges regeln muss, ehe die Assyrer kommen. Das Wichtigste ist aber geklärt. Bentesina wird ihre Betreuung übernehmen.«

»Aber das ist doch …«

»Nein. Ich halte das für eine sehr gute Lösung. Dass das Fest gelingt, ist die Hauptsache. Bitte sorg dafür, dass sich niemand das Maul darüber zerreißt.«

»Du kannst dich auf mich verlassen, Walwaziti.« Alalimi legte die Hand auf Walwazitis Schulter und wollte sich zum Gehen wenden, als ihm noch etwas einfiel. »Ist Magallu vom Stadtfelsen gestürzt?«

»Wie kommst du denn darauf?« Walwaziti, der sich gleichfalls in Bewegung gesetzt hatte, blieb abrupt stehen.

»Uratarhunta hat das angedeutet. Er hat gesehen, dass Magallu gestern Abend dorthin gegangen ist – und ich habe beobachtet, wie die Burschen aus Lallupija ihn eingekreist haben, als sie durch die Stadt tobten.«

Das entsprach nicht ganz dem, was Mutarki Walwaziti erzählt hatte. Und ausgerechnet Uratarhunta, der neuerdings immer mehr Kellas Freundschaft zu suchen schien, hatte etwas gesehen. Da musste er erst einmal genauer nachhaken. Lügen war eigentlich nicht Walwazitis Sache, schon gar nicht Alalimi gegenüber, den er seit vielen Jahren kannte und schätzte. Doch in diesem Moment wich er lieber aus.

»Das glaube ich nicht. Soviel ich weiß, hat Abamuwa ihn beim Wasserfall am Großen Felsen gefunden. Entschuldige, ich hab's eilig. Ich muss die neue Einteilung mit Kella besprechen.«

»Viel Glück!« Alalimi beneidete Walwaziti ganz und gar nicht um das Treffen mit diesem Choleriker.

Der kleine, rundliche Priester hüpfte herum wie ein aufgeblasener Schafsbalg.

»Ich hab's satt! Immer wieder Extrawünsche! Immer wieder völlig neue Anordnungen! Alles wird geändert! Alles soll jetzt … weltläufig sein!« Das Letzte stieß Kella so verächtlich hervor, dass ihm der Geifer aus dem Mund rann.

Walwaziti versuchte, Kella zu beruhigen, doch der war mal wieder nicht aufzuhalten.

»Kunni also jetzt! Gerade war Palla hier und hat mir auseinandergesetzt, Magallus Tod sei ein Zeichen der Götter. Eine Warnung, was geschieht, wenn die Traditionen nicht befolgt werden. Der rechtmäßige Träger der Istar-Statue sei der, der sie geschaffen hat. Wer bin ich, dass man mir erzählen will, was Tradition ist?«

Kella packte Walwaziti am Arm. »Wer bin ich, dass mir ein Palla sagen darf, wie die Zeichen der Götter zu deuten sind! Aber was interessiert das den *Groß*könig Hattusili? Der kümmert sich doch nur um die Herren aus den Fremdländern.«

»Nun, du weißt, wie wichtig sie bei diesem Torfest sind.

Bitte mach die Sache jetzt nicht noch schwieriger.« Kella war so außer Atem, dass Walwaziti ihn endlich unterbrechen konnte. »Und letztlich mehrt es den Ruhm des Großen Tempels, wenn sie sehen, dass sein Oberster Priester nicht bloß ein Provinzheiligtum betreut. Du bist der Einzige, der das beweisen kann.«

Kella schluckte die Schmeichelei. »Also Kunni. Und falls noch etwas passiert, Zuwappi.« Seine Augen begannen wieder böse zu funkeln. »Und wie wär's danach mit Abamuwa?« Er grinste hämisch. »Machen wir doch gleich eine lange Liste. Ich habe dem Wichtigtuer Palla versprochen, dass er als Istar-Träger eingeteilt wird. Das halte ich. Das kann er haben. Aber vor ihm kommt noch irgendwer – dein kleiner Bruder Adduwa.«

Walwaziti verkniff sich jeden Kommentar. Entscheidend war, dass er sich nun weiter um den Empfang der Delegationen aus den Fremdländern kümmern konnte. Sollte Kella sich doch mit seiner albernen Liste seine Macht oder was auch immer beweisen.

Erleichtert verließ Walwaziti den Säulenhof des Großen Tempels und hoffte, dass nicht zu viele Ohren das lautstarke Gespräch mitbekommen hatten.

Acht Stunden Schlaf in einem bequemen Bett hatten nichts daran geändert, dass Kubanta immer noch erschöpft von der Reise war. Die Aufwartung beim König gehörte zwar zu den Pflichten eines Vasallen, aber durfte man einem Mann, der die sechzig längst überschritten hatte, eine derart weite Reise noch zumuten? Fünfundzwanzig Tage hatte er gebraucht, um vom Meer im Westen nach Hattusa zu kommen. Fünfundzwanzig Tage, von denen einer beschwerlicher als der andere gewesen war. Jeden einzelnen Knochen spürte er.

Ächzend ließ sich der König von Mira auf einer Bank in der zentralen Halle des Turmhauses nieder.

Urhitesub hätte das sicher nicht mehr von ihm verlangt.

Der hatte, wie schon Muwattalli, seine besondere Stellung unter den Vasallen im Westen anerkannt. Schließlich war er der Sohn einer Schwester des heldenhaften Königs Suppiluliuma. Aber was konnte man von einem Hattusili anderes erwarten, von einem, der sich nicht an das Thronfolgerecht hielt, der seinen Neffen einfach vom Thron vertrieben hatte?

Und nicht nur das. Wütend versetzte Kubanta der Bank einen Tritt, als ein hagerer Mann Mitte vierzig durch die Halle ging und ihn höflich grüßte. Masturi, der König von Seha und sein unmittelbarer Nachbar. Untergebracht im selben Gästehaus wie er.

Kubanta erwiderte den Gruß mit einem knappen Grunzen. Früher hätte er nicht mit Masturi unter einem Dach schlafen müssen, früher hätte er im größeren Säulenhaus logiert und nicht im alten, zugigen Turmhaus. Aber seit der Speichellecker Masturi mit der Schwester von Hattusili verheiratet war und Urhitesub als Bastard bezeichnet hatte, wurde der ihm vorgezogen.

Dass er in Wirklichkeit auch in diesem Haus vorrangig behandelt wurde und zudem kein Blutsverwandter, sondern nur ein Adoptivsohn von Suppiluliumas Schwester war, ließ Kubanta in seiner Wut nicht gelten. Und auch nicht, dass bereits Muwattalli die Ehe von Masturi vereinbart hatte.

Ein sehr junger, schlaksiger Mann betrat die Halle. Als er Kubanta sah, hellte sich seine finstere Miene ein wenig auf.

»Kubanta, sei willkommen.«

»Kurunta, schön dich zu sehen. Wenigstens ein Lichtblick an diesem schrecklichen Morgen.« Kubanta umarmte den jungen Mann. »Aber was ist denn los?«

»Hast du schon gehört, was passiert ist? Bentesina fungiert plötzlich als Abgeordneter des Großkönigs!« Kurunta ließ sich neben Kubanta auf die Bank fallen. »Ein einfacher Vasall darf eine Delegation betreuen. Und noch dazu die assyrische. Hattusili hätte *mir* das Amt übertragen müssen. Oder wenigstens dir.«

»Eine Unverschämtheit«, stimmte der alte Mann zu.

»Aber was kann man von einem Thronräuber schon anderes erwarten?«

»Seinen eigenen Adoptivsohn übergeht er! Das hätte ich mir nie träumen lassen.«

»Und zieht einen Windhund dem König von Tarhuntassa vor, dem König, dessen Rang gleich nach dem eines Kronprinzen und dem des Königs von Karkamissa kommen sollte«, stachelte Kubanta die Wut des Jüngeren weiter an.

»Wenn Hattusili glaubt, er könnte mich isolieren, dann hat er sich geirrt. So leicht wie meinen Bruder Urhitesub kann er mich nicht überrumpeln.«

»Genau. Lass dir nichts gefallen. Deine Linie ist die rechtmäßige. Dieses Königspaar hat nichts auf dem Thron zu suchen. Er gebührt allein den Söhnen von Muwattalli. Wenn nicht Urhitesub, dann dir.«

»Leise!« Kurunta sah sich erschrocken um. So etwas zu sagen war gefährlich. Doch er konnte niemanden entdecken, der das Gespräch vielleicht belauschte.

»Bestimmt steckt wieder Puduhepa dahinter. Wenn dieses Weib nicht wäre, hätte sich Hattusili nie gegen meinen Bruder versündigt. Sie hat ihn aufgestachelt«, flüsterte Kurunta.

»Hoffentlich bekommt sie bald die Quittung.« Kubanta lachte hämisch. »Vielleicht ist es sogar sehr gut, dass Bentesina die assyrische Delegation betreut, vielleicht viel besser, als du glaubst. Wenn Bentesina sich ungeschickt benimmt, bekommt Hattusili von den Assyrern keinen Rückhalt. Und wenn die gegen ihn Front machen, tut das auch Ramses. Dann sitzen Hattusili und Puduhepa nicht mehr lange auf dem Eisenthron.«

»Das ist wahr, Kubanta. Das ist's. Besser hätte es gar nicht kommen können. Bentesina muss versagen. Danke, Kubanta.« Kurunta erhob sich und verließ die Halle.

Dass Masturi im Schatten hinter einer Säule stand, bemerkte er auch jetzt nicht.

Wieder zurück in der Staatskanzlei oben auf der Burg hatte Walwaziti zunächst Kunni, Puduhepas Späher und Betreuer der Babylonier, von den neuesten Umstellungen informiert, dann den Kommandanten der nördlichen Stadtwache beauftragt nachzuprüfen, ob seine Leute in der Nähe der Schlucht etwas beobachtet hatten, und schließlich Adduwa hereingerufen.

Dass die beiden Brüder waren, sah man auf den ersten Blick. Adduwa hatte dieselben graublauen Augen wie Walwaziti, ebenfalls eine kleine Nase, ein eher kantiges Kinn und dichte, fast schwarze Haare. Allerdings war er etwas kleiner und weniger füllig. Eigentlich konnte man ihn als schmächtig bezeichnen. Doch das würde sich möglicherweise noch ändern, denn Adduwa war erst achtzehn. Er war Walwazitis jüngster Bruder und zugleich einer der Schreiber, die für ihn arbeiteten.

»Die Delegationen aus den Fremdländern treffen in Kürze ein. Das Fest wird also pünktlich beginnen. Du kannst nun die Tafeln mit den Anweisungen für den ersten Tag holen und die frischen Tontafeln für mein Protokoll bereitlegen. Danach hast du Zeit, dich umzukleiden. Ich brauche dich erst wieder hier oben auf der Burg, wenn der König zum Audienzpalast kommt.«

Adduwa nickte. »Wird alles genau so erledigt, Bruder. Ich werde den Ablauf des Fests schon nicht stören.«

Als erste kam die babylonische Delegation.

Am Haupttor der Unterstadt empfing Kunni sie und brachte sie zum Aufgang zur Königsburg, wo ein Spalier von Gardisten mit Speeren Aufstellung genommen hatte. Oben vor dem äußeren Burgtor begrüßte sie Walwaziti, der nun einen langen, hellen Mantel aus feinem Leinen trug, den eine blaue Borte zierte.

»Willkommen in der Silberstadt, Itti-Marduk-balatu.«

Der ältere Mann stützte sich schwer auf seinen Stock und schnaubte höhnisch: »Schön, hier zu sein. Ich weiß nicht, warum Kadasman-Turgu diesen Besuch so wichtig findet, dass ich erscheinen musste und nicht wie sonst Adad-sar-ilani. Na ja, machen wir das Beste draus.«

Walwaziti blieb höflich und sagte nichts, denn die Antwort hätte lauten müssen: »Weil es deinem Land an vielem mangelt und ihr dringend auf eine Verbesserung der Handelsbeziehungen angewiesen seid.«

Er führte Itti-Marduk-balatu und seine Begleiter durch das von Löwen-Plastiken flankierte Tor in den äußeren Hof. Über dessen Mitte verlief ein Pflasterweg aus roten Steinplatten. Auf diesem Ehrenpfad schritt Walwaziti mit den Gästen zur Säulenhalle des Palasttors und von dort in den rechteckigen unteren Burghof.

Hier geleitete er die Babylonier zum ersten Gebäude gleich links, dem untersten und kleinsten der drei Gästehäuser, die für die Delegationen aus den Fremdländern hergerichtet waren. Damit war klargestellt, dass die Babylonier dem hethitischen König am wenigsten galten. Auch das Protokoll für die Reihenfolge der Ankunft entsprach dem: Walwaziti hatte es so eingerichtet, dass Itti-Marduk-balatu als Erster eintreffen musste.

»Möge dein Aufenthalt in Hattusa lohnend sein«, verabschiedete sich Walwaziti vor Itti-Marduk-balatus Quartier.

Bentesina verneigte sich besonders tief, als Baba-aha-iddina das Stadttor erreichte.

»Es ist mir eine besondere Ehre, dich im Namen von Großkönig Hattusili willkommen zu heißen, Baba-aha-iddina. Ich bin Bentesina, König von Amurra und Schwiegersohn von Hattusili. Und ich werde alles tun, damit du einen angenehmen Aufenthalt in Hattusa hast. Wenn du Wünsche hast, zögere nicht, sie zu äußern, ich bin jederzeit für dich da.«

»Danke. Aber wenn ich mich recht erinnere, sollte mein Betreuer Magallu heißen, oder?« Baba-aha-iddina war nicht sehr erfreut. Immer musste er sich mit Ärgernissen abfinden, wenn er nach Hattusa kam. Ungehalten drehte er sich zu seinem jüngsten Begleiter um, doch Bentesina kam ihm zuvor.

»Das ist richtig, aber der hatte einen Unfall, so dass ich dieses ehrenhafte Amt übernehmen durfte. Und das ist mir eine große Freude. Ich hoffe, dass du keinen Grund haben wirst, diese Änderung zu bedauern.«

Baba-aha-iddina war besänftigt und schluckte eine spitze Bemerkung hinunter. Vielleicht hatten sich die Verhältnisse am hethitischen Hof unter Hattusili ja tatsächlich geändert.

»Du sprichst die Sprache der Diplomaten, als hättest du sie von deiner Mutter gelernt, Bentesina.«

»Ich konnte meine Kenntnisse verbessern, als ich Hattusilis Gast in Hakmissa war.«

»Selbst in der Provinz war Hattusili um Weltläufigkeit bemüht, Respekt.« Baba-aha-iddina rang sich zu einem richtig freundlichen Lächeln durch. »Mal sehen, was er uns nun hier zu bieten hat.«

Tief in Gedanken verließ Adduwa den Komplex des Großen Tempels durch ein Seitentor und betrat die gepflasterte Straße. Gegenüber lag das lang gestreckte Gebäude, in dem sich auch die Schreiberschule befand. Nun würde sich zeigen, ob er die Sprachen, die er dort gelernt hatte, nutzbringend anwenden konnte bei den ausländischen Gästen.

Er freute sich auf dieses Torfest, das endlich wieder internationales Leben in die Silberstadt brachte. Neben seinen Aufgaben als Schreiber für Walwaziti und den gewohnten Pflichten beim Eröffnungsfestzug und als Löwenmaskenträger war er in diesem Jahr auch erstmals mit einer Solorolle bei der Darbietung des Telipinu-Schauspiels oben am Sphinxtor dabei.

Vorn von der Hauptstraße her ertönten Trommeln. Geleitet von der königlichen Garde erschien ein kleiner Zug. An seiner Spitze ging Bentesina neben einem schlanken, dunkelhaarigen Fremden. Das musste der assyrische Gesandte Baba-aha-iddina sein. Gerade ergriff er Bentesinas Ellbogen, sagte etwas und warf dann lachend den Kopf zurück. Bentesina lachte ebenfalls.

Das sah gut aus. Denn das war ein fröhliches Lachen. Anscheinend mochten sich die beiden, und Baba-aha-iddina störte sich nicht an der unkonventionellen Änderung des Protokolls.

Adduwa wandte sich nach rechts und ging hinunter zum Wohnviertel hinter dem Tempel, in dem das Haus der Brüder lag. Walwaziti hatte zwar auch Gemächer oben auf der Burg, aber als seine eigentliche Wohnung betrachtete er nach wie vor das zweistöckige Haus, das er sich mit Adduwa teilte. Es war zwar älter und relativ klein, aber es hatte Kanalisation, und Walwaziti hatte mittlerweile sogar für eine Badewanne gesorgt. Bezogen hatten sie das Haus, als die Familie bei Urhitesub in Ungnade gefallen war, und Walwaziti hatte es nach seinem erneuten Aufstieg aus Sentimentalität behalten. Adduwa störte das nicht, denn er liebte das Viertel mit seinen verwinkelten Gassen, kleinen Brunnen und schattigen Plätzen.

Durch eine kurze Gasse erreichte er einen kleinen, rautenförmigen Platz und wollte von dort nach links zum Haus abbiegen, als er gegenüber eine zierliche Gestalt mit dunkelblonden Locken in einem Hofeingang verschwinden sah.

Mala. Die Goldkäfer in seinem Bauch führten einen wilden Tanz auf. Noch war viel Zeit, bis sich die Türen des Audienzpalasts für den König öffnen würden.

Adduwa änderte seine Pläne und behielt die ursprüngliche Richtung bei.

Nachdem ein offensichtlich zufriedener Baba-aha-iddina mit Bentesina in dem lang gestreckten Gästehaus verschwunden war, das die rechte Seite des unteren Hofs einnahm, seufzte Walwaziti erleichtert.

Das war also bestens verlaufen. Jetzt konnten die Ägypter kommen. Sie waren zwar ein bisschen früher dran als erwartet, aber trotzdem blieb bis dahin noch Zeit für einen Becher Sessar. Wie er Zuwappi kannte, hatte dieser sicher einen Krug von dem gefilterten Bier parat. Er ging in das größte und am dichtesten beim Audienzpalast gelegene Gästehaus, wo er den Betreuer der ägyptischen Delegation wähnte.

Doch dort erwartete ihn eine Überraschung: Zuwappi hatte sich an diesem Morgen überhaupt noch nicht auf der Burg blicken lassen.

»Er hat nicht hier oben übernachtet. Vielleicht ist ihm die Zeit knapp geworden, und er geht direkt zum Stadttor«, meinte der älteste Page vorsichtig.

Walwaziti unterdrückte ein Grinsen. Natürlich, Zuwappi hatte mal wieder verschlafen. Aber an diesem Tag war das schon ziemlich nachlässig. Das wollte er ihm persönlich sagen.

»Ich gehe selbst hinunter zu seinem Haus.«

Mala stand an einem kleinen Brunnen neben einem Buchsbaum, als Adduwa den Hof betrat.

»Mala. Das ist eine Überraschung. Was machst du hier unten in der Nordstadt?« Mala war die Tochter des Kämmerers Uratarhunta und meist nur oben auf der Burg zu finden.

»Ich wollte bloß Annanza besuchen.«

Adduwa stutzte, denn Mala und Annanza waren nicht gerade Freundinnen. Gab es vielleicht einen anderen Grund für ihren Gang in diesen Teil der Stadt? Immerhin hatte sie sich, als er sie das letzte Mal getroffen hatte, mit einem Kuss von ihm verabschiedet. Wenn auch nur einem flüchtigen.

Mutig trat Adduwa neben sie.

»Ich …«

»Ann…«, begannen sie gleichzeitig.

Adduwa ärgerte sich. So ungeschickt stellte er sich Frauen gegenüber sonst nicht an. Ausgerechnet bei Mala benahm er sich nun wie ein Tölpel. Als ob sie sich nicht schon lange kannten.

Verlegen blickten beide zur Seite und rissen nun ebenso gleichzeitig jeder einen Buchszweig ab. Mala musste lachen. Adduwa fiel ein, nahm all seine Kühnheit zusammen und ergriff Malas Hand. Mala erwiderte den Druck. Und dann hatte Adduwa auch seine Stimme wiedergefunden.

»Ich freue mich sehr, dass du hier bist.«

»Ich hatte gehofft, dir zu begegnen.«

Er fasste Mala bei den Schultern und zog sie sanft zu sich. In der Sonne glänzte ihr Haar golden wie Bernstein. Sie strahlte ihn aus blauen, grüngesprenkelten Augen an. Ihre Lippen machten kurz vor ihren bezaubernden Grübchen noch einen lustigen Schlenker nach oben und verliehen so dem Gesicht eine schelmische Note.

Behutsam gab er ihr einen Kuss. Sie vergrub ihre Hand in seinen langen, dunklen Haaren, schmiegte sich an ihn und erwiderte die Zärtlichkeit. Plötzlich lagen sie sich fest umschlungen in den Armen.

Mala zitterte ganz leicht, als sie sich nach einer glückseligen kleinen Ewigkeit voneinander lösten.

»Nicht hier«, flüsterte sie und zog Adduwa nach hinten in den Garten, der mit einer hohen Ziegelmauer umgeben war.

»Willst du damit sagen, dass Zuwappi die letzte Nacht nicht in der Stadt verbracht hat? Dass er seelenruhig auf dem Land geblieben ist?«

Der Diener nickte widerstrebend.

Walwaziti war entsetzt. So viel Nachlässigkeit durfte sich

selbst Zuwappi nicht leisten. Dass er eine Geliebte auf dem Land hatte und jede freie Stunde bei ihr verbrachte, war ein offenes Geheimnis. Zuwappi tat auch wenig, um das zu verschleiern, denn seiner Meinung nach bewies er damit fremdländische Lebensart. Genau wie mit den ägyptischen Begriffen, die er so gerne benutzte. Manchmal war das lästig, auf der anderen Seite waren seine Ägyptisch-Kenntnisse der Grund, weshalb Zuwappi zum Betreuer von Mairia bestimmt worden war. Selbstverständlich sprach Mairia wie jeder Diplomat Babylonisch, aber Hattusili wollte dem Ägypter eine besondere Ehre erweisen, indem er ihm jemanden zuteilte, der ihn in seiner eigenen Sprache anreden konnte.

Walwaziti musste Zuwappi unbedingt finden, ehe Mairia eintraf. Jetzt blieb ihm nur die Hoffnung, dass Zuwappi schon am Stadttor stand. Das Landgut seiner Geliebten lag keine einhundertundfünfzig Feld außerhalb, ein Weg, den Zuwappi auch in Festkleidung zurücklegen konnte.

Doch am Tor erklärten ihm die Wachen, dass Zuwappi nicht da sei und die Stadt an diesem Morgen auch noch nicht betreten habe.

Jetzt wurde es brenzlig.

»Offenbar wird dies ein Fest der Ersatzleute«, zischte Walwaziti und zupfte wütend an seinem linken Ohrläppchen. »Das ist einigermaßen peinlich. Und nur, weil der Herr Lässigkeit beweisen will.«

Egal, er musste auf der Stelle dafür sorgen, dass jemand da war, der Mairia gemäß den Wünschen von Hattusili empfangen konnte. Jemand, der Ägyptisch sprach. Zeit, erst noch den König oder Puduhepa zu fragen, blieb ihm nicht mehr. Walwaziti überlegte fieberhaft.

Adduwa. Sein kleiner Bruder lernte seit einigen Monaten Ägyptisch, und seine ersten Versuche waren viel versprechend. Protokollarisch war das natürlich ganz schlecht, denn Adduwa hatte kaum Erfahrung. Aber für den ersten Empfang würde es reichen, bis zum Festbeginn war Zuwappi dann ja wohl zur Stelle.

»Lauf hinaus zum Gut am Eichenwald hinter dem Felsentempel und hol Zuwappi«, rief er einem der jüngeren Wächter zu und wandte sich wieder in Richtung Stadt.

Wenigstens würde er Adduwa mit dieser unerwarteten Aufgabe zum glücklichsten Menschen von Hattusa machen.

Adduwa *war* der glücklichste Mensch von ganz Hattusa.

Mala saß unter einem Apfelbaum, und Adduwas Kopf lag in ihrem Schoß.

»Liebste«, flüsterte er. »Ich bin froh, dass Annanza und ihre Familie ausgegangen sind.«

»Oh ja, wenn sie das meinem Vater erzählen könnten, würde er mich sofort aufs Landgut bringen lassen. Er darf nichts von uns erfahren.«

»Warum hasst Uratarhunta meine Familie derartig? Keiner aus meiner Sippe hat ihm je etwas getan.«

»Es ist viel schlimmer. Ich schäme mich, das zu sagen: Weil Muwattalli deinen Vater und nicht meinen Großvater zum Statthalter in Hattusa gemacht hat.«

»Aber das ist doch mehr als zehn Jahre her. Und uns ging es unter Urhitesub nicht besser als euch.«

»Schon. Aber deine Familie hat Hattusili wieder erhoben, während mein Vater nur einfacher Kämmerer geworden ist.«

Adduwa setzte sich auf. »Da können wir doch nichts dafür. Ich denke, dein Großvater Kantuzzili ist schuld. Du kannst nicht erwarten, dass Hattusili dem Sohn von einem seiner schärfsten Gegner zusätzliche Privilegien einräumt. Und immerhin ist er für die Getreidespeicher zuständig.« Adduwa unterbrach sich. »Lass uns aufhören damit. Eben waren wir noch so glücklich.«

Er wischte die Träne ab, die über Malas Wange rollte.

»Vielleicht wird ja alles gut. Und vielleicht stellt sich dein Vater nicht mehr gegen mich, wenn ich erst einen guten Posten habe.«

Mala war wenig überzeugt. »Nein. Selbst wenn du Oberster Schreiber würdest. Ich glaube, *jeder* Schreiber bringt ihn sofort in Wut.«

»Aber ich will nicht nur Schreiber bleiben. Ich will auch Diplomat werden. Deshalb lerne ich ja zusätzlich Ägyptisch.« Adduwa legte seinen Kopf wieder in Malas Schoß. »Ich muss beim Fest unbedingt eine Gelegenheit finden, Mairia auf mich aufmerksam zu machen. Ich denke, ich weiß auch schon, wann. Vielleicht kann ich ihn beeindrucken, und dann fordert er mich als Boten an. Stell dir vor, dann kann ich reisen. Und du kommst mit!«

Kaum einen Steinwurf entfernt, aber durch mehrere verwinkelte Mauern getrennt, betrat Walwaziti das Haus der Brüder. Er eilte die Treppe zum Obergeschoss hinauf und riss die Tür von Adduwas Ankleidezimmer auf. Es war leer. Ebenso die angrenzenden Räume.

Walwaziti rannte die Treppe wieder hinunter.

»Nani, wo ist Adduwa?«

Im Gang zur Küche erschien ein Mann Anfang vierzig mit einem kugeligen Bauch und Halbglatze, der sich die Hände an einem Tuch abtrocknete.

»Der war noch gar nicht hier. Aber es ist doch auch noch Zeit, bis die Sonne im Zenit steht.«

»Nein, ich brauche ihn jetzt schon. Vielleicht finde ich ihn ja in der Schule.«

So schnell, wie er gekommen war, verließ Walwaziti das Haus wieder.

Mit großen Schritten hastete er durch die Straße, die Adduwa nicht lange zuvor gemächlich entlanggeschlendert war, bog gegenüber vom Tempel in einen großen Hof und rannte in Richtung Schreiberschule.

Von dort kam ihm Tuttu entgegen, ein gedrungener zwanzigjähriger Mann mit rundem Gesicht und roten Bäckchen, die wie immer vor Eifer glänzten. Er war gleichfalls Schreiber und eng mit Adduwa befreundet.

»Weißt du, wo Adduwa steckt?«, rief ihm Walwaziti zu.

»Er müsste zu Hause sein. Ich habe ihn vorhin im Tempel getroffen. Da hatte er alle Tafeln verteilt und wollte los, um sich umzuziehen.«

»Dort ist er nicht.« Walwaziti hätte am liebsten geschrien. Aber das hätte die Sache auch nicht besser gemacht. Er dachte nach.

»Moment. Du lernst doch auch Ägyptisch, oder?«

Tuttu nickte. Er hatte ganz ähnliche Zukunftsträume wie Adduwa.

»Ich brauche dich. Zuwappi hat sich verspätet, und Mairia trifft jeden Moment ein. Du musst ihn am Stadttor empfangen.«

Tuttu schluckte verblüfft. »Aber ich kenne das Protokoll doch kaum …«

»Es geht nur darum, dass du Mairia am Stadttor auf Ägyptisch begrüßt und zur Burg begleitest. Dort bin ich dann dabei. Und später beim Fest übernimmt Zuwappi. Beeil dich, damit du rechtzeitig am Tor bist. Du schaffst das schon.«

»Ja. Danke.«

Strahlend rannte Tuttu los. Schließlich war das eine Gelegenheit, wie sie sich nicht alle Torfeste bot.

Das schrille Quieken eines Schweins riss Adduwa aus seiner Träumerei von einer Zukunft als großer Diplomat mit Mala an seiner Seite. Der Eröffnungsfestzug, bei dem er den Eber tragen sollte! Er blinzelte in die Sonne und sah, dass sie sich unerbittlich dem Zenit näherte. Erschrocken sprang er auf.

»Ich muss los, sonst komme ich zu spät zum Fest. Ich muss vorher noch baden und mich umkleiden.«

Er zog Mala hoch, nahm ihren Kopf in beide Hände und küsste sie kurz und fest auf den Mund.

»Bis morgen, Liebste!«

Am Hofeingang drehte er sich rasch noch einmal um und warf ihr eine Kusshand zu.

Mala stand beim Brunnen und blickte ihm nachdenklich hinterher. Sie sagte nichts.

Adduwa war viel zu glücklich, um sich in diesem Moment darüber zu wundern.

Schlimmer hätte es nicht kommen können. Am liebsten hätte sich Tuttu unter dem Pflaster versteckt.

Als er das Tor erreichte, hatten die Gardisten schon neben Mairia Aufstellung genommen und salutierten. Noch völlig außer Atem verneigte er sich vor dem Ägypter und setzte zum Willkommensgruß an. Doch heraus kam nur ein klägliches Gestammel, das auch ein Besucher, der gutwilliger als Mairia gewesen wäre, kaum als Gruß hätte interpretieren können. Eher als das Gegenteil.

Mairia brach in schallendes Gelächter aus.

»Das halten die Hethiter für Ägyptisch?«, herrschte er ihn auf Babylonisch an. »Haben wir keine gemeinsame Sprache?«

Tuttu war knallrot angelaufen. So hatte er sich den Beginn seiner diplomatischen Laufbahn nicht vorgestellt. Ehre hatte er seinem König damit nicht gemacht. Aber es half nichts. Tapfer wiederholte er seinen Willkommensgruß auf Babylonisch und fügte hinzu: »Ich bin dein Diener Tuttu.«

Und dann setzte er alles auf eine Karte: »Mairia, Gesandter des Großkönigs, des Königs von Ägypten, Usermaatre-Setepenre, des Sohns der Sonne, des Ramses Meriamun, ich habe die unverdiente Ehre, dich durch die Stadt von Hattusili, Großkönig, König des Landes Hattusa, zur Burg geleiten zu dürfen.«

Diesmal war sein Ägyptisch perfekt.

Mairia quittierte das mit einem gönnerhaften Neigen des Kopfes, dann trat er einen Schritt zur Seite und strich mit dem kleinen Finger der rechten Hand über die kurzen Löckchen seiner schwarzen Perücke.

»Du kannst dieses Geschenk für deinen König tragen«, sagte er gleichfalls auf Ägyptisch und deutete auf einen Korb, der mit einem Tuch bedeckt war. Ein Mann aus Mairias Gefolge nahm es ab.

Entsetzt fuhr Tuttu zurück. Der Korb entpuppte sich als Käfig, und darin befand sich ein lebendes Wesen, eine Mischung aus Mensch und Hund, das ihm fauchend die Zähne entgegenbleckte.

Mairia genoss seinen Auftritt.

Mitten auf dem unteren Hof stand einsam und verlassen der Käfig mit dem Pavian. Die Leibgardisten und Goldlanzenträger, die wie üblich an den Längsseiten ihre Posten hatten, und auch die Torwachen würdigten ihn mit keinem Blick.

Nachdenklich betrachtete Walwaziti den Affen und knetete sein linkes Ohrläppchen. Zuwappi war immer noch nicht eingetroffen, und auch der Wächter hatte sich bislang nicht zurückgemeldet. Viel Zeit blieb nicht mehr bis zum Beginn des Fests. Falls Zuwappi dann nicht da wäre, würde es problematisch. Da das Königspaar bereits im oberen Hof bei den Opfern für die Ahnen war, konnte er Änderungen nicht mehr mit ihm absprechen.

Mairia hatte sich seine Erklärung, Zuwappi könne erst zum Fest da sein, weil sein Vater plötzlich schwer krank geworden sei, zwar angehört, aber ob er sie geglaubt hatte, war ungewiss. Jedenfalls war er einigermaßen wortkarg, gefolgt von Tuttu, im Gästehaus verschwunden.

Mairia war fünfundzwanzig, so alt wie Walwaziti selbst. Doch im Gegensatz zu ihm hatte Mairia noch keinen hohen Rang als Diplomat. Bis vor kurzem war er einfacher Bote und kein Gesandter gewesen. Um so empfindlicher reagierte er deshalb darauf, dass ihn ein Anfänger begrüßt hatte. Tuttu musste das ausbaden und den Pavian schleppen. Zum Glück hatte er sich nicht anmerken lassen, dass er unter der Kränkung litt. Im Gegenteil, er hatte so getan, als wäre das eine Ehre, die eines Kriegers würdig ist, und den Korb über seinen Kopf gestemmt die Rampe zur Burg hinaufgetragen.

Der Anblick war schon komisch gewesen. Walwaziti schmunzelte. Das hatte der Blasiertheit des Ägypters die Spitze genommen.

Der Oberste Schreiber wurde wieder ernst. Es gab noch ein anderes Problem, um das er sich endlich weiter kümmern musste: Magallus Tod. Am liebsten hätte er das bis nach dem Fest aufgeschoben. Deshalb war er froh gewesen, dass er bislang dafür einfach keine Zeit gehabt hatte. Aber vielleicht machte er sich wegen Nerikkaili auch umsonst Sorgen. Denn es gab offenbar noch eine andere Fährte: Alalimi hatte Magallu mit den Burschen aus Lallupija gesehen. Womöglich waren sie und nicht Nerikkaili in den Fall verwickelt. Wegen der Lallupijaner brauchte er keine Rücksichten zu nehmen. Am besten fragte er Mutarki erst einmal, wo das Fass genau gelegen hatte.

Als könne er Walwazitis Gedanken lesen, trat Mutarki in diesem Moment aus dem Gästehaus.

»Mutarki, wir müssen unbedingt über heute Morgen reden. Du bist mir noch ein paar Erklärungen schuldig.«

»Hat das nicht bis zum Abend Zeit?« Mutarki fühlte sich sichtlich unwohl.

»Nein.« Walwaziti zog Mutarki weg von den Gästehäusern und den Wachen in die untere Hofecke. »Es ist wichtig. Wo genau lag das Fass?«

»Nun … auf der anderen Bachseite.«

»Gegenüber vom Wasserfall?«

»Ein bisschen weiter oben vielleicht.«

»Um wie viel? Uratarhunta hat gesehen, wie Magallu gestern Abend zum Stadtfelsen gegangen ist. Könnte er von dort runtergestürzt sein?«

»Ja, das ist möglich. Aber …«

Mutarki wand sich, und in Walwaziti keimte ein ganz anderer Verdacht.

»Lag es beim Zelt für die Opfer? Oder gar im Stelenhain?« Er fasste Mutarki an den Schultern und schüttelte ihn.

»Zwischen den Stelen«, gab Mutarki kleinlaut zu.

»Hat dich ein Dämon gepackt? Warum hast du das nicht gleich gesagt?« Walwaziti wurde wütend. »Wenn Magallu im Stelenhain gestorben ist, ist ein Reinigungsritual zwingend vorgeschrieben. Was hast du dir bloß gedacht? Willst du das Fest gefährden?«

»Nein. Ich wollte doch, dass es pünktlich anfangen kann. Du weißt, wie wichtig das für Hattusili ist. Ich wollte nicht schuld sein, dass es verschoben wird.«

»Unsinn. Was nützt ein pünktliches Fest, wenn der Wettergott beleidigt ist? Dann nimmt er das Opfer nicht an, und die Götter entziehen Hattusili bei der Großen Versammlung ihr Wohlwollen. Als ob du das nicht wüsstest!«

Walwaziti musste sich mühsam beherrschen, um nicht zu brüllen. Doch als er sah, dass Mutarki den Tränen nahe war, lenkte er ein.

»Ich weiß, du hast es gut gemeint. Aber es war ein schlimmer Fehler. So leichtsinnig darfst du nicht wieder sein.«

»Nein. Ich hätte es dir später ja auch gesagt. Außerdem ist er vielleicht gar nicht im Stelenhain, sondern schon oben auf dem Stadtfelsen gestorben. Er hat keine Stele gestreift. Das Zelt auch nicht. Eigentlich hat sein Körper den Boden ja kaum berührt. Nur die Füße. Und ich habe das Fass dann auf dem kürzesten Weg ins Wasser gerollt. Dabei ist es nirgends angestoßen, das kann ich beschwören.«

»Das ist egal. Ohne Reinigungsritual darf der König dort nicht opfern.« Er dachte einen Moment nach. »Aber es muss ja nicht Kella sein, der es durchführt. Ich werde Halpaziti fragen, ob er das übernimmt. Da er bei diesem Torfest auch Orakel-Priester ist, kann er das genauso gut tun. Zum Glück findet das Opfer im Stelenhain erst am dritten Tag statt. Ich weiß nicht, wann Halpaziti Zeit hat, vielleicht schon heute Nacht.

Halte dich bereit. Und vor allem: Kein Wort darüber. Zu niemandem!«

»Ganz bestimmt nicht.« Erleichtert wandte sich Mutarki zum Gehen.

Walwaziti war niedergeschlagen. Seine schlimmsten Befürchtungen schienen sich zu bewahrheiten: Dieses Fest stand unter einem bösen Omen, noch ehe es begonnen hatte.

Fünfter Tag des zweiten Frühlingsmonats im ersten Jahr des Großkönigs Hattusili

(Anfang Mai 1265 v. u. Z.)

Der erste Tag des Torfests

»Er soll es nicht wagen, mir je wieder unter die Augen zu treten!« Hattusili war weiß vor Zorn. Wütend rammte er den eisernen Speer, den ihm der Zunftmeister der Schmiede zu Beginn des Fests überreicht hatte, auf den Steinboden im Audienzpalast. »So eine Pflichtvergessenheit habe ich noch nie erlebt!«

»Bitte sei leiser«, flüsterte ihm Puduhepa zu. »Sonst merken alle, dass etwas schief gelaufen ist. Wir müssen jetzt das Beste daraus machen. Zuwappis Bestrafung kann warten.«

Sie zwang sich zu einem huldvollen Lächeln und gerader Haltung. Nachdem Hattusili die Gäste im Thronsaal begrüßt hatte, befand sich das Königspaar jetzt auf dem Weg zum Eröffnungsfestzug im unteren Hof.

Während der König nach altem Brauch in dem kleinen Raum hinter dem Thron mit dem knöchellangen Hirtenmantel aus dunkelbraunem Leder, schwarzen Schnabelschuhen, einer eng anliegenden, runden Kappe und einem großen goldenen Ohrring für das Fest eingekleidet worden war, hatte Walwaziti Puduhepa erzählt, was passiert war. Offenbar hatte Zuwappi das Landgut seiner Geliebten verlassen, war aber auch zum Beginn des Fests nicht erschienen. Daraufhin hatte Walwaziti Mairia angeboten, persönlich seine Betreuung zu übernehmen, doch überraschenderweise hatte Mairia erklärt, er sei mit Tuttu vollauf zufrieden.

Puduhepa war sich nicht sicher, ob sie darüber erleichtert sein sollte. Wieso begnügte sich der blasierte Ägypter mit einem Zweitrangigen? Führte er etwas im Schilde? Wollte er die Situation zum Vorwand nehmen, um Hattusili die Anerkennung zu verweigern? Sie zwang sich, den Gedanken beiseite zu schieben. Vielleicht war ihm ja auch bloß klar, dass er mit einem Walwaziti nicht so umspringen konnte wie mit dem unerfahrenen Tuttu, und er freute sich darauf, seine Überlegenheit auszukosten. Armer Tuttu, eine leichte Aufgabe hast du da bestimmt nicht, dachte Puduhepa mitleidig.

Gemessen schritten Hattusili und Puduhepa durch die Reihen der Gäste und traten hinaus in den mittleren Hof. Dort erwarteten sie die bunt gekleideten Festakteure und die Palastbediensteten, um ihnen zu huldigen. Die Menge verneigte sich und begann rhythmisch zu klatschen, während das Königspaar weiterging. Leibgardisten, Goldlanzenträger und Pagen bildeten mit feierlicher Miene eine Kette zum Tor der Götter. Trommeln und Tamburine setzten ein.

Direkt am Tor, das gleichfalls von steinernen Löwen flankiert wurde, wartete Abamuwa. Er trug nun einen gelben Umhang, die Festuniform der königlichen Leibgarde. Drei blaue Streifen wiesen ihn als ihren Kommandanten aus. Als das Königspaar herankam, verneigte auch er sich, stieß seinen Speer auf den Boden und führte es durch das Tor die Stufen hinunter in den unteren Hof.

Dort war eine zweistöckige hölzerne Tribüne mit gerundeten Zinnen aufgebaut, von denen bunte Bänder herabhingen. Sie war der verkleinerte Nachbau eines hethitischen Tors, und ihr verdankte das Fest ursprünglich seinen Namen. Mittlerweile erstreckte es sich aber auch noch auf die Tore der Stadt und der Tempel.

Während das Königspaar die Tribüne an der linken Längsseite des Hofs bestieg, nahmen davor sechsunddreißig Leibgardisten Aufstellung und gegenüber sechsunddreißig Goldlanzenträger, dann folgten die Gäste und gingen auf ihre Plätze zwischen den Goldlanzenträgern. Die Musik setzte aus.

Eigentlich hätte der Festzug nun beginnen sollen. Doch die feierliche Stille wurde durch Schritte unterbrochen.

»Was soll das?«, fragte Hattusili verwundert.

Mairia näherte sich rasch der Tribüne, und hinter ihm trottete ein gequält dreinblickender Tuttu, der wohl am liebsten auf dem Absatz kehrtgemacht hätte.

»Meine Sonne, ich möchte das Festprotokoll kurz unterbrechen, um dir ein besonderes Geschenk von meinem Herrn, dem König von Ägypten, Usermaatre-Setepenre, dem Sohn der Sonne, Ramses Meriamun, zu überreichen.« Mairia deutete auf Tuttu, der den Käfig trug, welcher nun mit einem rot gefärbten Tuch aus feinstem ägyptischen Leinen bedeckt war.

»Das Geschenk meines Bruders, des Großkönigs von Ägypten, ist willkommen«, entgegnete Hattusili und nickte.

Mairia verneigte sich und zog das Tuch herunter. Durch die Menge ging ein überraschter Aufschrei. Solch ein Wesen hatten die meisten noch nie in ihrem Leben gesehen.

Hattusili war begeistert. »Ein Hundskopfaffe, ein Janu, wie ihr in deiner Sprache sagt! Eine wunderbare Bereicherung meines Tiergartens. Übermittle meinem Bruder Ramses meinen ausdrücklichen Dank. Er – ich meine selbstverständlich den Affen – wird einen Ehrenplatz im Gehege bekommen.«

Puduhepa lachte leise. Das war wieder mal typisch für Hattusili. In solchen Spitzen war er Meister. Schon bei der Begrüßungsrede im Thronsaal hatte er das unter Beweis gestellt. »Hethiter sind keine Küken, die vor dem Falken davonstieben«, hatte er gesagt, nichts weiter. Doch so ziemlich jeder wusste, dass er damit auf die panische Flucht von Ramses' Armee vor Kadesch anspielte. Und die Assyrer hatte er ebenso subtil daran erinnert, dass sie ihre Befreiung von Mittanni seinem Großvater Suppiluliuma zu verdanken hatten.

Hattusili erhob sich von seinem Lehnstuhl. Sein Ohrring funkelte in der Sonne. »Da wir das Protokoll sowieso unterbrochen haben, möchte ich noch eine Änderung einfügen. Alle sollen den Hundskopfaffen sehen. Er wird den Abschluss des Festzugs bilden.«

Die letzten Worte waren an Abamuwa gerichtet. Der nickte zwei der Goldlanzenträger zu, die daraufhin den Käfig mit dem Pavian nahmen und zum mittleren Hof trugen.

»Doch nun lasst den Zug beginnen.« Hattusili setzte sich wieder und hob den eisernen Speer.

Die Hörner setzten ein. Im Tor der Götter erschienen sieben Männer mit Leopardenmasken, die mit erhobenen Händen tanzten. Sobald sie die Mitte des Hofs erreicht hatten, fuhren zwei von Ochsen gezogene Wagen los, die unterhalb der Stufen neben dem Tor gewartet hatten. Die Köpfe der Tiere und ihre Joche waren mit Gold geschmückt, und auch an den Statuen der Berggötter auf den Wagen glänzten Gold, Silber und Bronze. Flankiert wurden sie von kunstvoll verzierten Lanzen.

Danach folgten wirbelnde Gestalten in weiten, roten Gewändern, begleitet von Leierspielern und Trommlerinnen. In ihrer Mitte tanzte ein nackter Mann, der sich vor dem Königspaar verneigte.

Dann kamen zwei Priester von Inara, dem Schutzgott von Hattusa, zusammen mit einem Knaben. Der sang das altehrwürdige Lied der Silberstadt.

Walwaziti entschloss sich schweren Herzens, auf die Teilnahme am Eröffnungsfestzug zu verzichten. Als die ausländischen Gäste dem Königspaar in den unteren Hof folgten, bog er nach rechts in einen schmalen Gang neben dem Audienzpalast und ging dann an der Burgmauer entlang zu einem Seitentor, das direkt in die Unterstadt führte. Ehe er mit seinen Erkundungen begann und voreilige Mutmaßungen anstellte, wollte er sich den Toten erst einmal genauer ansehen.

Unterwegs begegnete ihm außer dem Bauleiter Pidda keine Menschenseele. Alles, was in Hattusa zwei Beine hatte, säumte den Weg zum Tempel der Getreidegöttin oder umlagerte die Händler, die ihre Tische an den Toren der Unterstadt aufgestellt hatten. Das Gelächter der Leute am Arinna-Tor drang bis zu ihm herüber, als er zum Bach abbog. Im selben Moment ertönten die Hörner, die den Beginn des Eröffnungsfestzugs signalisierten.

Walwaziti zuckte zusammen. Eigentlich hätten die Hörner

früher einsetzen müssen. Das bedeutete, dass es eine Verzögerung gegeben hatte. Ein neuer Zwischenfall? Der Oberste Schreiber blieb stehen. Doch dann hörte er, dass die Musik für das Torfest programmgemäß weiterging. Anscheinend witterte er inzwischen überall Probleme. Beruhigt setzte er seinen Weg fort.

Vor dem Turm am Großen Felsen hielten zwei von Abamuwas Gardisten Wache. Sie salutierten und öffneten ihm die Tür. Walwaziti zog den hellen Festtagsmantel aus und gab ihn dem jüngeren der beiden Männer. Darunter trug er eine langärmlige Tunika mit bestickten Nähten und kleinen Quasten am Saum. Solche Gewänder im hurritischen Stil waren seit Hattusilis Thronbesteigung sehr beliebt in Hattusa. Eingeführt hatte diese Mode Puduhepa. In ihrer Heimat Kizzuwatna galten hurritische Sitten schon seit langem als die feinere Lebensart.

Der ältere Gardist nahm eine der Fackeln, die neben der Tür in einer Halterung steckten, entzündete sie und folgte Walwaziti in den Turm, um zu leuchten.

Magallus Leiche lag auf einer Bank an der hinteren Wand, daneben stand das Fass. Sein oberer Boden war vollständig herausgenommen worden. Das Fass selbst war nicht geborsten, hatte aber mehrere Schrammen. Walwaziti fuhr mit der Hand darüber. Einige waren ziemlich tief. Von Mutarkis Transport durch den Bach konnten sie nicht herrühren. Eher von einem längeren Sturz. Beispielsweise vom Stadtfelsen.

Er kippte das Fass und besah sich die Unterseite. An mehreren Stellen dieses Bodens waren kleine Stückchen aus dem Holz herausgesplittert. Auch hier war das Holz noch hell, sämtliche Beschädigungen waren also frisch. So, wie es aussah, war das Fass erst über etwas Hartes geschrammt und dann mit der Unterseite auf kleine Steine geprallt – auf Steinchen, wie sie im Stelenhain lagen.

Hatte Magallu bereits in dem Fass gesteckt, als es in den Abgrund stürzte?

Walwaziti richtete sich auf und ging zu der Leiche. Sie war

inzwischen schon ziemlich steif. Magallu war also nicht erst am Morgen gestorben. Walwaziti dankte im Stillen einmal mehr seinem Vater, der ihm schon als Kind seine umfangreichen medizinischen Kenntnisse weitergegeben hatte.

Magallus Kopf war merkwürdig verdreht, wies sonst aber kaum tiefe Verletzungen auf. Jedenfalls keine, die für seinen Tod verantwortlich sein konnten. Offenbar hatte Magallu einen Genickbruch erlitten.

Rätselhaft war die Wunde am rechten Fuß. Sie war die einzige Stelle an Magallus Körper, die stärker geblutet hatte. Ihre Ränder waren glatt, sie musste also von einer Klinge stammen, nicht von einem Sturz über scharfkantige Steine. Was konnte der Grund dafür sein, dass Magallu erst einen Hieb in den Fuß bekommen und sich dann das Genick gebrochen hatte? Irgendwie passten diese beiden Verletzungen nicht zusammen.

Um diese Frage zu beantworten, musste Walwaziti herausfinden, wo Magallu die Verletzungen zugefügt worden waren. Er entschied sich, auf dem Stadtfelsen zu beginnen.

Der Festzug erreichte den ersten Höhepunkt. Alle Instrumente außer den Hörnern verstummten. Vierzehn Pagen mit Fackeln schritten langsam aus dem Tor der Götter und flankierten die heiligen Tiere: Ein silberner Leopard, ein Wolf aus Silber, ein goldener Löwe, ein Eber aus Lapislazuli, ein weiterer Eber aus Silber und schließlich noch ein silberner Bär wurden in den Hof getragen und mit einer Verneigung dem Königspaar präsentiert.

Adduwa hatte eine nicht allzu schwierige Aufgabe. Er war der Träger des Ebers aus Lapislazuli, der kleinsten Tierfigur. Und der leichtesten. Darüber war er froh, denn er war ja nicht der Allerkräftigste. Mit dem Löwen hätte er bei der Verneigung bestimmt Probleme gehabt, denn es galt, vor dem Königspaar halb in die Knie zu gehen und dabei die Statue absolut gerade und stets auf gleicher Höhe zu halten, die Arme also immer weiter zu strecken, je stärker die Knie gebeugt waren. Und sich mit einer ebenso gleichförmigen Bewegung wieder aufzurichten. Auf keinen Fall durften die Tiere irgendwie ins Wanken geraten. Das wäre eine schlimme Beleidigung für die Götter gewesen.

Mit Schrecken erinnerte sich Adduwa an das vorletzte Torfest. Da bekam der ältere Schreiber, der als Träger des ziemlich schweren Bären vorgesehen war, aus heiterem Himmel ein Grimmen im Gedärm, das derart flüssig war, dass er sich dem heiligen Tier unmöglich nähern durfte. Also musste Adduwa das Amt übernehmen – und fragte sich unter der Last der Statue die ganze Zeit, ob die plötzliche Krankheit nicht etwas damit zu tun hatte, dass der Schreiber kurz zuvor Texte über bestimmte körperreinigende Kräuter kopiert hatte.

Beinahe wäre es damals zur Katastrophe gekommen. Im Hof lag noch das alte Pflaster, und Adduwa merkte zu spät, dass eine Platte direkt vor seinen Füßen gebrochen war. Als er darauf trat, rutschten Teile davon weg, und es gelang ihm nur unter Aufbietung all seiner Kräfte und Geschicklichkeit, den Bären senkrecht zu halten. Ein solcher Balanceakt war eher etwas für einen ausgebildeten Kämpfer als für einen Schreiber, der tagaus, tagein in der Stube hockte.

Heute stand das Torfest, was Adduwa anging, eindeutig unter einem besseren Stern. Der Hof war nunmehr makellos gepflastert, er trug den leichten Lapislazuli-Eber – und er hatte Mala getroffen. Schöner konnte der erste Festtag kaum beginnen.

Nur eines stieß ihm auf wie Bitterkraut im Wein. Als er sich nach seiner perfekt gelungenen Verneigung wieder herumdrehte, sah er aus dem rechten Augenwinkel Tuttu, der Mairia etwas zuflüsterte. Mairia lächelte kurz.

Die Spuren auf dem Stadtfelsen waren eindeutig.

In der Mitte des unteren Plateaus entdeckte Walwaziti einen dunkelbraunen Fleck. Er hockte sich hin, schabte ein wenig davon mit der Fingerkuppe ab und betrachtete die Krümel genauer. Zweifelsohne Blut. An dieser Stelle war Magallu die Wunde am Fuß zugefügt worden.

Walwaziti blickte hoch. Auf dem oberen Plateau standen die Fässer für den Wettkampf. Zweimal zehn Stück sollten es sein. Er ging hinauf. Auf der einen Seite standen nur neun Fässer. Daneben lag ein einzelner Boden. Das Fass, in dem Mutarki Magallu gefunden hatte, stammte also von hier oben.

Sorgfältig suchte Walwaziti das gesamte obere Plateau ab, aber er konnte keine Spuren entdecken, die auf einen Kampf oder Ähnliches hindeuteten. Keines der anderen Fässer war verrückt, und alle hatten noch beide Böden. Auf der Erde gab es nur normale Fußspuren. Hier war nichts Ungewöhnliches passiert.

Unten an der Treppe fand er schließlich, wonach er suchte. In der Mauernische links neben der Treppe lagen dunkelrote Kristalle. Weinstein, wie er sich für gewöhnlich am Boden eines Fasses ablagerte.

Jemand hatte auf der Treppe gestanden und Magallu das offene Fass über den Kopf gestülpt. Ob ein Streit vorausgegangen war, ließ sich daran natürlich nicht ablesen. Genauso gut konnte sich hier jemand versteckt und den ahnungslosen Magallu überrumpelt haben, als er um die Ecke zur Treppe gebogen war.

Dass dieser Jemand Nerikkaili war, bezweifelte Walwaziti, denn solch ein Fass war auch ohne Inhalt und zweiten Boden schwer und der Prinz nicht kräftig genug, um es so hoch zu heben. Jedenfalls nicht allein.

Der Rest war deutlicher. Anscheinend hatte Magallu versucht wegzulaufen, aber der Angreifer war ihm gefolgt und hatte ihn in der Mitte des Plateaus eingeholt. Doch warum hatte er auf Magallus Fuß gezielt?

Walwaziti bückte sich wieder über den Blutfleck und begann die Umgebung abzusuchen. Eine knappe Elle in Richtung zur Außenmauer fand er eine kaum sichtbare Linie von dunklen Punkten. Blutspritzer. Und ein Stückchen weiter waren noch ein paar dunkle Flecke. Magallu war mit dem blutenden Fuß an den Rand des Plateaus gelaufen. Und zwar ziemlich rasch, denn viel Blut war noch nicht aus der Wunde getropft.

Der Oberste Schreiber ging zu der niedrigen Mauer und beugte sich hinüber. Direkt unterhalb sah er eine Schleifspur im Gras und abgeknickte Zweige an den Büschen. Hier war etwas Schweres hinuntergestürzt. Und zwar *ein* Gegenstand, der eine einzelne, glatte Schneise geschlagen hatte. Also hatte Magallu in dem Fass gesteckt, als er in die Schlucht fiel. Das erklärte auch, wieso sein Körper kaum äußere Verletzungen aufwies. Und er musste bei dem Sturz noch am Leben gewesen sein. Das Genick hatte er sich erst gebrochen, als das Fass mit ihm unten im Stelenhain aufprallte. Falls er dazu gekommen war zu schreien, hatte das in der Stadt niemand gehört, weil das dicke Holz jeglichen Laut abdämpfte.

Dass keine der Wachen auf der Stadtmauer etwas bemerkt hatte, war schon merkwürdiger. Aber ihr Kommandant hatte sie inzwischen befragt. Alle hatten versichert, dass sie niemanden gesehen und nichts gehört hatten. Walwaziti hegte den Verdacht, dass sie am Abend schon ein bisschen gefeiert hatten und deshalb dann in der Nacht vor dem Fest nicht mehr so aufmerksam wie sonst gewesen waren – was der Kommandant natürlich ihm gegenüber nicht zugeben wollte. Allerdings konnten sie von der Mauer aus den Stelenhain auch nicht einsehen.

Jetzt wusste Walwaziti zwar, wo Magallu welche Verletzung zugefügt worden war. Aber der Lösung der Frage, warum das geschehen war – und vor allem der, wer das getan hatte –, war er damit noch keinen Schritt näher gekommen. Nachdenklich zupfte er an seinem linken Ohrläppchen.

Hatte jemand Magallu über die Mauer gestoßen, oder war er darüber gestolpert, weil er wegen der Schmerzen die Orientierung verloren hatte? Mit einem schweren Fass, das seinen Körper bis hinunter zur Mitte der Oberschenkel bedeckte, war das gut möglich. War sein Tod also ein Unfall? Ein misslungener Streich?

Dagegen sprach der Schnitt im Fuß. Auf alle Fälle hatte der Angreifer – oder waren es mehrere? – eine Waffe dabeigehabt. Ein Messer oder vermutlich sogar ein Kurzschwert. Letzteres war nichts, was gewöhnliche Einwohner von Hattusa einfach so bei sich trugen. Und erst recht hätten die Wachen an den Toren auswärtige Besucher damit nicht in die Silberstadt gelassen.

Wenn die Wunde von einem Schwert stammte, hatte dieses keiner der Burschen aus Lallupija in den Händen gehalten. Schon eher Nerikkaili.

Eigentlich traute Walwaziti dem Prinzen eine solche Tat nicht zu. Doch Nerikkaili war sehr wütend geworden, als Hattusili ihm klar gemacht hatte, dass er noch nicht alt genug sei, um eine der ausländischen Delegationen zu betreuen. Und dann hatte er sich auch noch mit Magallu gestritten, als der ihn wegen einer Kleinigkeit zurechtgewiesen hatte. Vielleicht war er eifersüchtig, weil Hattusili ihm Magallu vorgezogen hatte. Das wäre ein recht kindischer Grund für einen Mord. Allerdings war Nerikkaili tatsächlich noch ziemlich unreif, wie die Auseinandersetzung mit Hattusili in der Woche zuvor gezeigt hatte. Und zu Jähzorn neigte der Prinz auch. Einige Male hatte er sich zu Hattusilis Entsetzen sogar auf Schlägereien eingelassen, die eines Prinzen absolut unwürdig waren, und seinen Gegnern auch Schlimmeres als bloß blaue Flecken zugefügt. Doch eine Waffe war dabei nie im Spiel gewesen, und Nerikkaili hatte auch keinen mit Vorbedacht angegriffen.

Walwaziti ließ sein Ohrläppchen los, das bereits brannte, und fuhr sich durch die dicken, fast schwarzen Haare.

Andererseits hatte Alalimi gesehen, dass die Burschen aus Lallupija Magallu eingekreist hatten. Und das Fass lenkte den Verdacht gleichfalls auf sie. Sie waren es, die beim Wettkampf auf den Fässern stehend gegen eine Auswahl junger Speerträger antreten sollten. Dass Magallu mit ihnen auf das Plateau gegangen war, erschien Walwaziti nur logisch. Der Fässerwettkampf sollte zu Ehren der assyrischen Delegation ausgetragen werden. Und als deren Betreuer war Magallu auch für diesen Teil des Fests zuständig.

Aber warum hatten ihn die Lallupijaner mit einer Waffe angegriffen, wenn sie ihm nur einen Streich spielen wollten? Sie waren zwar für grobe Scherze berüchtigt, aber absichtlich verwundet hatten sie dabei noch nie jemanden.

Oder hatte Magallu noch mit jemand ganz anderem einen Streit gehabt? Unwahrscheinlich war das nicht bei seiner rechthaberischen Art.

Sicher war nur, dass Magallu nicht allein auf dem Stadtfelsen gewesen war. Vielleicht hatte Walwaziti Glück, und Uratarhunta hatte mehr gesehen.

»Gnade, Sonnengöttin, bei der Menschheit wirst du Sonnengöttin genannt, unter den Göttern aber bist du das strahlende Licht, Göttin, Königin, du!«

Ein Männerchor, begleitet von einer neunsaitigen Leier, sang das Lied für die Sonnengöttin von Arinna, die Göttin, die zusammen mit ihrem Gemahl, dem Wettergott des Landes Hattusa, an der Spitze der Tausend Götter der Hethiter stand.

»Fackel des Landes Hattusa.«

Ranghohe Vertreter des Palasts und der Armee kamen mit Fackeln in den Hof. Sie zogen vier kostbare Hirschfiguren auf kleinen Wägelchen. Die Hirsche waren die heiligen Tiere der Göttin und verkörperten auch die zahllosen Schutzgottheiten des Landes.

»Herrin des Landes Hattusa.«

Der König von Mira stierte geistlos vor sich hin. Kubanta verstand kein Wort, denn dieses Lied wurde auf Hattisch gesungen, in der Sprache der ursprünglichen Herren im Kerngebiet des Hethiter-Reichs. Außer einigen Priestern und Schreibern konnte sie seit vielen Generationen kaum noch jemand sprechen.

Die Götter in ihrer eigenen Sprache anreden, nannten die Hethiter das. Deshalb wurden Lieder und Gebete in Hattusa nicht nur auf Hethitisch und Hattisch, sondern auch in den anderen Sprachen vorgetragen, die in den verschiedenen Teilen des riesigen Reichs zu Hause waren.

Kubanta hatte nicht bloß bei diesem Lied Probleme. Bei Hattusilis Begrüßungsrede im Thronsaal war es ihm kaum anders ergangen. Da hatte der König Babylonisch gesprochen und nicht Hethitisch wie früher sein Vorgänger. Letzteres war zwar auch nicht Kubantas Muttersprache, aber dank seiner Adoptivmutter konnte er es leidlich verstehen, zumal das Luwische, das man in seinem Land wie im gesamten Westen und auch in vielen Teilen des Südens sprach, dem Hethitischen ziemlich ähnlich war.

So aber war das Fest für ihn einigermaßen langweilig. Der Festzug konnte ihn kaum entschädigen, denn ein hochgewachsener Goldlanzenträger stand direkt vor ihm und versperrte ihm mit seinem roten Umhang die Sicht. Neidisch blickte er hinüber zu der assyrischen Delegation. Die stand rechts neben der ägyptischen Gruppe in der ersten Reihe und fast genau gegenüber von der Tribüne des Königspaars. Und offenkundig hatte Baba-aha-iddina mit Bentesina auch noch einen Betreuer, der sogar hattische Lieder kannte. Ständig beugte er sich zu Baba-aha-iddina hinüber und flüsterte ihm etwas zu. Es sah nicht so aus, als würde Bentesina den Thronräuber Hattusili bei den Assyrern lächerlich machen. Im Gegenteil.

Die Prozession der Hirsche folgte nicht dem übrigen Festzug durch das Palasttor hinunter in die Stadt, sondern beschrieb einen Kreis um den Chor, der in der Hofmitte sang, und kam vor der Tribüne des Königspaars zum Stehen.

Anders als Kubanta verhehlten die meisten der übrigen Zuschauer ihre Bewunderung nicht. Die Hirsche hatten Geweihe aus Silber und Gold und waren reich mit Ornamenten verziert. Der größte Hirsch war ganz aus Gold gefertigt und trug eine kunstvolle, wie geflochten wirkende Sonnenscheibe mit dichtem Strahlenkranz auf dem Rücken.

Hattusili stand auf und ging hinab in den hölzernen Torbogen unter der Tribüne. Zwei kahlköpfige Männer in langen, makellos weißen Gewändern kamen heran. Der eine trug eine Schale mit Wasser, der andere ein weißes Tuch, auf dem ein helles Brot lag, das als Sonne mit Strahlenkranz geformt war. Die Männer gehörten zur Palastbäckerei. Sie waren nicht nur kahl geschoren, sondern hatten auch alle anderen Haare an ihrem Körper entfernt, damit die Opferbrote nicht versehentlich durch ein ausgefallenes Haar verunreinigt werden konnten. Auch sonst achteten sie peinlich auf Sauberkeit. Mit ihrer Arbeit begannen sie erst, nachdem sie gebadet und frisch gewaschene Kleider angelegt hatten.

Hattusili übergab Abamuwa den eisernen Speer, wusch seine Hände in der Schale und brach dann das Brot in vier Teile. Der Oberste Palastbäcker legte die Brotstücke vor die Hirsche. Hattusili verneigte sich, nahm erneut den Speer und stieg wieder auf die Tribüne.

Während die Hirsche zurück zum Tor der Götter gezogen wurden, kam eine Gruppe junger Mädchen mit großen Körben durch das Palasttor und verteilte kleine Honigbrote an alle Gäste.

Dies war ebenfalls eine Neuerung, die Hattusili für das Torfest angeordnet hatte. Aber diese gefiel sogar Kubanta. In die dunklen Brote war das Bilderschrift-Zeichen für Tor eingebacken. Auch wenn er nicht lesen konnte – das hatte er schon zuvor gesehen, denn das war luwisch.

Wie erwartet, fand Walwaziti Uratarhunta beim Tempel der Getreidegöttin.

Der Festzug war bereits eingetroffen. An seiner Spitze gingen nun fünfhundert Krieger mit Pfeil und Bogen. Sie waren erst zum Zug gestoßen, nachdem er die Burg verlassen hatte, weil der Platz in den Höfen sonst nicht ausgereicht hätte. Die gesamte Straße von der Burg zum Tempel war jetzt ein einziges buntes Fahnenmeer.

Walwaziti bahnte sich seinen Weg zwischen den Tänzern mit den Leopardenmasken und dem ersten der goldgeschmückten Ochsengespanne und ging hinüber zum Tempeltor, wo der Kämmerer der Getreidespeicher stand.

»Du hast gehört, dass Magallu einen Unfall hatte?«, fragte er ihn.

Uratarhunta sah ihn missmutig an und nickte: »Das kommt davon, wenn alles geändert wird. Wieso findet jetzt auch beim Torfest ein Fässerwettkampf statt? Und auch noch oben auf dem Stadtfelsen! Ein König, der so etwas anordnet, bringt dem Land nur Schaden. Dem sollte, wer Manns genug ist, am dritten Tag den Eid verweigern!«

Walwaziti überging den Ausfall. Im Grunde stand Uratarhunta weiterhin auf Hattusilis Seite, wie damals beim Kampf gegen Urhitesub. Allerdings hatte er in letzter Zeit einige Male seine Unzufriedenheit geäußert. Doch auf alle Fälle war er ein Maulheld, kein Mann der Tat. Noch nicht einmal ein Mitläufer. Und viel zu feige, sich auch nur mit Sticheleien an einer Verschwörung zu beteiligen. Die Drohung sollte wohl lediglich dazu dienen, Walwaziti in Wut zu versetzen. Doch das gelang ihm nicht.

»Man hat mir gesagt, dass du Magallu gestern Abend auf dem Stadtfelsen gesehen hast. Stimmt das?«

»Nein. Ich habe ihn getroffen, als ich drüben von den Speichern zur Burg gehen wollte.« Der kräftige Mittvierziger wollte sich abwenden, doch Walwaziti hielt ihn auf.

»Eine Frage noch. Wieso hast du dann erzählt, er sei vom Stadtfelsen gestürzt?«

»Weil er mir gesagt hat, dass er dorthin müsse. Und er ist mit äußerst wichtigtuerischer Miene in die Richtung gegangen, der alte Speichellecker.«

Einerseits war Walwaziti froh, dass Uratarhunta offenbar nichts Genaues darüber wusste, wo Magallu gefunden worden war. Andererseits konnte er nun nicht mehr hoffen, dass der Kämmerer beobachtet hatte, mit wem Magallu auf dem Stadtfelsen gewesen war, und der Fall schnell aufzuklären sei. Oder hatte er doch etwas gesehen? Etwa gar Nerikkaili?

Vorsichtig hakte Walwaziti nach: »Aber das besagt doch nichts.«

»Also, komm! Die Sache ist ganz klar. Die Burschen aus Lallupija sind schuld an dem Unfall. Wer denn sonst? Ein Fass lag doch auch da.« Uratarhunta war felsenfest von seiner Auffassung überzeugt.

»Hast du denn die Burschen mit Magallu gesehen?«

»Nein. Er war allein.«

»Aber du hast gesehen, dass sie ihm gefolgt sind?«

»Ich habe überhaupt keinen der Lallupijaner zu Gesicht bekommen. Doch ich habe ihr Grölen gehört.«

»Und wo waren sie da?«

»Na, hier unten am Tawinija-Tor.«

Das lag weit weg vom Stadtfelsen. Walwaziti erschrak, doch er musste die nächste Frage stellen.

»Hast du vielleicht jemand anderen gesehen, der zum Stadtfelsen gegangen sein könnte?«

»Nein. Dazu war es dann schon zu dunkel. Und jetzt lass mich in Ruhe mit deinen dummen Fragen. Ich habe zu tun.«

Walwaziti war erleichtert. Damit war Nerikkaili zwar nicht reingewaschen, aber es gab auch keinen direkten Hinweis, dass er an der Sache beteiligt war. Der Oberste Schreiber wollte sich zum Gehen wenden, doch Uratarhunta hielt ihn am Ärmel fest.

»Moment. Worauf willst du eigentlich hinaus? Stimmt etwas nicht? Gibt es etwas, das Kella wissen sollte?« Der Kämmerer bemühte sich nicht, seine Abneigung gegen Walwaziti zu verbergen.

»Nein. Magallu ist beim Wasserfall am Großen Felsen gefunden worden. Der Stadtfelsen hat nichts mit seinem Unfall zu tun.«

Die Lüge kam Walwaziti glatt über die Lippen. Doch er durfte keine Zeit verlieren. Uratarhunta war unberechenbar. Selbst wenn der Kämmerer ihm glaubte, hieß das nicht, dass er nicht bei nächster Gelegenheit zu Kella rennen würde. Zum Glück war er jetzt für eine Weile mit den Festgaben aus den Provinzstädten am Tempel der Getreidegöttin beschäftigt. Ehe diese Übergabe beendet war, musste Halpaziti das Reinigungsritual im Stelenhain durchgeführt haben.

Der letzte Abschnitt des Festzugs begann.

In dunkelroten Gewändern kamen die Priester und Oberen von zwölf ausgewählten Provinzstädten in den Hof. Jede Abordnung umfasste fünfzehn Männer und wurde von einem Standartenträger angeführt. Die Kleider waren eigens für das Fest angefertigt und mit Schmuckstücken aus Gold, Silber, Kupfer, Bronze und Eisen verziert. Manche trugen auch Bergkristalle, Lapislazuli und sogar Glas. In den Händen hielten sie Zähne, Schweife, Geweihe, Krallen oder Federn der verschiedenen Tierarten des Landes.

Um die Gruppen tanzten junge Mädchen, die Blüten auf deren Weg streuten.

Puduhepa war erleichtert. Immer wieder hatte sie während des Zugs besorgt zu den ausländischen Delegationen hinübergesehen, doch dort herrschte eitel Sonnenschein. Baba-aha-iddina verstand sich offenbar bestens mit Bentesina, und auch Tuttu schien seine Sache gut zu machen. Er übersetzte die Liedtexte und erklärte die Symbole und Bilder. Nur Itti-Marduk-balatu verzog kaum eine Miene. Aber das war nicht anders zu erwarten gewesen. Damit würde Kunni leicht fertig.

Und vor allem hatte der Festzug seine Wirkung nicht verfehlt. Die Gäste waren beeindruckt von der Pracht und den kostbaren Statuen. Selbst Mairia gab sich im Verlauf des Zugs immer weniger Mühe, seine Bewunderung zu verhehlen.

Hinter den Priestern folgte der improvisierte Abschluss: der Pavian, begleitet von Musikern. Er wurde von zwei Goldlanzenträgern auf einem Wagen gezogen, den sie rasch noch vom Großen Tempel herbeigeschafft haben mussten. Und sie hatten den Käfig wie den Wagen sogar noch mit grünen Bändern geschmückt.

Puduhepa lächelte. Hattusili konnte sich auf seine jungen Leute verlassen. Zuwappis Pflichtvergessenheit war eine unerklärliche Ausnahme.

Aus dem Korb des Blumenmädchens vor der letzten Gruppe stieg plötzlich eine Biene auf, flog einen Kreis über den Köpfen der Männer und dann schnurstracks zur Königin. Der Zug stockte, als sich die Priester raunend einer nach dem anderen umwandten.

Eine Biene, die heilige Botin der Muttergöttin Hannahanna! Ein besseres Omen hätte es für die Königin nicht geben können.

Nachdem auch der Pavian durch das Palasttor verschwunden war, fuhren die königlichen Kutschen vor, und ein strahlendes Königspaar verließ die Tribüne.

Davor wartete Mutarki mit sechs seiner Pagen, die sich hintereinander aufgestellt hatten. Er nahm den eisernen Speer, den Hattusili ihm entgegenstreckte, und übergab ihn dem vordersten Pagen. Der verneigte sich und reihte sich mit dem Speer hinter den anderen Pagen ein. Daraufhin reichten diese in einer Kette eine eiserne Axt an Mutarki weiter. Die Schneide der Axt war rund und lief in zwei Adlerköpfe aus. Auf dem Blatt befand sich ein Relief des Wettergotts. Er stand auf dem Rücken eines Löwen, und rechts und links von ihm waren weitere Löwen. Über dem Stiel saßen fünf Sphingen.

Mutarki drehte die Axt so, dass das Bild des Wettergotts dem König zugewandt war, und übergab sie Hattusili.

»Der König soll den Göttern genehm sein! Das Land gehört allein dem Wettergott. Die Heerschar des Himmels und der Erde gehört allein dem Wettergott. Doch er hat den König zu seinem Verwalter gemacht und ihm das ganze Land Hattusa gegeben, und das ganze Land soll der König für den Wettergott verantwortlich verwalten.« Selten hatte ein Oberster Page diese traditionelle Heilsformel bei der Eröffnung des Fests in der Stadt mit so viel Inbrunst vorgetragen wie Mutarki an diesem Tag. »Du, Meine Sonne, bist der würdige Verwalter des Landes.«

Er führte das Königspaar zusammen mit Abamuwa zu den Kutschen. Hattusili bestieg die erste Kutsche, Puduhepa die zweite. Begleitet von Tamburinspielerinnen fuhren sie zum Tempel der Getreidegöttin.

Noch immer außer Atem verabschiedete sich Walwaziti beim Speichertor von Halpaziti. Er hatte den gesamten Weg bis hinauf zum neuen Tempel beim Sphinxtor hasten müssen, um den Istar- und Orakel-Priester zu finden. Der hatte herzlich gelacht, als sein junger Freund mit Schweiß auf der Stirn und erschöpft dort angekommen war, und gemeint, Walwaziti solle vielleicht nicht immer so gut essen.

Als Walwaziti ihm erklärte, warum er die Strapaze auf sich genommen hatte, wurde er ernst.

»Du hast Recht, Kella wird die Reinigung ausnutzen, um Hattusili Schwierigkeiten zu machen. Er ist zu engstirnig, um zu verstehen, dass er sich damit selbst schadet. Eigentlich sollte ein Oberster Priester einem König, der so viel für die Tempel tut, doch dankbar sein. Egal. Wir müssen ihm zuvorkommen.«

Er rieb sich nachdenklich das Kinn. »Nur wie? Das Ritual des Blutes kann erst beginnen, wenn ein Stern gesprungen ist. Bis zur Nacht sollten wir aber nicht warten …« Sein Gesicht verzog sich zu einem listigen Lächeln. »Ich hab's. In den Ländern der Zeder entsühnen sie mit einem Kräuterritual, das die Sonne sehen muss. Und ich habe Kräuter aus den

Ländern der Zeder im Tempelgarten angepflanzt. Das ist gut!«

Behende hatte der kleine, drahtige Priester einige Pflanzen ausgewählt, eine Silberschale und Wollfäden in Schwarz, Weiß, Rot und Gelb geholt, Wasser der Reinheit in einen kleinen Krug gegossen und einen weißen Umhang übergeworfen. Danach war er so schnell den Berg hinuntergelaufen, dass Walwaziti ihm nur mit Mühe folgen konnte, obwohl Halpaziti beinahe doppelt so alt war wie er selbst.

Walwaziti winkte einen Speerträger heran, der neben dem Tor stand, und sagte: »Lauf zu Mutarki und überbring ihm diese Botschaft: ›Walwaziti lässt dir sagen, du sollst keine Zeit verlieren und dich auf der Stelle zum genannten Treffpunkt mit Halpaziti begeben.‹ Beeil dich.« Dann ging er hinüber zum Tempel der Getreidegöttin.

Oben auf der Straße waren schon die Tamburine zu hören, die die Kutschen des Königspaars begleiteten. Der Oberste Schreiber zog seinen Festmantel wieder an, den er die ganze Zeit über dem Arm getragen hatte, und nahm seinen Platz unter einem großen Weißdornbusch ein, der über und über mit Blüten bedeckt war. Adduwa trat neben ihn, übergab ihm eine der frischen Tontafeln, die er am Morgen bereitgelegt hatte, und setzte sich hinter seinen Bruder.

Walwaziti wischte sich die Stirn trocken und besah seinen Bauch, der sich zu einer beträchtlichen Kugel vorwölbte. Halpaziti hatte Recht, er hatte zu viel Speck angesetzt. Doch wenn sich dieser Tag weiter so entwickelte wie bisher, hatte er gute Chancen, etwas davon loszuwerden. Außer der Süßmilch früh am Morgen beim Königspaar hatten nur noch Wasser und zwei dünne Brote den Weg in seinen Magen gefunden. Nicht einmal für ein paar Bissen Käse hatte er Zeit gehabt. Und dabei hatte sich die Sonne schon mehrere Handbreit vom Zenit entfernt. Glücklicherweise war nach der Überreichung der Festgaben aus den Provinzstädten hier im Tempelhof ein Essen vorgesehen.

Die beiden Schreiber erhoben sich. Die königlichen Kutschen waren vorgefahren. Puduhepa stieg als Erste aus und ging hinauf in den Tempel, der auf einem Felsplateau errichtet war. Hattusili blieb unten vor dem Tempeltor, wo sich die Abordnungen aus den Provinzstädten aufgestellt hatten.

Abamuwas Gardisten bildeten ein Spalier zur ersten Gruppe rechts neben dem Tor. Ein Herold trat vor und stellte einen großen Korb mit zwanzig Hefebroten, zwei ungesäuerten und fünfzehn gefüllten Broten vor den König. Drei Pagen folgten mit einem Schaf und zwei Fässern Bier. Der Standartenträger der Abordnung verneigte sich vor Hattusili, als der Herold auf Hattisch rief: »Das ist die Festlieferung von Sarissa.«

Diese Abgabe war eher symbolisch, obwohl sie ausreichte, um mehrere Männer während des gesamten Fests bestens zu ernähren. Sie hätte Walwaziti nicht protokollieren müssen, zumal sie feststand. Aber nun kam das Entscheidende.

»Einhundertundzwei Doppelellen-Fässer Gerste, fünfundfünfzig Doppelellen-Fässer Einkorn, dreißig Doppelellen-Fässer Brotweizen, Meine Sonne«, verkündete der Oberste von Sarissa auf Hethitisch.

Uratarhunta, der Kämmerer der Speicher, nickte bestätigend: »So habe ich es gemessen, Meine Sonne.«

Das war die Getreidelieferung des vergangenen Jahres, und die hielt Walwaziti auf der Tontafel fest. Auch diese Mengen waren nicht neu, sie waren bereits im Herbst abgemessen worden, aber die öffentliche Ansage vor dem König – und vor allem den Abordnungen aus den Provinzen – zeigte, dass alle Städte des Reichs ihren Teil zu den Getreidevorräten beitrugen und keine mehr als die anderen belastet wurde. Ein kluges Vorgehen, denn es verhinderte Neid und Eifersucht. Und deshalb führte das feierliche Protokoll vor dem Tempel auch der Oberste Schreiber höchstpersönlich – und nicht, wie bei normalen Schriftlichkeiten, einer seiner Leute.

Gelagert wurde das Getreide in riesigen unterirdischen Speicherkammern zwischen dem Speichertor und dem Burgfelsen, die luftdicht versiegelt waren. In guten Jahren hatte einst der Inhalt von fast vierzigmal tausend Doppelellen-Fässern hier Platz gefunden und fünfundzwanzigmal tausend Menschen ernährt.

Doch dann war es zu der großen Katastrophe gekommen. Kurz nach der Ernte, als alle Silos gut gefüllt waren, hatte eine der Speicherkammern Feuer gefangen. Der Brand hatte auf andere Kammern übergegriffen, und bis er gelöscht werden konnte, war ihm über ein Drittel des Getreidevorrats zum Opfer gefallen. Ein hartes, entbehrungsreiches Jahr folgte. Obwohl das nun fast drei Menschenleben zurücklag, erzählten die alten Leute noch immer davon, denn es hatte das Hethiter-Reich an den Rand des Untergangs gebracht. In vielen Provinzen waren Rebellionen ausgebrochen, die der damalige Großkönig nur mit Mühe hatte niederschlagen können. Zum Glück war die Ernte im Jahr darauf besonders gut gewesen. Die Macht des Königs war unangetastet geblieben und das Reich nicht zerfallen. Damit solch ein gefährlicher Brand nie wieder entstehen konnte, waren auf dem Großen Felsen weitere Speicher angelegt worden, bei denen ein Feuer nicht mehr so leicht auf andere Kammern übergehen konnte.

Mittlerweile hatte auch der Alarmruf »Feuer!«, von dem sein Vater immer so lebhaft erzählt hatte, dass er Walwaziti als Kind bis in seine Träume verfolgte, viel von seinem Schrecken verloren. Die beiden neuen Palastteiche und die Mittagsteiche oben am Sphinxtor enthielten genug Wasser, das bei einem Brand schnell an nahezu jeden Punkt innerhalb der Stadtmauern gebracht werden konnte.

Hattusili begab sich zur nächsten Gruppe. Die gleiche Zeremonie wie bei der Abordnung aus Sarissa wiederholte sich. Diesmal hatte Walwaziti sechsundneunzig Doppelellen-Fässer Gerste, zweiundvierzig Doppelellen-Fässer Einkorn und dreiundfünfzig Doppelellen-Fässer Brotweizen zu vermerken. Diese Stadt lag in einer Ebene im Süden, am Fluss Hulaja, wo der Brotweizen viel besser gedieh als in Sarissa.

Mit diesem ersten Getreideprotokoll beim Torfest schloss sich für Walwaziti ein Kreis. Seit Generationen kam der Oberste Tontafel-Schreiber aus seiner Familie, und fast alle ihre männlichen Mitglieder waren Schreiber. Als König Muwattalli vor der Schlacht von Kadesch die Hauptstadt nach Tarhuntassa verlagert und Walwazitis Vater zum Statthalter in Hattusa ernannt hatte, war das Amt des Obersten Schreibers auf seinen ältesten Bruder übergegangen.

Dann machte Urhitesub zwei Jahre nach seiner Thronbesteigung wieder Hattusa zum Zentrum, und Walwazitis Vater bekam Anweisung, sich aufs Land zurückzuziehen. Die Schenkung eines größeren Landguts, die üblicherweise am Ende eines so wichtigen Amts erfolgte, blieb jedoch aus. Der Vater verbarg seinen Unmut. Doch dann ging es Schlag auf Schlag. Je mehr Urhitesub Hattusilis Macht im Norden beschneiden konnte, desto mehr degradierte er auch Walwazitis Familie in Hattusa.

Der älteste Bruder wurde abgesetzt und wenige Monate später gleichfalls der Silberstadt verwiesen. Kein Jahr danach starb er an einer rätselhaften Krankheit, gegen die auch der heilkundige Vater machtlos war.

Irgendwann merkte Urhitesub, dass es ein Fehler war, alle guten Schreiber davonzujagen. Walwaziti durfte Schreiber bleiben, allerdings nur auf dem niedrigsten Rang, und Adduwas Verweis von der Schreiberschule wurde wieder rückgängig gemacht. Walwaziti musste das damals hinnehmen, denn er war seit einem Jahr verheiratet, und seine Frau erwartete ihr erstes Kind. Dann kam der erzwungene Umzug in das kleine Haus im Tempelviertel, der einen tiefen Schatten auf sein Leben werfen sollte: Seine Frau stürzte mit einem schweren Korb die Treppe hinunter, erlitt eine Fehlgeburt und verblutete.

Am nächsten Tag setzte Urhitesub Hattusili als König von Hakmissa ab.

Walwazitis Vater wartete nicht einmal mehr die Einäscherung seiner Schwiegertochter ab, sondern begab sich nach Norden, um Hattusili zu treffen. Die beiden führten ein langes Gespräch. Im folgenden Frühjahr begann Hattusili seinen Feldzug gegen Urhitesub.

Und nun, ein Jahr später, protokollierte Walwaziti als Oberster Schreiber, während Urhitesub in Nuhassa in der Verbannung saß. Schade, dass sein Vater zu alt und zu schwach war, um an diesem Tag in der Silberstadt zu sein.

Hattusili schritt nacheinander alle zwölf Provinzabordnungen ab, die für dieses Torfest ausgewählt worden waren. Bei jeder sprach er kurz mit dem Obersten, fragte nach dem Wohlergehen, nach Nöten und Sorgen.

»Den Leuten geht es gut, Meine Sonne. Wir hatten im Winter kaum Krankheiten. Die Saat ist kräftig, und die Schafe haben viele Lämmer. Aber alle unsere Schweine sind im Neujahrsmonat an einer Seuche eingegangen«, berichtete der Oberste der dritten Abordnung links vom Tempeltor.

»Die Stadt Tuwanuwa bekommt zweimal sechs Sauen und zwei Eber«, wies Hattusili an. »Aber räuchert die Ställe zuvor gründlich aus. Und seid nicht nachlässig beim Reinigungsritual!«

Walwaziti gab Adduwa ein Zeichen, und der hielt die Anordnung auf seiner Tontafel fest.

Puduhepa trat aus dem Allerheiligsten, wo sie der Getreidegöttin Wein und Feigenbrot geopfert hatte, wieder in den Tempelhof und setzte sich unter ein Zeltdach an die Stirnseite einer langen Tafel. Sie nahm den runden Hut ab, gab ihn einer ihrer Hofdamen und strich sich ihre Haare glatt. Hattusili musste jeden Augenblick mit den Obersten der Provinzstädte kommen. Die Tafel war bereits für das Essen mit ihnen gedeckt.

Eine junge Frau, die dieselben blauen Augen wie Hattusili hatte, reichte ihr einen Becher leichten Wein.

»Komm, setz dich zu mir, Gassulawija.« Puduhepa deutete auf den Stuhl neben sich. »Ich bin so froh, dich in Hattusa zu haben. Und nach all dem Tumult heute Morgen haben wir jetzt endlich einmal Zeit für einander. Wie geht es denn meiner Enkeltochter?«

Gassulawija lachte. Puduhepa war ganze acht Jahre älter als sie. »Meinst du, Großmutter ist der richtige Titel für dich? Da fehlen dir aber noch ein paar Falten.«

Allerdings stimmte die Bezeichnung Großmutter schon, denn Gassulawija war die älteste Tochter aus Hattusilis erster Ehe, und als Puduhepa nach Hakmissa kam, gab es nicht nur Gassulawija, sondern auch noch Nerikkaili und den Adoptivsohn Kurunta, deren zweite Mutter sie wurde. Von Anfang an war das Verhältnis zu Gassulawija besonders herzlich und eher schwesterlich gewesen. Als Gassulawija dann mit Bentesina nach Amurra ging, bedauerte es Puduhepa schon ein wenig, ihre engste Vertraute künftig nicht mehr am Hof zu haben.

»Also gut, liebe Schwester. Was macht meine – Nichte? Läuft sie schon?«

»Ob sie läuft? Sie hat schon herausgefunden, dass man auch rennen kann. Wenn sie dabei nicht des Öfteren hinfallen würde, käme die arme Kinderfrau gar nicht mehr hinterher. Und sie spricht auch schon eine ganze Menge. Sie kann bereits deinen Namen sagen.«

»Zum nächsten Fest müsst ihr sie unbedingt mitbringen.«

»Versprochen.« Gassulawija beugte sich vor. »Sag mal, die Idee, dass Bentesina sich um die Assyrer kümmern soll, kam doch von dir, oder irre ich mich etwa? Ich denke, das hat einigen Wirbel ausgelöst.«

»Hattusili war sofort davon überzeugt. Und es war eine gute Entscheidung. Bentesina hat Baba-aha-iddina nach allen Regeln der Kunst um den Finger gewickelt. Er macht seine Sache wirklich ausgezeichnet.«

»Aber was hat Kurunta dazu gesagt? Du weißt, wie schnell er beleidigt ist.«

»Ja, doch er scheint allmählich erwachsen zu werden. Ich habe ihn vor Hattusilis Begrüßungsrede kurz gesprochen. Da war er sogar ausgesprochen fröhlich. Dein Bruder Nerikkaili hat wieder gemault, aber Hattusili hatte einen dicken Honigbrocken für ihn: Er darf während der Großen Prozession die Babylonier betreuen.«

»Warum ist Sahurunuwa eigentlich nicht zum Fest gekommen? Er wäre der Richtige für das Ehrenamt gewesen.«

»Schon. Aber er ist mittlerweile ziemlich gebrechlich. Und ich glaube, er hat Angst, dass er wie damals sein Vater bei einem Fest weit weg von zu Hause sterben könnte. Hattusili hat ihm deshalb erlaubt, in Karkamissa zu bleiben und seinen Sohn zu schicken. Auch wenn nun vielleicht einige hoffen, es gäbe Spannungen zwischen den beiden. Die werden schon merken, dass sie sich täuschen. Oh, es gibt Essen.«

Zwölf Leibgardisten betraten den Hof und nahmen ihre Positionen an der linken Längsseite ein. Dann kamen Hattusili, Walwaziti, Abamuwa, Uratarhunta, der Herold, die zwölf Vertreter der Provinzstädte und schließlich zwölf Goldlanzenträger, die an der rechten Hofseite Aufstellung nahmen.

Hattusili begab sich zur Schmalseite gegenüber von Puduhepa und wartete, bis seine Gäste ihre Plätze erreicht hatten. Gassulawija wollte gehen.

»Nein, bleib«, hielt Puduhepa sie zurück. »Ich habe vorhin angeordnet, dass der Platz neben mir für dich bestimmt ist. Du bist sicher auch hungrig. Und es gibt Weinsuppe!«

Gassulawija blieb stehen, bis Hattusili sich gesetzt hatte, dann nahm sie zusammen mit den anderen ihren Platz wieder ein. Rechts und links vom König saßen Abamuwa und der Herold, Walwaziti bekam den freien Stuhl neben Puduhepa, gegenüber von Gassulawija. Uratarhunta musste sich mit einem Platz zwischen den Provinzlern begnügen.

Unter der Aufsicht des Obersten Kochs brachten fünf Pagen große Schüsseln mit Suppe, dunklem Brot und Äpfeln. Alalimi goss dem Königspaar und danach den Übrigen gemäß dem Rang Wein ein.

Die dickflüssige Suppe bestand aus Kichererbsen, Gerstengrütze, Weizenmehl, viel gutem Wein sowie einem Schuss saurem Wein. Gewürzt war sie mit Salz, Zwiebeln, Knoblauch und frischen Kräutern.

Walwaziti konnte den Beginn des Essens kaum erwarten. Puduhepa musste sich das Lachen verkneifen, als sie entdeckte, wie genüsslich und zugleich ungeduldig er den Duft der Suppe einsog. Er war wohl ziemlich hungrig. Gleich würde er erlöst werden.

Hattusili hob seinen Weinbecher: »Esst und esst euch satt! Trinkt und trinkt euch satt!« Er trank und nahm dann seinen Löffel.

Nachdem der König den ersten Löffel Suppe gegessen hatte, konnten auch die anderen beginnen.

In diesem Augenblick kam der Leibgardist, der am dichtesten beim Tempeltor gestanden hatte, an den Tisch und flüsterte Abamuwa etwas zu. Abamuwa entschuldigte sich beim König, stand auf und ging zu Walwaziti. Der wollte gerade den dritten Löffel Suppe zum Mund führen.

»Es gibt ein Problem. Am Steinmetzfelsen soll jemand überfallen und schwer verletzt worden sein. Ich fürchte, das hat mit Magallus Tod zu tun.«

Walwaziti seufzte. »Ich kümmere mich darum.« Er aß den dritten und zu seinem Bedauern letzten Löffel Suppe, erhob sich und verneigte sich zum König und zur Königin.

Puduhepa nahm zwei Äpfel und das größte Brotstück, das in der Schüssel vor ihr lag, und hielt sie Walwaziti hin: »Ich denke, sonst verhungerst du heute.«

Selig lächelnd blickte Walwaziti in ihre betörend schönen Augen. Beinahe hätte er ihr mitten beim Essen die Hände geküsst.

Der Verletzte war einer der Burschen aus Lallupija. Er lag am Boden und sah ziemlich übel aus. Auf der gesamten rechten Körperseite war sein Gewand tiefrot von Blut. Um ihn herum standen drohend drei weitere Lallupijaner. Anscheinend wollten sie niemanden an ihn heranlassen.

Walwaziti schluckte. Sein erster Gedanke war, dass der Mann sterben würde, wenn die Blutungen nicht bald gestillt werden konnten.

»Er muss so schnell wie möglich zum Arzt. Bring ihn hin«, sagte Walwaziti zu dem Gardisten, der ihn hergeführt hatte.

Der Gardist nickte widerstrebend. Die anderen sahen Walwaziti verständnislos an. Walwaziti wiederholte auf Luwisch, was er gesagt hatte.

Die Burschen schüttelten heftig die Köpfe: »Er ist angegriffen worden. Wenn wir ihn allein lassen, wird er totgeschlagen.« Sie deuteten auf den Ring von Zuschauern, die zwar Abstand hielten, aber nicht sonderlich freundlich oder gar mitfühlend aussahen.

»Natürlich könnt ihr ihn begleiten. Und ich komme auch mit. Ich verbürge mich, dass sich niemand an ihm vergreift.«

Walwaziti beugte sich zu dem Verletzten hinunter: »Kannst du laufen?« Er hatte inzwischen etwas genauer hingeschaut und gemerkt, dass das Ganze schlimmer aussah, als es in Wirklichkeit war. Der junge Mann nickte stöhnend. Eine kräftige Bierfahne schlug Walwaziti entgegen. Er richtete sich schnell wieder auf und trat einen Schritt zurück, um dem Gestank zu entgehen.

»Dann stellt ihn vorsichtig auf die Beine, und stützt ihn.«

Die Gaffer wichen zurück, als sich der Trupp mit Walwaziti an der Spitze in Bewegung setzte. Walwaziti winkte den ältesten der Männer aus Lallupija zu sich heran. Er blickte nicht ganz so finster wie die anderen beiden. Auch er roch nach Bier, aber weniger stark.

Vorsichtig näherte sich der Mann. Dass ihn ein so ranghoher Herr ansprach, verunsicherte ihn doch.

»Was ist denn passiert?«

Der Lallupijaner verbeugte sich erst einmal so tief wie noch nie zuvor in seinem Leben, dann antwortete er langsam und bedächtig, um ja kein ungehöriges Wort zu sagen.

»Herr, als wir mit dem Festzug am Großen Tempel angelangt waren, sagte unser Freund, er muss dringend Wasser lassen, und ging weg. Als er nicht zurückkam, haben wir ihn gesucht und da am Felsen gefunden. Jemand hat ihn überfallen, Herr.« Das Bier hatte dem Mann die Zunge schwer gemacht, aber es gelang ihm tatsächlich, sich einigermaßen klar auszudrücken.

»Überfallen? Für mich sah er eher so aus, als wäre er gestürzt.« Walwaziti blickte zurück zu dem Felsen, der seinen Namen den Stufen verdankte, die die Steinmetze beim Gewinnen von Blöcken für den Großen Tempel hineingeschnitten hatten. Auf ihnen standen mehrere Reihen Häuser mit engen Gassen dazwischen. Am Ende einer diese Gassen musste der Lallupijaner heruntergefallen sein. Der Oberste Schreiber wandte sich wieder an den Mann neben ihm. »Hat euer Freund euch erzählt, was passiert ist?«

»Ja … also … Er ist ein bisschen ein Draufgänger.« Dem Mann war sichtlich peinlich, was er erklären musste. »Er gibt gern ein bisschen an, und da ist er zum Pinkeln nicht an den vorgesehenen Ort gegangen. Und auch nicht einfach bloß in eine Ecke, sondern ist auf den Felsen geklettert. Herr, ich weiß, das gehört sich nicht bei einem Fest. Aber muss man ihn deshalb gleich umbringen wollen?«

»Hat er sich mit jemandem angelegt? Gab es Streit?«

»Nein. Er hat nur auf dem Felsen gestanden und heruntergepinkelt. Und plötzlich lag er unten.«

»Er hat also niemanden gesehen, der ihn gestoßen hat?«

»Nein, nicht direkt. Aber er hat hinter sich ein Geräusch gehört. Das muss der Angreifer gewesen sein.«

»Ich denke, er hat ziemlich viel Bier getrunken. Kann es nicht sein, dass er torkelte und deshalb heruntergefallen ist, dass ihn also überhaupt niemand gestoßen hat?«

»Der doch nicht, Herr. Der verträgt eine Menge. Nein, ganz bestimmt hat ihn jemand gestoßen.«

»Woher nimmst du deine Gewissheit? Hat er den Stoß gespürt?« Walwazitis graublaue Augen blitzten. Er wurde allmählich ungeduldig.

»Nein. Aber die Leute waren heute ganz merkwürdig. Sonst klatschen und lachen sie, wenn sie uns im Festzug sehen. Heute blieben sie still. Und einige haben sogar vor uns ausgespuckt und böse Dinge gerufen.«

»Was haben sie denn gerufen?«

»Das haben wir nicht verstanden. Wir können kein Hethitisch. Aber es war sehr böse. Wir wissen auch nicht, warum die Leute plötzlich so feindselig sind. Sicher, wir waren gestern Abend ein bisschen laut. Aber nicht viel lauter als sonst, wirklich, Herr.«

Walwaziti wurde nachdenklich. Das passte zum Gesichtsausdruck der Gaffer. Magallu hatte zwar kaum Freunde gehabt, doch dass die Lallupijaner so derb bei ihren Scherzen wurden, dass jemand deshalb starb, mochten sie auch nicht hinnehmen. Uratarhuntas Sicht des Falls hatte sich offenbar mit Windeseile verbreitet.

Aber musste dem gleich ein Racheakt folgen? Das wäre schlimm. Das wäre ein Rückfall in alte Zeiten der Blutrache und der Selbstjustiz. Walwaziti konnte sich das nicht recht vorstellen. Jeder Hethiter war stolz auf die Gesetze, die Rache und grausame Strafen, wie sie die Fremdländer kannten, untersagten. Ein Mord oder gar ein tödlicher Unfall wurde nicht mit dem Tod des Täters geahndet, sondern mit Wiedergutmachung für die Hinterbliebenen. Und ein solches Urteil war allein Sache des königlichen Gerichts.

Was sollte Magallus Frau und Kindern ein toter Mann aus Lallupija nützen? Der konnte weder Silber schicken noch jemanden, der für sie arbeitete und das Brot für sie verdiente. Die Lallupijaner mit Verachtung zu strafen, weil man sie für Totschläger hielt, war eine Sache. Aber einfach einen von ihnen anzugreifen, das war eine andere. Zumal nicht einmal feststand, wer die Schuld an Magallus Tod hatte. So etwas war nicht hethitische Art. Da musste noch etwas anderes im Gange sein.

»Was genau habt ihr gestern Abend gemacht?«

»Nun, wir sind zwei Handbreit vor Sonnenuntergang am Abendtor angekommen und haben gewartet, bis es geschlossen wurde. Dann haben wir, wie es die Tradition will, mit der linken Hand Steine geworfen, mit den Fäusten dagegen geschlagen und gebrüllt, damit man uns einlässt.«

»Das ist klar. Aber was habt ihr gemacht, nachdem man euch eingelassen hat?«

»Wir hatten einen großen Krug mit Bier dabei, und das wollten wir an den anderen Toren trinken, also mal ein richtiges Torfest feiern, Herr.« Er lachte verlegen. »Anfangen wollten wir beim Löwentor. Aber da haben uns die Wachen aufgehalten und gesagt, dass die drei neuen Tore oben im Süden für uns verboten sind.«

»Gab es deshalb Streit?«

»Nein, Herr. Wir haben kehrtgemacht und sind runter in die Senke gelaufen, um Leute einzukreisen und mitzuzerren. Der Erste, bei dem wir das versucht haben, ist uns entkommen. Dafür haben wir dann aber gleich einen dürren langen, ein bisschen dümmlichen Kerl gekriegt. Aber der war langweilig. Den haben wir bald wieder laufen lassen.«

Walwaziti überlegte grinsend, wer so dumm sein konnte, dass selbst die Burschen aus Lallupija ihn als dümmlich bezeichneten.

»Ihr habt ihm also nichts getan?«

»Nein, nein. Er ist mit heiler Haut davongetrottet. Kurz darauf kam Magallu und hat uns angeherrscht, was wir mit den Fässern auf dem Stadtfelsen veranstaltet hätten. Aber wir hatten doch gar nichts damit gemacht. Wir waren doch überhaupt nicht auf dem Stadtfelsen gewesen. Wir wussten doch gar nicht, dass der Fässerwettkampf auf dem Stadtfelsen stattfindet.«

»Was hat Magallu dazu gesagt?«

»Er wollte uns nicht glauben. Da haben wir gelacht und ihn eingekreist. Wir wollten ihn mit in die Schänke schleppen und das Ganze mit einem Bier runterspülen.«

»Ist er mitgekommen?«

»Nein. Er hat sich losgemacht und uns befohlen, ja nicht noch mal vor dem Fässerwettkampf auf dem Stadtfelsen aufzutauchen. Dann ist er weggegangen.«

»Das war alles?«

»Ganz bestimmt, Herr.«

»Wohin seid ihr danach gezogen?«

»Zum Tawinija-Tor und dann zum Arinna-Tor. Die Männer, die wir dort eingekreist haben, waren nicht so zimperlich. Sie haben mit uns getrunken und gelacht. Dann war unser Bier alle. Deshalb sind wir in die Schänke am Arinna-Tor gegangen. Und da sind wir hängen geblieben.«

Das konnte durchaus stimmen. Da die Schänke nicht weit von Walwazitis Haus lag, hatte er den Lärm, den sie dort veranstaltet hatten, gut hören können. Und der hatte ziemlich lange angedauert.

»Waren alle zehn von euch in der Schänke?«

»Aber sicher, wir waren die ganze Zeit zusammen. Außer zum Pinkeln war keiner weg. Aber warum willst du das alles wissen?«

Walwaziti ignorierte die Frage. »Und danach?«

»Waren wir fertig. Wir sind in die Herberge gegangen, und ich habe mich gleich hingelegt. Ich war ja schon am Tisch eingeschlafen.«

»Und die anderen?«

»Ich denke, auch.«

»Magallu ist tot. Er wurde in eines der Fässer gesteckt, die für euren Wettkampf bereitstanden, und vom Stadtfelsen gestürzt.«

Walwaziti brauchte jetzt nicht mehr zu verschweigen, wo Magallu gefunden worden war, denn wenige Augenblicke zuvor war Halpaziti aus der Schlucht zurückgekehrt und hatte ihm aus der Ferne ein Zeichen gegeben, dass er die Reinigung durchgeführt und die nun verunreinigten Reste des Opfers bereits verbrannt hatte. Neben ihm lief oder besser gesagt hüpfte Mutarki, offensichtlich erleichtert, dass sein Fehler ausgebügelt worden war.

Der Oberste Schreiber drehte sich wieder zu dem Mann aus Lallupija herum: »Unter diesen Umständen liegt es nahe, dass die Leute meinen, ihr hättet etwas damit zu tun.«

Der Mann wurde ernst. Und zunehmend nüchterner.

»Das ist ja schrecklich.« Er schwieg eine Weile. »Jetzt verstehe ich, warum die Leute so feindselig sind. Aber wir waren das nicht.«

»Kannst du einen Eid darauf ablegen? Bist du sicher, dass andere von euch nicht doch noch zum Stadtfelsen gezogen sind, als du schon im Bett lagst?«

»Ich denke, das hätte ich heute Morgen gemerkt, wenn so etwas passiert wäre. Das hätten sie nicht vor mir verbergen können.« Der Mann griff nach Walwazitis Arm. »Klar, wir spielen Streiche, und wir sind manchmal ein bisschen ruppig. Und wir gehen keiner Rauferei aus dem Weg. Aber das ist doch nur Spaß. Wir töten niemanden. Glaub mir, Herr.«

»Kannst du bei den Eidgöttern *schwören*, dass es niemand von euch war?«, insistierte Walwaziti.

»Nein.«

Genauso wenig konnte Walwaziti einen Eid darauf ablegen, dass der Bursche aus Lallupija keinem Anschlag zum Opfer gefallen war. Doch von den drei Möglichkeiten Unfall, Volkszorn und gezielter Mordversuch erschien ihm der blinde Racheakt am unwahrscheinlichsten. Magallu war ziemlich unbeliebt. Wieso sollte da jemand riskieren, seinetwegen den Zorn der Götter auf sich zu ziehen, indem er so grob gegen ihr Gesetz verstieß? Wenn es ein Anschlag war, dann musste er auf andere Weise mit dem Mord zusammenhängen. Der Fall wurde immer mysteriöser.

Bevor er Magallus Frau befragte, wollte er sich erst noch die Version des Mannes aus Lallupija von Alalimi bestätigen lassen. Zum einen lag das am Weg, denn der Mundschenk war sicher noch im Tempel der Getreidegöttin, und zum anderen hatte das den Vorteil, dass er dann doch noch einen Teller Weinsuppe bekam.

Hattusili hob die eiserne Axt und nickte Mairia zu. Dieser nahm Pfeil und Bogen, die ihm ein Page hinhielt, und schoss damit gegen einen großen Bronzeschild, der die Form einer

Acht hatte und in der Ebene unterhalb des Tawinija-Tors aufgestellt war.

Die Festgesellschaft hatte sich – nun wieder komplett mit den Delegationen der Fremdländer und den Vasallen, die nach dem Festzug auf der Burg gespeist hatten – vor dem Tor versammelt.

Mairia hatte gut gezielt. Der Pfeil traf den Schild in der Mitte, und die Bronzewaffe ertönte wie ein Gong. Auf dieses Zeichen hin liefen zehn Männer los, die nur mit einem kurzen Schurz bekleidet waren. Es waren Soldaten, die seit Wochen diesem Augenblick entgegengefiebert hatten. Jeden Tag hatten sie mehrmals für diesen Wettlauf geübt und ihre Ausdauer gestärkt, denn diesmal winkte als Preis nicht nur ein Gewand: Eine ganze Mine Silber erwartete den Sieger.

Die Soldaten rannten Richtung Abendtor, umrundeten eine Stele, liefen wieder zurück zum Tawinija-Tor und wendeten am Schild. Ihre langen Haare flatterten im Wind.

Zunächst waren sie dicht beieinander, doch nach der Hälfte der zweiten Runde zeichnete sich ab, dass der Sieg zwischen dreien von ihnen ausgefochten werden sollte. Die Zuschauer feuerten sie an. Die besseren Plätze entlang der Mauer waren den Bewohnern der Silberstadt vorbehalten. Auf der gegenüberliegenden Seite der Strecke standen dicht gedrängt einfache Bauern. Sie schrien am lautesten. Zwei der Favoriten kamen aus Bauernfamilien, nur der dritte stammte aus einer hochrangigen Sippe. Er war der Sohn eines Priesters.

Als ob er deshalb mit den Göttern im Bunde sei, gelang es ihm, sich bei der zweiten Umrundung des Schilds an die Spitze zu setzen. Die beiden Bauernsöhne hatten sich gegenseitig behindert. Doch auf der geraden Strecke machten sie wieder Boden gut. Bei der Stele waren sie dem anderen bereits dicht auf den Fersen. Diesmal wiederholten sie ihren Fehler nicht, sondern liefen knapp hintereinander um die steinerne Stele.

Nun begann der Endspurt über die letzten fünfzehn Feld.

Die Bauern schrien immer lauter. Den Priestersohn verließen allmählich die Kräfte. Er wurde langsamer, und die beiden anderen Läufer konnten ihn überholen. Noch fünf Feld. Die Bauern jubelten. Drei Feld. Die Bauernsöhne liefen Kopf an Kopf. Wer würde als Erster gegen den Bronzeschild schlagen? Der größere der beiden schien das Rennen zu machen, fast unmerklich schob er sich an die Spitze. Noch ein Feld. Ein Aufschrei ging durch die Menge. Der Führende stolperte über die eigenen Beine und geriet ins Straucheln. Fast hätte ihn der Priestersohn noch eingeholt, aber er konnte sich mit letzter Kraft aufrappeln. Derweil schlug der kleinere Bauernsohn mit einem triumphierenden Schrei gegen den Schild. Die Mine Silber gehörte ihm.

Der Priestersohn schaffte nur den dritten Platz. Ein Läufer nach dem anderen erreichte das Ziel, zuletzt ein Soldat, der zu einer Streitwagen-Einheit gehörte und nicht zu den Fußtruppen wie seine Konkurrenten. Für seine Verhältnisse hatte er sich wacker geschlagen. Glücklicherweise waren die alten Zeiten vorbei, in denen Verlierer bestraft wurden. Da wäre sein Weinbecher leer geblieben. Und er hätte sich obendrein den Zuschauern nackt zeigen müssen.

»Der erste Wettkampf dieses Fests ist dem würdigsten unserer Gäste gewidmet«, sagte Hattusili zu Mairia, »dem Vertreter Ägyptens, des Schwarzen Landes am Nil. Erweise dem Sieger die große Ehre, den Preis aus deiner Hand empfangen zu dürfen.«

»Gerne, Großkönig Hattusili«, entgegnete Mairia. Er trat vor und blieb wie erstarrt stehen, als er entdeckte, was ihm ein Page auf einem Tuch entgegenhielt: eine Mine Silber.

Puduhepa beobachtete Mairia höchst amüsiert.

Der Ägypter sah aus, als würde er sich das Silber am liebsten unter den Arm klemmen und damit davonrennen. Widerstrebend überreichte er den Preis. Es bereitete ihm sichtlich Mühe, einem einfachen Soldaten eine ganze Mine Silber zu geben. Silber, das in seinem Land in manchen Zeiten höher als Gold geschätzt worden war. Hattusilis Rechnung war aufgegangen. Es hatte sich gelohnt, einen so hohen Preis auszusetzen. Der Ägypter war blass vor Neid, dass der Hethiterkönig derart verschwenderisch damit umgehen konnte. Sicher würde Ramses schon bald seinen »Bruder« um Silber bitten. Und dafür feine Stoffe und Lapislazuli schicken. Und hoffentlich auch eine Medizin für Hattusilis Augen. In den Bergen von Kizzuwatna gab es genug Silber, um viele Wünsche zu erfüllen.

Hattusili selbst überreichte dem Zweiten des Wettlaufs eine neue Uniform, während Pagen an alle Teilnehmer und die Festgesellschaft des Königs mit Feigen gefüllte Brote und Becher mit Wein verteilten. Auch der letzte Läufer bekam Brot und Wein.

Der König hob seinen Becher und sagte: »Ihr werdet Brot essen und Wasser trinken!«

Mairia, der inzwischen seine Fassung wiedergewonnen hatte, unterdrückte ein boshaftes Grinsen und beugte sich zu Tuttu hinüber: »Brot und Wasser? Ist das alles? Ihr Armen. Da geht es uns am Nil aber besser.« Der Ägypter lächelte voll gespielten Mitleids.

»Oh nein«, antwortete Tuttu. »Hethiter lieben die Untertreibung. Brot essen und Wasser trinken ist die Form, in die wir seit den Tagen unserer Urväter den Wunsch für ein langes Leben kleiden – den Wunsch für ein Leben voll Wohlergehen mit reichlich Wein und viel Fleisch zum Brot.«

»Tut mir leid, Walwaziti, die Weinsuppe ist alle.« Alalimi war ehrlich bekümmert, dass er dem älteren Freund nicht helfen konnte. »Sie war wirklich gut heute. Die Gäste haben kaum etwas übrig gelassen. Und den Rest haben gerade die Pagen unter sich aufgeteilt. Ich habe gesehen, dass du so gut wie nichts davon essen konntest. Es ist nicht einmal mehr ein Stück Brot da. Aber zum Glück habe ich noch Wein.«

Alalimi goss einen Becher randvoll und reichte ihn Walwaziti. »Wenigstens ist dies der Weiße aus Wilusa, der auch in der Suppe war.«

Walwaziti nahm den Becher und seufzte. Da hätte er sich gar nicht so beeilen müssen, wieder zum Tempel der Getreidegöttin zu kommen. Dann fielen ihm das Brot und die Äpfel ein, die Puduhepa ihm zugesteckt hatte. Er zog sie aus der Tasche seines Mantels und biss hinein.

»Ich bin auch nicht nur deshalb hier«, nuschelte er zwischen zwei Bissen. »Du hast heute Morgen gesagt, dass du Magallu gestern mit den Lallupijanern gesehen hast. Wann und wo war das genau?«

»Nach Sonnenuntergang. Ich war im Weinkeller am Prinzenfelsen, um nachzuschauen, ob meine Leute den Wein für die Trankopfer im Großen Tempel in der richtigen Reihenfolge bereitgestellt hatten. Natürlich war einiges durcheinander. Als ich wieder herauskam, tobte dieser Lallupija-Haufen gerade die Straße hinunter. In ihrer Mitte hatten sie Magallu. Er fand das gar nicht komisch und brüllte sie an. Stell dir vor, er brüllte lauter als die Lallupijaner. Er war knallrot im Gesicht.« Alalimi lachte.

»Und dann? Wurden sie handgreiflich?«

»Nein. Sie haben ihn losgelassen. Handgreiflich wurde keiner. Ein bisschen mürrisch waren sie vielleicht.«

»Also gab es Streit?«

»Nein, so würde ich das nicht nennen. Ich konnte zwar nichts verstehen, aber von Streit zu reden wäre sicher übertrieben. Magallu sagte noch ziemlich bestimmt etwas, dann ließ er sie stehen.«

»Wohin ging er?«

»Hier am Tempel vorbei in Richtung Unterstadt.«

»Hast du sonst noch jemanden gesehen?«

»Ja, Uratarhunta. Ich denke, er war in den Speichern und wollte hinauf zur Burg.«

»Hat er mit Magallu gesprochen?«

»Magallu hat ihm zugenickt, aber er ist nicht stehen geblieben. Vielleicht hat er im Vorbeigehen etwas gesagt. Ich war da zwar auch schon fast unten an der Hauptstraße, aber immer noch zu weit weg, um etwas zu hören.«

»Und die Lallupijaner?«

»Die waren bereits alle zehn schnurstracks Richtung Tawinija-Tor getorkelt. Dass sie dort auch angekommen sind, konnte man nicht überhören. Ihr Trinklied war ziemlich laut.«

»Sie sind Magallu also nicht nachgelaufen?«

»Jedenfalls nicht so bald.«

Walwaziti hatte sein karges Mahl beendet und wischte sich den Mund ab. »Jetzt gibt wenigstens mein Magen Ruhe.«

»Ich hätte dir wirklich lieber etwas Besseres zum Torfest serviert.«

»Ich hoffe, das kriege ich nachher zu Hause von Nani.«

»Bist du nicht beim Bankett mit Mairia?«

»Nein, ich habe heute Abend keinen Dienst. Hattusili will den Rahmen so klein wie möglich halten. Er meint, das sei besser, um das Vertrauen des Ägypters zu gewinnen. Hat dir Mutarki das nicht gesagt?«

»Nein. Er ist wohl mal wieder ein bisschen überfordert. Na ja, nach all den Ereignissen heute kann man das sogar verstehen. Und mir kann es gleich sein. Der Wein für die Bankette ist schon seit Tagen oben auf der Burg. Nun ist es halt etwas mehr als gebraucht wird.«

Der Mundschenk zuckte die Achseln und lachte gutmütig. Mit Gleichgültigkeit hatte das jedoch nichts zu tun, sondern einzig mit Alalimis freundlichem Naturell. So manchen hatte das allerdings schon getäuscht. Der junge Mann, der beim letzten Neumond einundzwanzig geworden war, besaß eine gehörige Portion Ehrgeiz. Der König hatte ihn erst im Herbst zum Mundschenk gemacht, aber bereits jetzt zeichnete sich ab, dass er bald zu einem ihrer Vorsteher befördert werden dürfte.

Es würde mich nicht wundern, wenn er eines Tages Oberster Mundschenk wird, dachte Walwaziti. Mir soll's nur recht sein, dem königlichen Weinangebot schadet das sicher nicht.

Alalimi hatte aus dem Fenster hinüber zum Prinzenfelsen gesehen, aber dann konnte er seine Neugier nicht länger zurückhalten: »Glaubst du jetzt doch, dass die Lallupijaner an Magallus Tod Schuld haben?«

»Ich habe mich inzwischen ein wenig umgehört. Du hattest Recht. Magallu ist vom Stadtfelsen gestürzt. Und da liegt es nahe, an einen üblen Streich der Lallupijaner zu denken. Doch nach dem, was du beobachtet hast, sind sie ihm vermutlich nicht gefolgt.«

»Stimmt. Eigentlich sahen sie nicht so aus, als ob sie noch auf Felsen steigen könnten. Die meisten von ihnen waren schon mächtig betrunken.«

»Aber ich bin mir sicher, dass jemand auf dem Stadtfelsen Magallu aufgelauert hat. Hast du sonst noch jemanden gesehen, der dorthin gegangen sein könnte?«

»Ich habe natürlich nicht darauf geachtet. Es wurde ja auch schon dämmrig.« Alalimi dachte kurz nach. »Moment mal. *Bevor* ich den Weinkeller entriegelte, habe ich kurz hinunter ins Tal gesehen. In dem Augenblick ging Zuwappi durch das Tor des Wettergotts von der Ober- in die Unterstadt, und danach kam noch ein Mann. Doch da war es noch hell, und es waren überall Leute unterwegs. Dieser Mann am Tor ist mir nur aufgefallen, weil er sich komisch bewegte.«

»Inwiefern?«

»Hinter den Wachen hat er sich ganz auf die rechte Seite gedrückt. Er war sofort verschwunden, deshalb konnte ich ihn auch nicht erkennen. Irgendwie wirkte das verstohlen, wenn ich mir das jetzt überlege.«

»Ich fürchte, das besagt nichts.« Walwaziti betrachtete seine Hände und dachte daran, dass es auch noch das Rätsel um Zuwappis Wegbleiben gab. Aber jetzt ging es um die Geschehnisse auf dem Stadtfelsen. Er sah wieder Alalimi an. »Und später?«

»Ansonsten habe ich nur noch den Prinz und zwei seiner Freunde gesehen.«

»Nerikkaili?« Walwaziti stockte der Atem.

»Ja. Aber sie liefen in die entgegengesetzte Richtung. Hinauf zur Burg. Dort haben sie reichlich Wein getrunken. Das weiß ich von Mutarki.« Alalimi grinste. »Weil ich nicht da war, musste *er* den schweren Krug heranschleppen.«

Walwaziti atmete erleichtert aus. Damit war zwar nicht ausgeschlossen, dass Nerikkaili danach nicht doch noch zum Stadtfelsen gelaufen war. Aber es war auch kein eindeutiger Hinweis darauf.

»Ich denke, Magallu muss mit jemandem Streit gehabt haben. Weißt du, mit wem er in letzter Zeit eine Auseinandersetzung hatte?«

»Frag mich lieber, mit wem er *nicht* aneinander geraten ist. Das geht schneller.«

»Der König verlangt zu trinken!«

Das Lachen und Reden im Innenhof des Großen Tempels verstummte. Trommeln setzten mit langsamen, dunklen Schlägen ein: Der wichtigste Gottesdienst des ersten Festtags begann. In den großen Becken, die rundum zwischen den Säulen standen, wurde Weihrauch angezündet.

Hattusili ging in die Säulenhalle vor dem Allerheiligsten, legte die eiserne Axt auf einen sorgfältig polierten schwarzgrünen Stein neben dem Eingang, zog den ledernen Hirtenmantel aus und setzte die runde Kappe ab. Kella reichte ihm den spitzen Hut, der für die Opfer an den Wettergott vorgeschrieben war, und einen mit Gold überzogenen Bogen. Das Gewand, das der König unter dem Mantel trug, hatte dieselbe grüne Farbe wie der Stein und auch die Sockel der Säulen und kontrastierte reizvoll mit dem roten Verputz der Halle.

Der König trat wieder in den Hof und ging zusammen mit Puduhepa zu einem offenen Altarhaus in der Ecke, das gleichfalls aus grünem Stein erbaut war. Angeführt von Abamuwa trat Mutarki mit zwei Pagen und einem Goldlanzenträger vor das Königspaar. Die Pagen hielten ihm eine goldene Schale mit reinem Wasser hin. Sorgfältig wuschen sich Hattusili und Puduhepa die Hände und trockneten sie dann mit einem Leinentuch ab, das Mutarki ihnen reichte. Nachdem sich die Pagen zurückgezogen hatten, begann die Opferzeremonie.

Tamburine und Lauten fielen in die Trommelschläge ein, und die Tempelsänger stimmten das Lied des Wettergotts des Landes Hattusa und der Sonnengöttin von Arinna an.

Vier Tempeldiener legten weiße Tücher vor den Altar, und das Königspaar kniete nieder. Kella stellte links auf den Altarsockel eine Silberschale mit nach innen gebogenem Rand und rechts einen Tonkrug, der mit bunt bemalten Reliefs – Bildern des Götterpaars – geschmückt war.

Hattusili und Puduhepa standen auf und verneigten sich. Kella reichte dem König ein goldenes Gefäß in Form eines Stiers, das mit dem allerbesten Wein gefüllt war, den das Land zu bieten hatte. Hattusili hob das Gefäß an die Lippen, trank einen Schluck und goss den Rest des Weins in die silberne Schale.

Nun bekam Puduhepa ein Goldgefäß in Form eines Leoparden. Um ein Haar hätte dieses Opfergefäß Unglück verheißen. Als die Tempeldiener es bereitstellen wollten, war eines der eisernen Augen herausgefallen. Kella hätte sich blamieren und ein Silbergefäß nehmen müssen, das für das Torfest nicht gedacht war. Doch der Oberste Priester schaffte es trotz des Festtrubels rechtzeitig, den Goldschmied Palla herbeizuholen, den Leoparden reparieren zu lassen und ihn kurz vor dem Eintreffen des Königspaars auch wieder zu weihen, wie er stolz verbreiten ließ.

Puduhepa trank zu Ehren der Sonnengöttin und goss den Wein in den verzierten Tonkrug. Danach tauschte das Königspaar die Plätze. Jetzt trank Puduhepa zu Ehren des Wettergotts und Hattusili für die Sonnengöttin.

Nach einem dritten Trankopfer, diesmal wieder von Hattusili als Oberstem Priester des Wettergotts und von Puduhepa als Gottesmutter-Priesterin der Sonnengöttin, verneigte sich das Königspaar erneut vor dem Altar und schritt, gefolgt von Kella, zum Allerheiligsten, um die Trankopfer vor den Standbildern dieser beiden und jenen der anderen Götter im Innern des Tempels fortzusetzen.

»Der Wettergott ist des Landes linder Regen«, beendeten die Sänger ihr Lied.

Die Musik wechselte. Flöten, Becken und Klappern ertönten in einem schnellen, fröhlichen Rhythmus. Zwei Männer mit kurzen, gegürteten Gewändern und kleinen runden Kappen wirbelten in den Innenhof und ließen lange Buchsbaumzweige über ihren Köpfen kreisen, als wollten sie die Gäste damit necken. Die Zuschauer klatschten: Gleich würden die Akrobaten kommen.

Das war der Moment, auf den Adduwa gewartet hatte. Jetzt wollte er versuchen nachzuholen, was er am Vormittag wegen Mala nur zu gern versäumt hatte. Während das Königspaar im Allerheiligsten opferte, war das Protokoll draußen weniger streng, so dass er es wagen konnte, sich dem ägyptischen Gesandten zu nähern. Sicher würde ihm Tuttu dabei helfen. Ein bisschen nervös war Adduwa schon. Aber dieser Tag stand unter einem so guten Stern, dass er es einfach versuchen musste. Bestimmt würde ihn das Glück nicht verlassen.

Er gab sich einen Ruck und schlängelte sich, während sich die Menge lachend zu einem Kreis um die Buchsbaum-Tänzer öffnete, vorsichtig an die Seite der ägyptischen Delegation.

Tuttu nickte, als sein Freund neben ihm auftauchte. Er kannte Adduwas Träume und wusste, dass dieser auf ihn baute. Eigentlich hatte er schon viel früher damit gerechnet.

Er wandte sich um zu Mairia und sagte: »Gesandter des Landes Ägypten, gestatte deinem Diener, sich zu seiner Erleichterung für einen Moment zu entfernen.« Als Mairia gnädig nickte, fügte er hinzu: »Adduwa, der Bruder des Obersten Schreibers, wird dir während der Darbietungen der Akrobaten zur Seite sein.«

Adduwa trat strahlend zwei Schritte vor. Er hatte Recht gehabt. Es klappte sogar besser, als er gehofft hatte. Das würde er Tuttu nie vergessen. Er verbeugte sich vor Mairia und sagte auf Ägyptisch: »Ich bin glücklich und fühle mich geehrt, dem Gesandten des Großkönigs Ramses zu Diensten sein zu dürfen.«

Mairia schob die Mundwinkel ein wenig nach oben, neigte gönnerhaft den Kopf zur Seite und strich sich über seine Perücke. Tuttu ging weg, und Adduwa nahm seinen Platz links neben Mairia ein.

Drei Männer liefen leichtfüßig in die Mitte des Kreises. Zwei von ihnen trugen Schwerter, und der dritte hatte eine Leiter dabei. Er stellte sie vor sich auf den Boden und begann hinaufzuklettern, wobei er allein mit seinem Körpergewicht und geschickten Bewegungen dafür sorgte, dass die Leiter in der Senkrechten blieb.

»Wir sind sehr stolz, dass wir mehrere Schulen für Akrobaten haben. Diese gehören zu den allerbesten. Sie kommen aus …«

Adduwa wurde rüde durch einen Stoß in seine linke Seite unterbrochen. Erschrocken fuhr er herum. Neben ihm stand Nerikkaili und herrschte ihn an: »Überlass deinem Prinzen diesen Platz!« Er schob Adduwa beiseite und sagte auf Babylonisch zu Mairia: »Entschuldige diesen Zweitrangigen. Von mir kannst du mehr und Besseres erfahren.«

Erstaunt sah ihn Mairia an, dann nickte er erfreut: »Gern, Prinz Nerikkaili. Ich bin gespannt zu hören, was du mir zu sagen hast. Vielleicht sollten wir uns in den Schatten zwischen den Säulen zurückziehen.«

Adduwa starrte den beiden mit offenem Mund hinterher.

Die Männer mit den Schwertern legten die Köpfe in den Nacken und führten die Waffen bis zum Heft in den Hals. Dann begannen sie mit wiegenden Schritten zu tanzen. Ein bewunderndes Raunen ging durch die Menge.

Am liebsten hätte Adduwa ihnen gleich beide Schwerter entrissen und wäre damit auf Nerikkaili losgegangen.

Walwaziti ballte die Hand zur Faust, hob den rechten Unterarm und ließ ihn abrupt wieder fallen. Erst in dem Augenblick, als er an die Tür klopfen wollte, merkte er, dass es ihm überhaupt nicht in den Sinn gekommen war, jemanden zu Magallus Frau zu schicken, der ihr behutsam mitteilte, was geschehen war.

Es stand ihm also ein heikles Gespräch bevor. Entweder war er jetzt der Überbringer der schlimmen Nachricht, oder – was wahrscheinlicher war – diese hatte die Frau per Zufall und unvorbereitet getroffen, als sich die Kunde von Magallus Tod in Hattusa verbreitete.

Egal. Es war sein Fehler, und dem musste er sich stellen. Entschlossen klopfte er.

Ein Diener öffnete mit ernster Miene. Man wusste also Bescheid. Der Diener führte Walwaziti in die Halle. Dort saß eine zierliche Frau Anfang dreißig und tröstete einen Jungen und ein Mädchen, die sich weinend an sie kuschelten. Auch die Augen der Frau waren rot.

Walwaziti ging zu ihr hin, legte die Hand auf ihre Schulter und sagte mit belegter Stimme: »Es tut mir so leid. Aber ich sorge dafür, dass sein Tod nicht ungesühnt bleibt.«

»Ich weiß. Dafür bin ich dir sehr dankbar. Und ich bin so froh, dass sich alle so rührend um mich kümmern. Wie kann ich dir helfen?«

Sie stand auf und übergab die Kinder einer Dienerin, die hinter der Bank stand. Die Dienerin verließ die Halle, und die Frau setzte sich wieder. Sie machte Walwaziti ein Zeichen, gleichfalls Platz zu nehmen. Doch er blieb verlegen stehen und zupfte an seinem Ohrläppchen. Er hatte mit Ablehnung, Wut oder zumindest eisigem Schweigen gerechnet, aber nicht damit.

»Ich muss mich wirklich sehr entschuldigen, dass ich erst jetzt …«

»Aber das ist doch klar. Gassulawija hat mir gesagt, wie viel du zu tun hast und dass du dich trotzdem gleich darum kümmerst.«

»Gassulawija?«

»Ja. Sie kam und hat mir die Nachricht überbracht. Sie war so lieb.« Unter Tränen lächelte sie. »Puduhepa hat sie geschickt.«

Diese Königin ist unglaublich, dachte Walwaziti. Konnte es jemanden geben, der sie nicht liebte?

»Hast du schon etwas herausgefunden?« Die Frau sah ihn erwartungsvoll an.

Walwaziti setzte sich. »Leider noch nicht viel. Magallu hat nicht lange leiden müssen. Er ist vom Stadtfelsen gestürzt und war ganz sicher sofort tot. Aber wieso das geschehen konnte, weiß ich nicht. Jemand muss dort auf ihn gewartet haben.«

»Ja, sicher. Kella.«

»Kella?« Walwaziti war erstaunt. Der Oberste Priester war einer der wenigen, mit denen sich Magallu nicht gestritten hatte. Vielleicht lag dies daran, dass sich die beiden so ähnlich waren.

»Gestern Abend, bei Sonnenuntergang, kam ein Bote und richtete Magallu von Kella aus, dass er sofort zum Stadtfelsen kommen müsse, weil sich die Lallupijaner an den Fässern zu schaffen gemacht hätten. Kella wolle das mit ihm gemeinsam wieder in Ordnung bringen.«

»Wer war das? Hast du ihn gesehen oder weiß einer der Diener, wer es war?«

»Nein, Magallu hat selbst mit ihm gesprochen. Ich weiß nicht, wer es war. Ich weiß noch nicht einmal, ob es ein Mann war. Magallu hat nur gesagt, er müsse sofort weg, es sei wichtig. Dann ist er gegangen.« Sie begann wieder zu weinen. »Ich habe mir keine Sorgen gemacht, als er nicht zurückkam, sondern bin schlafen gegangen. Und heute Morgen dachte ich, dass er auf der Burg übernachtet hätte. Bis dann Gassulawija kam.« Sie schluchzte und zog ein kleines Tuch aus dem Ärmel.

Walwaziti fiel der lange, dürre Mann ein, den die Lallupijaner eingekreist hatten. Das musste hier in der Nähe gewesen sein. Hatte er Magallu aus dem Haus gelockt? War er vielleicht sogar der Täter? Oder war er tatsächlich nur Kellas Bote? Vor allem aber: Wer war er? Walwaziti hatte keine Ahnung, wen die Burschen gemeint haben könnten. Zudem hatten sie ihn als dumm bezeichnet. Doch hier musste es sich um jemanden handeln, der verschlagen und listig war. Auf Kella würde das sicher zutreffen. Aber der war klein und rundlich. Und Magallus Frau hatte ja auch gesagt, es sei ein Bote gewesen und nicht Kella selbst.

Walwaziti wartete, bis sie sich die Tränen abgewischt hatte. »Ich dachte immer, Magallu und Kella seien gut miteinander ausgekommen. Hatten sie einen Streit, von dem ich nichts weiß?«

»Nein, sicher nicht. Aber Freunde waren sie auch nicht direkt, dazu gingen ihre Ansichten über Hattusili zu weit auseinander. Eigentlich ist es merkwürdig, dass sie sich deshalb nie gestritten haben.« Walwaziti wollte sie unterbrechen, doch sie bedeutete ihm mit einer kleinen Geste der linken Hand zu schweigen. »Du brauchst nichts zu beschönigen. Ich weiß, wie schwierig der Umgang mit Magallu manchmal war. Liebenswürdig war er nur, wenn es um die Fremdländer ging – und um mich.«

Der Oberste Schreiber nickte. »Das stimmt. Gab es in letzter Zeit vielleicht einen besonders erbitterten Streit?«

»Nein, nicht mehr als das Übliche. Ich glaube, sonst hätte er mir davon erzählt. Aber sicher ist es möglich, dass er, ohne dass ihm das klar war, jemanden so gereizt hat, dass derjenige ihm nach dem Leben trachtete.«

»Danke für deine offenen Worte.«

Walwaziti erhob sich. Die Lallupijaner, Nerikkaili, ein Bote, der vielleicht keiner war, und auch noch Kella – über einen Mangel an möglichen Tätern konnte er sich nicht mehr beklagen.

Die Schatten waren schon ziemlich lang, als Walwaziti den Tempel erreichte. Der Weihrauch nahm ihm den Atem. Nun spielte eine Leier, begleitet von schnellen Trommelschlägen. Zu ihrem Rhythmus tanzten achtundvierzig Männer im Tempelhof. Ihre Gesichter waren nicht zu erkennen, denn sie trugen Hundemasken und auf dem Rücken Felle. Bis auf einen knappen Schurz waren sie nackt. Es waren Jäger, die mit ihrem Tanz die Jagd mit Hunden darstellten. Sie pirschten sich an, kreisten die Beute ein, griffen sie an, verfolgten und hetzten sie.

Das Königspaar beobachtete das Schauspiel von der seitlichen Säulenhalle aus.

Walwaziti hielt nach Kella Ausschau. Direkt durfte er den launischen Oberpriester nicht fragen, ob er Magallu auf den Stadtfelsen gelockt hatte. Aber vielleicht konnte er ihn überrumpeln, indem er sich beiläufig erkundigte, was die Lallupijaner mit den Fässern für den Wettkampf angestellt hätten.

Er sah Kella zehn Ellen neben dem Königspaar stehen und versuchte, sich quer durch die Reihen der Zuschauer, die sich im Rhythmus des Tanzes wiegten, dorthin durchzudrängen.

Ein ohrenbetäubendes Gebell und Geheul ertönte. Der ehrenwerte Jagdbund der Hundemaskenträger hatte seine Beute zur Strecke gebracht. Die Menge bewegte sich auf die Tänzer zu und riss Walwaziti mit. Als er sich freigekämpft hatte, war Kella verschwunden.

Walwaziti sah sich hastig um. Er musste ihn finden, ehe der Tanz beendet war, ehe der Priester wieder im Tempelinneren verschwand, wohin ihm selbst jemand von so hohem Rang wie der Oberste Schreiber nicht einfach folgen durfte. Die Abschlussrunde des Tanzes begann. Es wurde ruhiger, außer den Instrumenten waren nur das Stampfen der Tanzenden und ein Knurren zu hören, das allmählich anschwoll. Walwaziti stellte sich auf die Zehenspitzen, und schließlich entdeckte er Kella beim grünen Altarhaus.

Eilig wich er nach rechts in die Säulenhalle aus und bahnte sich den Weg zum Obersten Priester. Nachdem er fast zwei

Drittel geschafft hatte, hielt ihn jemand am Ärmel fest: Masturi, König von Seha und ergebener Vasall von Hattusili.

»Ich habe heute Morgen etwas gehört, das du unbedingt wissen solltest. Es betrifft Kurunta und Kubanta. Du kannst am besten entscheiden, ob es der König erfahren muss.«

Der Oberste Schreiber blieb alarmiert stehen. Masturi sah sehr besorgt aus.

Das Knurren der Tänzer wurde so laut, dass Masturi nicht weitersprechen konnte. Dann brach es ab, und die Tänzer fielen vor dem Königspaar auf den Boden. In die Stille hinein verkündete Abamuwa: »Hier sind die Geschenke des Königs für die ehrwürdigen Hundemaskenträger.«

Pagen verteilten Gewänder und kleine Schmuckstücke aus Gold und Silber an die Jäger und schleppten einen großen Kessel mit dem traditionellen Linsengericht heran.

Der erste Tag des Fests war beendet. Den Obersten Priester konnte Walwaziti jetzt nicht mehr erreichen. Er versuchte, den verführerischen Essensduft zu vergessen, und wandte sich wieder Masturi zu: »*Was* hast du gehört?«

»Tut mir leid, Herr, heute waren den ganzen Tag über so viele Gäste da. Sie haben alles aufgegessen.« Der Wirt der Schänke schüttelte bedauernd den Kopf. »Selbst Äpfel und Kuchen sind aus. Aber Brot und Käse habe ich noch, und sicher finde ich auch noch ein paar Kräuter.«

Um die Ernährung des Obersten Schreibers war es an diesem Tag schlecht bestellt. Nachdem er sich Masturis Bericht über das morgendliche Gespräch zwischen den Königen von Mira und Tarhuntassa angehört hatte, war er nach Hause geeilt. Doch Nani, der rundliche Haushälter, hatte nichts gekocht. Er war davon ausgegangen, dass sein Herr beim Fest mehr als reichlich zu essen bekäme.

Also hatte Walwaziti beschlossen, in die nur wenige Schritte entfernte Schänke zu gehen und sich erleichtert an einen

Tisch in einer kleinen Nische im hinteren Gastraum niedergelassen. Und nun dies: Nicht einmal Kuchen, sondern bloß Brot und Käse! Resigniert nickte er. *Irgend*etwas musste er ja schließlich essen.

»Bitte bring mir auch einen Becher Sessar, den größten, den du hast. Und schön kalt.«

Der Wirt verschwand und kam kurz darauf mit einem wirklich großen Becher zurück. Walwaziti nahm einen langen Schluck von dem klar gefilterten Bier, dem besten, das es in Hattusa gab. Es war wunderbar kühl. Der Wirt verstand sich darauf, das Eis in seinem Keller bis lange nach der Schneeschmelze zu nutzen.

Aus dem vorderen Gastraum drangen Stimmen und Gelächter der einfacheren Gäste herüber. Sie tranken Tawal, das übliche Bier, oder gönnten sich zur Feier des Tages auch das bessere Marnuwan. Das ungefilterte, billigste Bier, für das man einen Strohhalm brauchte, wurde während des Fests nicht ausgeschenkt.

Unter den Gästen vorn war Walwaziti nur der Bauleiter Pidda aufgefallen, die Lallupijaner hatte er nicht entdeckt. Wahrscheinlich war das der Grund, warum es recht leise war, obwohl einige Gäste einen Trinkspruch begonnen hatten. Die Stimmen wurden etwas lauter: Ein Schankbursche hatte den schweren Fellvorhang zur Seite geschoben, um Abamuwa hereinzulassen, und Walwaziti konnte sehen, wie Pidda dem hünenhaften Kommandanten der Leibgarde einen misstrauischen Blick zuwarf, als dieser Sessar bestellte.

»Du bist aus deinem Haus geflüchtet, hat mir Nani gesagt. Dabei hatte ich mich so auf seinen Apfelkuchen gefreut.« Abamuwa setzte sich gegenüber von Walwaziti. »Gibt's denn hier etwas Besseres?«

»Nein. Das ist ja das Unglück. Nicht einmal Kuchen. Der Wirt hat nur noch Käse. Ein großartiges Festessen!«

Abamuwa lachte, und seine braunen Augen blitzten vergnügt. »Und das muss ausgerechnet dir passieren. Hast du wirklich nichts zu essen bekommen heute?«

»Nur trockenes Brot und zwei Äpfel. Und ganze drei Löffel Weinsuppe, wie du weißt.«

»Deinem Bauch schadet das nicht«, tröstete Abamuwa den Freund. Er war ein halbes Jahr älter als Walwaziti, nahezu zwei Handbreit größer und mit wesentlich mehr Muskeln bepackt, doch die beiden hatten in etwa das gleiche Gewicht.

»So was Ähnliches hat mir Halpaziti heute auch schon gesagt. Aber trotzdem habe ich keine Lust zu verhungern. Außer Puduhepa hat niemand Mitleid mit mir.« Versonnen trank Walwaziti einen Schluck Bier.

Abamuwa hatte einen Moment lang das Gefühl, als schwänge nicht nur Dankbarkeit für zwei Äpfel in Walwazitis Stimme. Aber das ging ihn schließlich nichts an. Außerdem war er aus einem anderen Grund gekommen.

»Was hast du herausgefunden? Hast du schon einen Verdächtigen?«

»Einen? Das wäre wunderbar! Es werden immer mehr!«

Der Schankbursche brachte Abamuwas Bier. Nachdem er verschwunden war, fuhr Walwaziti fort: »Das Gerücht, dass Magallu vom Stadtfelsen gestürzt ist, hast du wahrscheinlich schon gehört.«

Abamuwa nickte nur kurz, um Walwaziti nicht zu unterbrechen.

»Nun, es stimmt. Ich habe dort auf dem unteren Plateau Blutspuren gefunden, die aus der Wunde in seinem Fuß stammen dürften. Auch das Fass wurde ihm dort oben übergestülpt. Gestorben ist er an einem Genickbruch, als er mit dem Fass unten in der Schlucht aufprallte. Das Ganze muss schon gestern Abend passiert sein.«

»Aber wieso hat ihn dann erst Mutarki entdeckt und keine Wache?«

»Weil er mitten im Stelenhain lag.«

Abamuwa sah ihn erschrocken an, doch Walwaziti legte ihm beschwichtigend die Hand auf den Arm.

»Halpaziti hat bereits das Reinigungsritual durchgeführt. Deswegen droht keine Gefahr mehr. Er kennt ein Verfahren aus den Ländern der Zeder, das auch am Tag angewandt werden kann.« Der Oberste Schreiber ließ den Arm seines Freundes los. »Nicht herausgefunden habe ich, ob Magallu aus Versehen gestürzt oder gestoßen worden ist.«

»Wir wissen also nicht, ob es Mord oder nur ein Unfall war«, fasste Abamuwa zusammen. »Aber ich denke, schuld an seinem Tod ist in jedem Fall derjenige, der ihm das Fass übergestülpt hat.«

Walwaziti nickte und schob die Öllampe, die mitten auf dem Tisch stand, ein Stückchen zur Seite.

»Oder auch diejenigen«, ergänzte Abamuwa. »Hast du schon an die Lallupijaner und ihre wilden Streiche gedacht?«

»Natürlich, gleich als Erstes. Zumal Alalimi Zeuge war, als sie Magallu einkreisten. Aber er hat auch gesehen, dass sie in eine andere Richtung weitergezogen sind. Niemand hat sie in der Nähe des Stadtfelsens beobachtet, auch Uratarhunta nicht, der das Gerücht über sie besonders eifrig verbreitet hat. Außerdem habe ich den ältesten von ihnen ausgiebig befragt. Seine Antworten kamen so direkt und ohne eine Spur von Angst, dass ich ihm glaube. Er ist zu einfältig, um geschickt etwas verhehlen zu können. Er weiß nichts. Natürlich kann er nicht beschwören, dass sich nicht doch noch einer von ihnen später in der Nacht zum Stadtfelsen geschlichen hat. Aber dann müsste Magallu sehr lange dort gewesen sein. Er ist nämlich schon kurz nach Sonnenuntergang dorthin gegangen.«

Abamuwa unterbrach ihn: »Was ist mit dem Überfall am Steinmetzfelsen?«

Walwaziti grinste: »Ich glaube, das war wirklich ein Unfall. Einer von den Burschen kam auf die dumme Idee, oben vom Felsen herunterzupinkeln. Er hat keinen Stoß verspürt und auch niemanden gesehen, bloß ein Geräusch hinter sich gehört. Das kann auch ein Hund gewesen sein, und er hat sich erschrocken. Er ist vielleicht zurückgefahren und konnte sich, betrunken wie er war, nicht mehr halten und ist runtergefallen. Seine Verletzungen sind auch gar nicht so schlimm.

Ganz sicher bin ich zwar nicht, aber ich halte es für die wahrscheinlichste Erklärung.«

»Da könntest du Recht haben«, bestätigte Abamuwa. »Und was ist mit Uratarhunta? Es macht mich misstrauisch, dass er den Verdacht so entschieden auf die Lallupijaner gerichtet hat. Will er damit von jemand anderem ablenken?«

»Daran habe ich noch gar nicht gedacht … Kella!« Das letzte Wort schrie Walwaziti beinahe.

Abamuwa sah ihn erstaunt an.

»Ja. Vorhin war ich bei Magallus Frau, und sie hat mir gesagt, dass ihm bei Sonnenuntergang jemand von Kella ausgerichtet hat, er müsse sofort zum Stadtfelsen kommen.«

»Kella und Urhitesub?« Abamuwa stützte das Kinn auf die Hand. »Dann wäre es eine Verschwörung gegen Hattusili. Der Oberste Priester ist ganz und gar nicht mit seiner Thronübernahme einverstanden. Aber er würde sich nicht allein erheben, dazu ist er zu feige. Kantuzzili vielleicht? Uratarhuntas Vater hasst den König wie kaum ein Zweiter.«

Walwaziti trank seinen Becher leer. »Aber was wollen sie damit erreichen? Kantuzzili ist viel zu alt, um einen Sieg noch lange auskosten zu können. Und Kella hätte doch ganz eindeutig Nachteile. So viele neue Tempelbauten wie Hattusili hat noch kein König geplant. Gut, Kella hält seine Thronübernahme für einen Rechtsbruch. Aber nur um diesen zu sühnen? So verstiegen kann selbst Kella nicht sein. Und ein ganz anderer König als Hattusili oder Urhitesub wäre schon gar nicht berechenbar.«

Er schüttelte den Kopf und setzte gedankenverloren den leeren Becher an die Lippen. »Warte. Hier gibt es noch einen Unbekannten.« Er beugte sich zum unbesetzten Nachbartisch, nahm sich die Öllampe von dort und stellte sie vor Abamuwa. »Der Bote. Magallus Frau hat ihn nicht gesehen. Vielleicht war es jemand, der nur vorgab, im Auftrag von Kella zu kommen? Ich wollte den Priester unverfänglich fragen, ob er nach Magallu geschickt hat, aber er ist mir entwischt. Ich kann ja, selbst wenn es wichtig ist, das Fest nicht stören. Vielleicht gelingt es dir morgen schneller, an ihn heranzukommen. Wenn er niemanden beauftragt hat, sind wir kein bisschen weitergekommen. Dann müssen wir herausfinden, wer der selbsternannte Bote war, der Magallu zum Stadtfelsen gelockt hat.«

Ein vertrauter Geruch stieg Walwaziti in die Nase. Erstaunt sah er hoch: Der Wirt kam mit einer tiefen Schale dampfender Linsen herein und stellte sie vor den Schreiber.

»Aber du hast doch gesagt, dass kein warmes Essen mehr da sei. Wo hast du das jetzt hergezaubert?«

Der Wirt lachte zufrieden: »Du hast so unglücklich ausgesehen, Herr, als ich sagte, dass ich nur noch Brot und Käse hätte. Und weil du nach Linsen gefragt hast, fiel mir das Essen der Hundemaskenträger ein.«

Walwaziti nickte anerkennend.

»Zuerst wollten sie ja nichts davon hergeben«, fuhr der Wirt stolz fort, »obwohl ich ihnen einen sehr guten Preis dafür geboten habe. Aber als sie hörten, dass es für dich ist, haben sie es mir geschenkt.«

»Danke. Vielen Dank. Linsen mag ich ganz besonders gern. Das ist wirklich ein Festessen für mich.« Walwaziti strahlte gerührt.

»Noch einen Becher Sessar?« Ein ebenso glücklicher Wirt verließ den Raum, nachdem die beiden genickt hatten. Zufriedene Gäste waren seine größte Freude.

Walwaziti beugte sich über den Teller: Linsen mit Weizengrütze und großen gebratenen Speckstücken. Diesmal nahm er sich kaum Zeit, daran zu schnuppern. Hastig aß er vier Löffel. Man konnte ja an diesem Tag nie wissen …

Abamuwa beobachtete den Freund lächelnd. Dann konnte er es aber doch nicht lassen. »Da ist noch etwas, das mir nicht aus dem Sinn geht: Zuwappi. Wieso bleibt er heute einfach weg? Das ist doch die wichtigste diplomatische Aufgabe, die er je hatte.«

Walwaziti führte noch schnell den Löffel an den Mund und schluckte, bevor er antwortete. »Das ist wirklich merkwürdig. Bei seiner Geliebten ist er nicht. Jedenfalls nicht bei der, von der wir wissen. Vielleicht hat er noch eine andere? Und hat bei der dann die Zeit vergessen und schämt sich nun?« Er fuchtelte mit dem leeren Löffel in der Luft herum. »Das passt zwar eigentlich nicht zu ihm, aber mir ist das ehrlich gesagt nach all den Problemen heute egal. Mairia ist mit Tuttu vollauf zufrieden.«

Abamuwa wollte etwas einwenden, doch Walwaziti richtete den Löffel wie einen Speer auf ihn. »Lass es. Um Zuwappis Schwierigkeiten möchte ich mich heute nicht auch noch kümmern. Das hat Zeit bis nach dem Fest. Und jetzt will ich erst mal in Ruhe essen.«

Abamuwa grinste verständnisvoll. Der Wirt kam mit dem frischen Bier.

»Du hast unseren Gast mächtig beeindruckt. Mairia hat dich gar nicht mehr aus den Augen gelassen.« Hattusili lachte und blickte tief in die mandelförmigen Augen seiner Frau. »Wenn er zu Hause so begeistert von dir berichtet, wie er dich die ganze Zeit angesehen hat, kommt Ramses am Ende noch auf die Idee, gegen mich zu Felde ziehen zu müssen, um eine gewisse hethitische Königswitwe heiraten zu können!«

Hattusili und Puduhepa standen auf der Dachterrasse des Palasts mit ihren Privatgemächern. Er lag auf dem nördlichsten und höchsten Punkt des Burgfelsens und bot einen atemberaubenden Blick über die Stadt und die Schlucht. Das Königspaar hatte alle Wachen und Diener weggeschickt und genoss die Ruhe nach dem ersten Festtag.

Puduhepa lehnte sich gegen eine der runden Zinnen, die die Brüstung krönten. »Oh nein. Eher kommt es dazu, dass nach der Schlacht hier eine Nebenfrau aus Ägypten einzieht. Da bin ich allerdings strikt dagegen. Nefertari soll nicht gerade hässlich sein, heißt es.«

Die beiden kicherten übermütig wie Halbwüchsige. Das

war ein Spiel, das sie liebten. Mit der Wirklichkeit hatte es wenig zu tun. Solche Heiraten waren nicht üblich. Keine Witwe eines Großkönigs wäre als Nebenfrau in ein Fremdland gegangen, keine Ägypterin und keine Hethiterin, und schon gar nicht eine Frau wie Puduhepa.

»Mich kriegt er nie. Mach ihm klar, dass seine einzige Chance darin besteht, ganz lieb ›bitte, bitte‹ zu sagen. Vielleicht könnten wir dann überlegen, ob wir ihn einer drittgeborenen Prinzessin für würdig erachten. Aber nur, wenn er verspricht, *sehr* brav zu sein!«

Doch Hattusili war zu angespannt, um das Spiel weiter fortzusetzen.

»Erst einmal brauchen wir überhaupt vernünftige Beziehungen«, seufzte er. »Mit all diesen Ersatzleuten habe ich bei den Fremdländern sicher nicht an Ansehen gewonnen. Ich habe Angst, dass ein Komplott gegen mich geschmiedet wird.«

»Du siehst Dämonen, die es nicht gibt. Alles verläuft doch bestens, alle sind zufrieden und beeindruckt. Von dir – und von dem Fest, das du ausrichtest. Du erzielst genau die geplanten Wirkungen. Wir brauchen uns keine Sorgen zu machen. Magallus Tod war sicher ein dummer Zufall. Ich sehe keine Anzeichen für eine Verschwörung.«

Letzteres entsprach nicht ganz der Wahrheit. Puduhepa machte sich nach wie vor große Sorgen, auch, weil Zuwappi immer noch verschwunden war. Er hatte zwar manche menschliche Schwäche, aber *so* leichtfertig war er noch nie gewesen. Doch sie wollte Hattusili nicht nervös machen und ihm den Schlaf rauben. Als Diplomat war er entschieden besser, wenn er ausgeruht war. Sie zog es vor, ihn abzulenken.

»Magst du mich überhaupt noch? Seit dem Essen habe ich keinen einzigen Kuss mehr von dir bekommen!«

Hattusili mimte den Schuldbewussten, umfasste den Körper, den er so liebte, und holte das Versäumte ausgiebig nach.

»Was die drittgeborene Prinzessin für Ramses angeht«,

flüsterte Puduhepa, als er ihren Mund für einen Moment freigab. »Tudhalija, unser Erstgeborener, hat erst zwei Schwestern. Sollten wir da nicht besser gleich Vorsorge treffen?«

»Ein kluger Vorschlag. Ich beuge mich deinem Rat!«

Nachdem Walwaziti die allerletzte Linse aus der Schale gekratzt hatte, strich er sich zufrieden über den Bauch. »Jetzt geht's mir besser!«

Er beugte sich vor und spielte nachdenklich mit den beiden Öllampen, dann sagte er: »Ich hatte vorhin erklärt, dass es viel zu viele Verdächtige gibt. Genauer: Es ist beinahe so, als ob jede Frage neue hervorbringt. Meine Liste ist noch nicht zu Ende. Masturi hat heute Morgen zufällig ein Gespräch zwischen Kubanta und Kurunta mit angehört. Kurunta war sehr empört, dass Hattusili Bentesina zum Betreuer der Assyrer bestimmt hat und nicht ihn, obwohl er einen viel höheren Rang innehat.«

»Das mag ihn ärgern, aber was hat das mit Magallus Tod zu tun?«

»Oh, sehr viel. Es klang so, als hätte Kurunta fest damit gerechnet, dass er die Betreuung übernehmen würde. Als hätte er gewusst, dass ein Ersatzmann gebraucht wird. Ja, als hätte er dafür gesorgt, dass dieser Fall eintritt. Die Gelegenheit hätte er gehabt, er ist ja schon gestern angekommen. Allerdings habe ich noch nicht nachfragen können, ob er beim Stadtfelsen gesehen worden ist.«

»Das ist wichtig!« Abamuwa pfiff leise durch die Zähne. »Hier sehe ich eine ernsthafte Gefahr. Kurunta geht es gewiss nicht bloß um ein diplomatisches Ehrenamt, sondern ganz gezielt um den Kontakt zu den Assyrern. Verliert Hattusili den Eisenthron, wäre Kurunta als jüngerer und energischerer Sohn von Muwattalli für die Fremdländer die bessere Wahl als Urhitesub. Der ist bloß ungehobelt. Ein von ihnen unterstützter Kurunta wäre dagegen nach innen mächtig und nach außen von ihnen abhängig. Solche Versuche müssen wir im Keim ersticken.«

Walwaziti nickte heftig, um seine Angst vor dieser Möglichkeit zurückzudrängen. Fast beschwörend sagte er: »Das werden wir. Und es wird uns gelingen. Ich werde Bentesina informieren. Auf ihn können wir uns verlassen. Solange er in der Nähe ist, wird Kurunta keine Möglichkeit haben, mit Baba-aha-iddina zu sprechen.«

Abamuwa erhob sich. »Warte einen Moment. Ich schicke sofort einen meiner Männer, damit er mit der Überwachung noch heute beginnt.«

Als er wiederkam, hatte sich Walwaziti zurückgelehnt.

Ohne Abamuwa anzusehen, sagte er: »Den ganzen Tag über hatte ich noch eine andere Befürchtung: Nerikkaili. Er hatte einen heftigen Streit mit Magallu. Davon wusste nur ich. Doch keinem ist verborgen geblieben, wie sehr er sich wünscht, seine diplomatischen Talente unter Beweis zu stellen. Ich denke, Hattusili hatte Recht, ihn nicht einzusetzen. Er ist zu unbeherrscht. Vielleicht sogar so sehr, dass er töten würde? Einen eindeutigen Hinweis auf ihn habe ich zwar nicht gefunden, aber ausschließen konnte ich ihn bisher auch nicht. Doch sein Motiv wäre einfach zu kindisch. Da sind die anderen gewichtiger.«

Er blies die Luft zwischen den gespitzten Lippen heraus. »Ich meine, wir können ihn jetzt von der Liste streichen. Ich brauche also keine Angst mehr zu haben, dass ich den Sohn des Königs während des Fests als Mörder entlarven muss.« Er trank und stellte seinen Becher zufrieden ab.

»Im Gegenteil«, sagte Abamuwa. »Die Hoffnung muss ich dir nehmen. Ich glaube zwar auch, dass Kurunta der Hauptverdächtige ist. Er kann jetzt kaum noch einen unbeobachteten Schritt tun. Dafür haben wir gesorgt. Aber wir dürfen nicht den Fehler machen, unser Augenmerk nur auf ihn zu richten. Auf dem Weg zu dir habe ich vorhin deinen kleinen Bruder getroffen. Er bebte vor Empörung, weil Nerikkaili verhindert hat, dass er mit Mairia sprechen konnte.«

Walwaziti lachte. »Ich weiß, sein größter Traum ist, als Gesandter eingesetzt zu werden. Deshalb lernt er auch eifrig Sprachen, vor allem Ägyptisch. Wenn ich ihn heute Morgen rechtzeitig gefunden hätte, hätte er und nicht Tuttu den Auftrag bekommen, sich erst einmal um Mairia zu kümmern. Aber er war wohl abgelenkt – vermutlich durch eine gewisse junge Dame. Und jetzt ärgert er sich, weil er diese Gelegenheit verpasst hat.«

»Nein, das ist es nicht. Tuttu hatte ihm ermöglicht, seine Aufgabe für einen Moment zu übernehmen.«

»Was?« Walwaziti fuhr auf. »Die haben einfach …«

Abamuwa legte ihm beschwichtigend die Hand auf die Schulter. »Das war nicht so schlimm. Das war, als die Schwertschlucker kamen.«

»Trotzdem«, beharrte Walwaziti. »Sich einfach eigenmächtig über die Einteilung hinwegzusetzen!« Wütend schüttelte er den Kopf.

»Jetzt tu nicht so, als hättest du dich streng an die Vorschriften gehalten und solch eine Gelegenheit ausgelassen. Du weißt selbst am besten, was Ehrgeiz ist.«

Der Oberste Schreiber zuckte zusammen. Der Freund hatte Recht. Bloß durch Fleiß und Disziplin war er nicht zu seiner Position gekommen. Wenn es nötig gewesen wäre, hätte er dasselbe wie Adduwa getan. Der Zorn, der in ihm aufgestiegen war, rührte wohl eher daher, dass Adduwa nicht gewartet hatte, bis ihn sein großer Bruder an die Hand nahm und sich als Wohltäter erweisen konnte. Diese peinliche Erkenntnis behielt er allerdings lieber für sich.

»Ja, schon gut. Was ist dann passiert?«

»Adduwa hatte kaum zwei Sätze mit Mairia gesprochen, als Nerikkaili kam und ihn verscheuchte. Adduwa war wütend über Nerikkailis unverschämte Art.« Abamuwa beugte sich vor und senkte die Stimme: »Aber das Wichtigste kommt jetzt: Dann sagte dein Bruder, das Ganze sei ihm sehr merkwürdig vorgekommen. Der Ägypter sei ungewöhnlich nett zu Nerikkaili gewesen, fast so, als heckten sie etwas aus. Die beiden sind weggegangen, als wollten sie ein angefangenes Gespräch fortsetzen. Mairia brannte derart vor Ungeduld, dass ich mir nicht vorstellen kann, dass sie ein Loblied auf den Großkönig Hattusili anstimmen wollten.«

Sechster Tag des zweiten Frühlingsmonats im ersten Jahr des Großkönigs Hattusili

(Anfang Mai 1265 v. u. Z.)

Der zweite Tag des Torfests

Die andere Leiche hatten sie noch nicht gefunden.

Walwaziti hatte einen schalen Geschmack im Mund, als er erwachte, und sein Kopf fühlte sich an, als sei er über Nacht auf das Doppelte angeschwollen. Der Oberste Schreiber ärgerte sich. Ein bisschen weniger Sessar am Abend vorher hätte seiner Laune am Morgen des zweiten Festtags sicher gutgetan. Eigentlich war er nicht besser als die Burschen aus Lallupija. Wahrscheinlich würden denen aber fünf Becher Bier nicht so zu schaffen machen. Warum hatte er auch diesen riesigen Becher verlangt? Selber schuld.

Missmutig stieg er aus dem Bett und nahm sich fest vor, an diesem Tag nur den Wein zu trinken, den es beim Fest und abends beim Essen gab. Und keinen Tropfen Bier.

Der Gedanke an das große Bankett mit allen Delegationen besserte seine Stimmung ein wenig. Er reckte sich, rieb mit beiden Händen seinen Bauch und ging die Treppe hinunter. Es war kurz nach Sonnenaufgang, aber ziemlich dunkel, weil dicke Wolken über Hattusa lagen, die im Westen bis hinunter auf die Bergspitzen reichten. Walwaziti fröstelte, als er in die Tür trat und ihm ein kalter Wind entgegenschlug. Aber der kam aus der richtigen Richtung. Anscheinend hatten die Wettergötter ein Einsehen. Wenn der Wind anhielt, müsste er die Wolken schnell vertreiben. Regen wäre an diesem Festtag überhaupt nicht gut.

Nani kam aus dem Raum rechts neben der Treppe.

»Guten Morgen, Herr. Ich habe dein Bad schon gerichtet.« Der Haushälter lachte wissend. Er hatte gehört, dass

Walwaziti ziemlich spät und mit schweren Schritten nach Hause gekommen war. »Ich denke, das kannst du jetzt brauchen.«

Walwaziti war dankbar für die Umsicht, doch gleichzeitig störte es ihn, dass Nani nichts verborgen blieb. Hoffentlich hatte sein kleiner Bruder nichts gemerkt.

»Ist Adduwa schon wach?«

»Er ist zur Probe für das Schauspiel gegangen. Er war so aufgeregt, als müsste er bereits zur Aufführung.«

»Hach-hat ...« Walwazitis nächste Frage ging in einem Krächzen unter.

»Gestern Abend hat er fest geschlafen, als du gekommen bist.«

Walwaziti hatte keine Ahnung gehabt, dass er so leicht zu durchschauen war.

Puduhepa sah nachdenklich aus dem schmalen Fenster in der Halle des königlichen Wohnpalasts und zwirbelte die Schnur ihres goldenen Sonnen-Amuletts so fest, dass sie in ihren Hals einschnitt.

»Ich bin beunruhigt«, sagte sie zu Halpaziti.

Der drahtige Istar-Priester saß gegenüber auf einer Bank und hielt eine Tontafel in der Hand, die eng mit Schriftzeichen bedeckt war.

»Ich denke, dein Traum gibt keinen Anlass dazu, Majestät«, entgegnete er.

Doch Puduhepa brachte ihn mit einer Geste zum Schweigen. »Vielleicht sollte ich noch mehr tun.« Sie ließ das Amulett los und setzte sich neben Halpaziti. »Ist der Traum nicht ein Zeichen von Lelwani? Statt zu warten, bis sich Hattusilis Thronbesteigung zum ersten Mal jährt, kann ich der Göttin, die in der dunklen Erde wohnt, schon jetzt ein Gelübde ablegen, damit sie den König für lange Jahre bei Leben und Gesundheit erhält. Setz heute noch einen Text auf: Ich werde der

Göttin alljährlich die Monate und Jahre in Gold und in Silber geben und dazu immer auch Vieh und Häuser.«

Halpaziti nickte. »Du bekommst die Tafel bis zum Abend. Sich des Schutzes von Lelwani zu versichern ist klug, meine Königin. Doch ich bin sicher, dass dein Traum kein schlechtes Zeichen ist.«

»Aber mein Vater ist tot!« Puduhepa stand wieder auf und ging nervös auf und ab.

Halpaziti schüttelte den Kopf. »Du hast doch gesagt, dass der Brunnen, den er ausgehoben hat, aus den Tagen deines Großvaters stammt?«

»Das ist richtig. Vater hat ihn wieder freigelegt. Und er hat Wasser daraus geschöpft.«

»Eben. Das Wasser war doch klar?«

»Ja, ganz rein und kühl. Dann hat Vater jedoch etwas gesagt, das ich nicht verstanden habe. Deshalb mache ich mir Sorgen. Abba fand das auch bedenklich.«

»Du weißt, dass ich deine Traumdeuterin schätze, Majestät. Aber manchmal neigt sie dazu, schlechte Omen zu sehen, wo keine sind.«

»Deshalb habe ich dich ja auch zusätzlich holen lassen, Halpaziti.«

»Ich denke, das Wasser ist entscheidend. Und das war, hast du gesagt, gutes, frisches Wasser, nicht wahr?«

Die Königin nickte bestätigend.

Der Priester strahlte. »Dann brauchst du wirklich keine Angst zu haben, Majestät. Deine Familie wird leben und gedeihen. Sie wird Wasser trinken und Brot essen.«

»Und später kam Walwaziti und hat Orakelsteine zusammengelegt.« Puduhepa ging zu dem kleinen Räucheraltar aus Ton, der wie ein Turm geformt war.

»Das hat nichts zu bedeuten.«

»Du, Weißdorn, kleidest dich im Frühling blutrot, im Herbst aber kleidest du dich weiß. Das Rind …«

Der Rest des Liedes ging unter im Prusten der Chormitglieder, die auf der weiß verkleideten Schräge außen vor dem Sphinxtor für das Schauspiel probten. Sie bogen sich vor Lachen, weil drei Männer in der hinteren Reihe die Farben verwechselt hatten.

Die Frauen und Mädchen, die im Chor der Heilgöttin auf der anderen Seite standen, bemühten sich tapfer, die Würde zu wahren, die ihren Rollen zukam, aber das reizte sie nur noch mehr zum Lachen.

Kunni, ein eher zierlicher Mann von Ende zwanzig, der die Rolle des ritualkundigen Menschen spielte und hinter ihnen oben im Tor auf seinen Einsatz wartete, hielt sich gleichfalls den Bauch. Vom feierlichen Ernst des Beschwörungsrituals kurz vor dem Ende des Schauspiels war nichts mehr zu spüren.

Nur Adduwa begriff nicht sofort, was die Heiterkeit ausgelöst hatte. Seine Soloszene war längst vorbei, und er war erleichtert, dass sie so gut geklappt hatte. Jetzt, im Chor der Männer, hatte er ohne zu überlegen mitgesprochen, denn der Text war ihm seit vielen Jahren vertraut. Seine Gedanken kreisten um den bernsteinfarbenen Lockenkopf vorn im Frauenchor. Bislang hatte er Mala bei der Probe nur gesehen, aber nicht sprechen können. Auf sein Winken hatte sie ungewohnt zurückhaltend reagiert. Er musste sie unbedingt nach dem Spiel abpassen.

»So geht das nicht. Ich verbitte mir diese Albernheiten!« Kella fand das überhaupt nicht komisch. Wütend warf er die kleine Eiche zu Boden, die er schon für die letzte Szene in der Hand hatte, und tobte wie ein Dämon die steile Schräge hinauf zum Chor. »Mit so was macht man keine Witze! Was habt ihr euch dabei gedacht? Man sollte meinen, ihr habt noch nie einen Weißdorn gesehen!« Die Stimme des Obersten Priesters überschlug sich fast.

Die drei Männer hatten beschämt die Köpfe gesenkt und

versuchten erfolglos, sich hinter den anderen Chormitgliedern unsichtbar zu machen.

Der letzte Satz des Priesters durchfuhr Adduwa wie ein Blitz. Jetzt war er hellwach. Die drei Männer, die den Fehler gemacht hatten, waren ihm schon vorher aufgefallen. Sie hatten sich abseits von den anderen gehalten und außer ihrem Text kein Wort gesagt. Ehe sie hastig ihre Masken aufsetzten, hatte er kurz ihre Gesichter erkennen können. Adduwa war sich sicher, dass er sie noch nie vorher gesehen hatte.

Schon beim ersten Lied des Männerchors hatte er einmal das Gefühl gehabt, er höre einen Akzent. Aber er hatte dem weiter keine Bedeutung beigemessen. Außerdem war er durch Mala abgelenkt gewesen. Natürlich, das war es! Die Männer wussten sehr wohl, dass die Blüten eines Weißdorns weiß und die Früchte rot sind – aber sie wussten offensichtlich nicht genau, was sie da sagten. Sie waren keine Hethiter!

Adduwa begann laut und heftig zu husten. Wie erwartet winkte ihn Kella mit einer ungeduldigen Handbewegung weg.

»Ruhe! Geh und trink einen Schluck Wasser. Den Chor wiederholen wir anschließend sowieso noch einmal.«

Der junge Schreiber rannte – immer noch laut hustend – die Schräge hinauf, grinste Kunni zu, der jetzt auf dem Plateau vor der Mauer stand, eilte durch das Tor in die Stadt und zog eine Holztafel sowie einen schräg angespitzten Stab aus der Tasche seines Umhangs. Sein Hustenanfall war schlagartig vorbei. Hastig klappte er die Tafel auf und drückte Schriftzeichen in das Wachs, mit dem sie innen beschichtet war: »Im Chor sind drei Fremde, vielleicht Männer aus Turira.« Er schloss die Tafel und gab sie einem Speerträger in dem Wachturm ein Stück unterhalb vom Tor.

»Lauf so schnell du kannst und bring die Tafel meinem Bruder Walwaziti. Er müsste gerade beim König sein.«

Der Mann nickte und rannte den Berg hinunter. Adduwa ging ein paar Schritte Richtung Tor und lehnte sich dann in der Nähe eines Buschs gegen die Mauer. Er war immer noch außer Atem. Beruhigt beobachtete er, wie sein Bote die Tafel kurz danach am Burgtor einem Goldlanzenträger übergab. Der würde sie vor dem Palast an einen Leibgardisten weiterreichen. Und wenige Augenblicke später müsste sie bei Walwaziti im Audienzzimmer sein.

Den kräftigen Mann, dessen dunkle Haare schon erste graue Strähnen aufwiesen, bemerkte der Schreiber in seiner Aufregung nicht. Jener hatte sich hastig hinter den Busch an der Mauer zurückgezogen, als er Adduwa kommen hörte. Er verharrte ein paar Momente reglos, dann grinste er boshaft, holte tief Luft, hob die Hände, in denen er ein Seil hielt, und wollte hinter Adduwa treten …

Doch genau in diesem Augenblick stieß sich der junge Schreiber von der Mauer ab und schlenderte zufrieden zurück zur Probe.

Mit einer wütenden Geste ließ der Mann seine Arme wieder sinken.

»Du, Weißdorn, kleidest dich im Frühling weiß, im Herbst aber kleidest du dich blutrot«, erscholl der richtige Text.

»Kurunta habt ihr also im Griff. Ich bin zufrieden mit euch. Ich glaube, deshalb brauche ich mir keine Sorgen zu machen. Mein werter Adoptivsohn wird keinen unbewachten Schritt mehr tun. Wenn er Magallu getötet hat, wird er nach dem Fest zur Rechenschaft gezogen.« Hattusili nickte gut gelaunt. Seine düstere Stimmung vom Abend zuvor war verflogen. »Auch um Zuwappi kümmern wir uns erst dann. Wenn er heute erscheint, lass ihn unter Hausarrest stellen, Abamuwa. Tuttu macht seine Sache ganz gut. Hier habe ich gleichfalls keine Befürchtungen mehr. Außerdem hatte Puduhepa letzte Nacht einen Traum, der ein gutes Omen für das Fest bedeutet. Halpaziti hat daran keine Zweifel gelassen.« Der König sah Walwaziti an. »Du kamst auch darin vor. Du hast die Orakelsteine geordnet.«

Walwaziti schluckte. Seine Königin träumte von ihm! Er beobachtete, wie Puduhepa ihren Becher mit Süßmilch abstellte und zu einer Schale mit Blumen ging, die auf einer kleinen Konsole stand. Die Königin sah an diesem Morgen besonders strahlend aus, sie leuchtete geradezu von innen. Unter dem leichten Gewand konnte er deutlich die Konturen ihres Körpers erkennen. Der Schwung ihrer Hüften erinnerte ihn an die schwellende Knospe einer Stockrose. Sicher war Puduhepas Haut genauso zart wie die Blüten, die sie gerade ordnete.

Hattusili trank ein wenig von seiner Süßmilch, strich sich über die Lippen und fügte dann hinzu: »Finde so schnell wie möglich heraus, wer Magallu getötet hat, doch halte dich weiterhin im Hintergrund mit deinen Ermittlungen. Ich will nicht, dass etwas ans Licht kommt, das wir besser erst dann ahnden, wenn die Fremdländer nicht mehr in Hattusa sind. Ich möchte nicht, dass sie über uns spotten können. Sei deshalb auch vorsichtig mit Kella. Er hat viele Verbindungen. Ist das klar?«

Als keine Antwort kam, richtete sich Hattusili auf. »He, Walwaziti, dein König spricht mit dir.«

Der Oberste Schreiber schreckte aus seiner Träumerei auf, und sein Gesicht lief rot an.

»Woran hast du gerade gedacht?« Hattusili lachte kumpelhaft. »Deinem Gesichtsausdruck nach war das eine Frau und nicht Magallu und schon gar nicht Kella. Stimmt's?«

Walwaziti wurde dunkelrot. Was sollte er dem König darauf antworten?

»Diese Botschaft soll ich dir von deinem Bruder Adduwa übergeben.« Noch nie war Walwaziti einem Leibgardisten so dankbar gewesen wie dem, der in diesem Moment mit einer Holztafel in der ausgestreckten Hand hereinkam.

Der Wind peitschte über die Palastteiche und wirbelte kleine Wasserschleier auf. Walwaziti zog seinen Mantel über der Brust zusammen und ging schneller, um dem Schauer zu entgehen. Es war gut, dass der Wind anhielt und sogar an Stärke zunahm, denn in den Wolken zeigten sich die ersten Lücken. Wegen des Wetters musste er sich wenigstens keine Sorgen mehr machen.

Aber wegen der Leute aus Turira, wenn Adduwa Recht hatte. Turira war eine mittelgroße Stadt im Grenzgebiet zwischen Assyrern und Hethitern. Ursprünglich hatte sie zu Mittanni und damit seit Suppiluliumas Zeit zum hethitischen Vasallengebiet gehört. Als es zum Krieg zwischen Assyrien und Mittanni gekommen war, hatte sich Urhitesub nicht getraut, seinen Vasallen gegen den assyrischen Großkönig zu verteidigen. Das hatte zur Folge …

Beim Istar-Tempel wurde Walwaziti jäh aus seinen Überlegungen gerissen. Aus einer Seitengasse kam rückwärts ein dünner Mann, der einen kleinen Wagen hinter sich her zog. Walwaziti konnte einen Zusammenstoß gerade noch vermeiden, weil er die Hand abwehrend auf den Rücken des Mannes legte. Es war Zuzuli, der Gehilfe des Goldschmieds.

»Entschuldigung, Herr.« Zuzuli richtete sich nur kurz auf und lief dann mit seinem Karren sofort weiter die Straße hinunter, vorbei an den drei Speerträgern, die Walwaziti folgten.

»Pass das nächste Mal besser auf«, rief der Schreiber ihm kopfschüttelnd hinterher.

Halpaziti, der mit einer der Wachen am Tor des Istar-Tempels sprach, hatte den Beinaheunfall lächelnd beobachtet und winkte seinem jüngeren Freund fröhlich zu, als der eilig seinen Weg bergauf fortsetzte.

Turira war nun zum Sonderfall geworden. Die Stadt lag in der Nähe von Karkamissa auf der anderen Seite des Mala, des Flusses, den die Assyrer Purattu nannten, und in ihr lebten nach wie vor hethitische Untertanen und neuerdings auch assyrische Soldaten, so dass offen war, welcher Großkönig für sie zuständig war. In Turira meinte man anscheinend, dass keiner von beiden etwas zu sagen hatte, und nutzte die Situation zur Bereicherung: Immer wieder überquerten Turiraner den Fluss, plünderten Orte in Karkamissa und angrenzenden Gebieten und zogen sich ebenso rasch mit der Beute in ihre Mauern zurück. Außerdem fanden in der Stadt zunehmend zwielichtige Gestalten Zuflucht, die sich dem hethitischen Einfluss entziehen wollten.

Hattusili war nicht willens, das länger hinzunehmen. Allerdings hatte er keine Lust, wegen Turira einen Konflikt mit den Assyrern zu beginnen, dazu war die Stadt viel zu unbedeutend. Die Stadt musste bestraft werden, doch wer das übernahm, war eine der Fragen, die während des Torfests geklärt werden sollte. Magallu hatte dieses Gespräch vorbereitet. War er ermordet worden, um diese Verhandlungen und somit die Strafe für Turira zu verhindern?

Walwaziti seufzte. Noch ein mögliches Motiv – und neue Verdächtige. Gleich würde er mehr wissen. Er nickte Kunni zu, der eilig durch den langen Tunnel unter dem Sphinxtor zurück in die Stadt kam, und stieg den letzten Teil der steilen Straße zum Tor hinauf. In seinem Hinterkopf nagte das Gefühl, er hätte gerade etwas übersehen.

»Du räudiger Hund, Sohn eines zahnlosen Ebers und einer Henne, du bist der elendeste Feigling, der mir je begegnet ist!«, brüllte Walwaziti oben auf dem Wall.

Drei Köpfe flogen empört herum, und der Chor brach fast genau an derselben Stelle wie vorher ab. Doch diesmal lachte nur Adduwa, und Kella hatte es vor Verblüffung die Sprache verschlagen. Die übrigen dreihundertneunundneunzig Akteure hatten nichts verstanden.

Walwaziti hatte seine Beleidigung nicht einfach auf Hurritisch gerufen, sondern in dem speziellen Dialekt, den man in Turira sprach.

»Wusste ich's doch. Legt die Burschen dort in Ketten«, befahl er den Speerträgern, die ihn begleiteten, und deutete auf die drei empörten Männer. »Sie sind aus Turira.«

Unruhe machte sich unter den Choristen breit. Sie wichen zurück.

Die Speerträger fesselten die Männer, die so verdattert waren, dass sie sich nicht wehrten, stießen sie vor den Obersten Schreiber und rissen ihnen die Masken herunter. Alle drei hatte jene breite Nase, die in manchen Ländern im Süden besonders häufig anzutreffen war. Ohne Masken hätte sie schon bald ihr Äußeres verraten.

»Was macht ihr hier?«, herrschte sie Walwaziti an.

Die stämmigen Männer, die allesamt in den Zwanzigern waren, schwiegen.

»Ihr habt nichts bei diesem Fest zu suchen. Wieso seid ihr hier?«, bohrte Walwaziti weiter.

Das trotzige Schweigen hielt an, obwohl die Wachen ihre Speere nun noch dichter und bedrohlicher auf die Gefangenen richteten.

»Ihr seid doch sicher nicht aus Neugier auf das Fest hier. Hat euch jemand geschickt? Für wen haltet ihr die Köpfe hin? Meint ihr, das lohnt sich? Ihr seid sowieso entlarvt, ich weiß, dass ihr aus Turira kommt. Also …«

Doch auch dieser Versuch des Obersten Schreibers brachte sie nicht zum Reden. Einer der Speerträger nahm seine Waffe und zog sie langsam über den Unterarm des jüngsten Mannes. Der krümmte sich zwar vor Schmerzen, gab aber keinen Laut von sich. Ein breiter Streifen Blut quoll über seinen Arm.

Walwaziti würgte und drehte sich weg. An diesem Morgen war sein Magen zu empfindlich für solch einen Anblick.

»Hör auf damit«, rief er dem Speerträger zu. »So mag man in Turira mit Gefangenen umgehen, hier in Hattusa ist das unwürdig. Bringt sie weg, ehe sein Blut hier oben auf den Boden tropft. Kerkert sie einzeln ein.« Und auf Hurritisch fügte er betont ruhig hinzu: »Allein und im Dunkeln werdet ihr eure Sprache schon irgendwann wiederfinden. Ich habe mehr Zeit als ihr.«

Die drei Speerträger setzten sich mit ihren Gefangenen in Marsch, und Walwaziti drehte sich zu Kella um, der die Szene erschrocken verfolgt hatte. Das Schauspiel unterstand ihm, und damit war er auch für die Akteure verantwortlich. Doch er war nicht geneigt, das zuzugeben. Ehe Walwaziti etwas zu ihm sagen konnte, schrie der Oberste Priester die Choristen an:

»Was steht ihr hier herum und gafft? Ihr wisst genau, dass ihr gleich unten beim Großen Tempel sein müsst. Los, bewegt euch endlich!«

Wortlos stiegen die Chorleute die Schräge hinauf, drängten sich an Walwaziti vorbei und verschwanden im Sphinxtor. Adduwa wollte ihnen folgen, aber sein Bruder hielt ihn mit einer Geste zurück und stellte sich Kella in den Weg, der die Gelegenheit nutzen und gleichfalls davoneilen wollte.

»Moment, Kella. Erst sagst du mir, wie diese Männer in den Chor kommen. Warum hast du sie nicht gemeldet?«

»Wie soll ich erkennen, dass drei Fremde im Chor sind? Wie soll das gehen bei viermal hundert Choristen, die allesamt Masken tragen? Meinst du, ich zähle alle einzeln ab und schaue unter jede Maske?« Kella grinste hämisch. »Dann könnte das Schauspiel erst beginnen, wenn die Fremdländer längst wieder abgereist sind. Nennst du das einen reibungslosen Festablauf?«

»Aber das war heute doch die erste Probe mit Masken. Vorher hatten die Leute sie noch nicht auf. Da hättest du sie erkennen können.«

»Da hat Kunni die Proben geleitet. Und wer weiß, ob sie da schon dabei waren. Frag lieber, wie sie überhaupt in die Stadt kommen konnten, und lass mich in Ruhe. Ich muss zum Großen Tempel. Im Gegensatz zu dir will ich das Fest nicht stören. Wer macht denn dauernd Umstände, ich etwa? Ich denke, ich sollte mal mit dem König darüber reden! Dann werden wir ja sehen, was mein Vetter von deiner peinlichen Aufdringlichkeit hält.«

Walwaziti war sprachlos. Kella hatte damit nicht nur deutlich gemacht, dass seine Familie enger mit dem Königshaus verwandt war als Walwazitis, sondern er schien auch ganz genau zu wissen, was Hattusili vor wenigen Augenblicken gesagt hatte. Der Oberste Schreiber verzichtete zähneknirschend auf eine Antwort. Er musste tatsächlich vorsichtiger sein. So leicht kam er nicht an den cholerischen Priester heran, hier musste er anders vorgehen. Deshalb unternahm er keinen Versuch, den wütenden kleinen Mann noch länger aufzuhalten.

Nachdem Kella im Sphinxtor verschwunden war, sah Walwaziti seinen Bruder fragend an.

»Wann hast du die Turiraner zum ersten Mal gesehen? Waren sie schon länger bei den Proben?«

»Ich glaube nicht. Bemerkt habe ich sie erst heute. Aber ich denke, ohne Masken wären sie mir schnell aufgefallen.«

»Hast du gesehen, ob sie mit jemandem gesprochen oder sonst etwas Ungewöhnliches getan haben?«

»Nein. Sie haben sich von allen fern gehalten. Aber darüber hätte ich nicht weiter nachgedacht, wenn sie keinen Fehler mit dem Text gemacht hätten. Sie standen die ganze Zeit ruhig im Chor und wussten – bis auf die eine Stelle –, was sie zu tun hatten. Ich hatte nicht den Eindruck, dass sie etwas suchten oder auf etwas warteten.«

»Nun, wenn sie etwas im Schilde führten, dann sollte das sicher nicht während der Probe passieren. Egal, was es war, bei der Aufführung sind sie nun nicht mehr dabei. Das hast du gut gemacht.«

Adduwa strahlte. Auch der zweite Festtag ließ sich bestens an, obwohl er Mala nun doch nicht gesprochen hatte. Aber vielleicht schaffte er das noch vor der Tierprozession.

»Danke.« Adduwa wollte loslaufen.

»Halt! Da gibt es noch etwas. Was hast du dir gestern dabei gedacht, einfach mit Tuttu den Platz zu tauschen? Bist du von Sinnen?«

»Aber du weißt doch, wie wichtig es für mich ist, Mairia kennen zu lernen.«

»Aber nicht so.« Walwaziti sah seinen kleinen Bruder ungewöhnlich streng an. »Was war denn das Ergebnis? Nerikkaili konnte die Situation ausnutzen und sich allein an den Ägypter heranmachen. Er ist zu jung und ungestüm für so etwas. Sei froh, dass Hattusili das nicht erfahren hat.« Er schüttelte zornig den Kopf. »Da plant der König das Fest bis in die letzte Kleinigkeit, um den Boden zu bereiten für seine Verhandlungen, und ausgerechnet mein Bruder denkt nur an sich und gefährdet alles! Hältst du das für Diplomatie?«

Adduwa erschrak. Offenbar musste er noch einiges lernen. »Ich verspreche dir, so etwas passiert nie wieder«, erklärte er so niedergeschlagen, dass er seinem großen Bruder sofort leid tat.

»Also keine Eigenmächtigkeiten mehr, ja. Dann werde ich dich nach dem Orakel mit Mairia zusammenbringen – *wenn* bis dahin alles gut gelaufen ist. Und halt weiter die Augen offen.« Walwaziti grinste. »Völlig nutzlos bist du ja nicht.«

Adduwa nickte erleichtert. »Entschuldige, aber ich muss zur Tierprozession.«

Trotz Walwazitis harscher Zurechtweisung war Adduwas Glück schon wieder ungetrübt, als er das Haus der Brüder in der Nordstadt verließ.

Es war, als hätte Istar seine Gedanken gelesen.

Der junge Schreiber lief durch die Gasse parallel zur Mauer und wollte dann nach links in die Straße zum Großen Tempel einbiegen. Vorher blickte er kurz nach rechts zum Arinna-Tor, wo die Händler ihre Stände aufgebaut hatten.

Mala! Sie ließ sich gerade von einem der Händler bunte, geflochtene Gürtel zeigen. Prüfend nahm sie einen rot-gelben in die Hand und hielt ihn sich an die Taille. Das sah wunderbar aus. Vor allem, wenn man wusste, wie schlank ihre Taille wirklich war.

Der junge Schreiber zögerte. Viel Zeit durfte er nicht verlieren, denn die Tierprozession sollte bald beginnen. Doch er konnte nicht widerstehen. Leise pirschte er sich an, stellte sich hinter sie, hielt ihr die Augen zu und fragte neckisch: »Wer ist der Mann, für den du dich schmücken willst? Kenne ich ihn? Heißt er vielleicht A…?«

»Nein.« Mala schüttelte seine Hände ab.

Adduwa hatte einen Kuss erwartet oder zumindest eine Umarmung, aber nicht diese schroffe Abfuhr. Noch nicht einmal mehr ein Lächeln hatte sie für ihn übrig.

»Aber warum … Was ist los?«, stammelte er erschrocken.

»Nichts. Lass mich in Ruhe.« Sie gab den Gürtel zurück und ging weg.

Er überholte sie und stellte sich ihr in den Weg. »Bitte, sag mir, was los ist. Hat dein Vater von uns erfahren und dir verboten, mich zu treffen? Bist du jetzt die gehorsame Tochter?«

Malas Augen blitzten zornig. »Nein. Und jetzt lass mich durch.«

»Aber warum bist du dann so … so anders als gestern, wenn nicht wegen deinem Vater?«

»Daran bist du selbst schuld. Du weißt alles besser. Du weißt sogar schon, was mein Vater tun soll!«

»Was meinst du damit?«

»Na, kaum haben wir uns einmal in den Armen gelegen, tust du so, als würde ich *dir* gehören. Der Herr will reisen, und ich habe mitzukommen. Aber du kennst mich schlecht. Ich bin keine gehorsame Tochter, und ich werde auch keine Frau sein, die brav tut, was ihr Mann sagt.«

Wütend stampfte sie auf, drehte sich um und verschwand durch das Tor.

Tief getroffen von ihrem Ausbruch sah Adduwa ihr nach. Jetzt ahnte er, warum sie bei ihrem Abschied gestern so wortkarg gewesen war. Und er hatte gedacht, sie sei, genau wie er, sprachlos vor Glück.

»Entschuldige, aber ich muss zum Fest.«

Bis zum Mittag hatte Walwaziti diesen Satz so oft gehört, dass er Mutarki am liebsten an die Gurgel gegangen wäre, als der Oberste Page dasselbe sagte.

Selten hatte er einen derart unergiebigen Vormittag verbracht. Keiner wusste, wann die Turiraner in die Stadt gekommen waren, nicht einer hatte am Vorabend des Fests Kella, Nerikkaili, Kurunta, den geheimnisvollen Boten oder sonst einen möglichen Verdächtigen kurz nach Sonnenuntergang in der Nähe des Stadtfelsens gesehen. Und jeder unterbrach das Gespräch nach ein paar Sätzen, weil irgendeine Aufgabe beim Fest auf ihn wartete.

»Tut mir leid, aber ich habe nicht gesehen, dass jemand abends das Gästehaus noch verlassen hat. Und auch keiner meiner Pagen hat etwas darüber gesagt. Wirklich, ich habe keine Zeit.« Mutarkis Stimme wurde schrill. Ungeduldig schob er sich an Walwaziti vorbei und rannte zum Abendtor, wo das Königspaar das nächste Opfer darbringen sollte.

Seufzend lehnte sich der Schreiber gegen die Wand des großen Hauses, vor dem er Mutarki aufgehalten hatte. Seine Kopfschmerzen hatten zugenommen. Niemand konnte ihm weiterhelfen, keiner nahm sich die Zeit, noch einmal sein Gedächtnis anzustrengen. Kunni hatte überhaupt nichts bemerkt, Abamuwa hatte Kella noch nicht wegen der Fässer ansprechen können, den Wachen am Tor des Wettergotts war niemand aufgefallen, weil sie an den Mauern innerhalb der Stadt keine Kontrollen durchführten. Bentesina hatte Kurunta am Tag vor dem Fest nicht zu Gesicht bekommen, obwohl er im selben Gästehaus wohnte, Alalimi war noch kurz im Tempel der Getreidegöttin gewesen und dann schlafen gegangen. Und und und. Anscheinend waren außer den Burschen aus Lallupija nahezu alle schon kurz nach Einbruch der Dunkelheit in ihren Betten gewesen. Ein ungewöhnlicher Anfall von Tugendhaftigkeit bei einem Fest.

Walwaziti mochte kaum glauben, dass das alles so stimmte. Aber solange keiner das Haus verlassen hatte, konnte ihm egal sein, was sie tatsächlich getan hatten. Er knetete wieder einmal sein Ohrläppchen. Es musste einen Zusammenhang zwischen dem Auftauchen der Turiraner und Magallus Tod geben. Aber welchen? Hatten sie den Betreuer der Assyrer vom Felsen gestoßen? Doch dann wären sie fast zwei Tage lang unerkannt in der Silberstadt gewesen. Das konnte er sich nicht vorstellen, auch wenn bei diesem Fest besonders viele unbekannte Gesichter in Hattusa zu finden waren. Wahrscheinlicher war, dass sie einen Helfer hatten. So gut konnten sie als Fremde die Einzelheiten nicht kennen.

Der Oberste Schreiber ließ sein Ohrläppchen los. Irgendjemand musste die drei Männer heimlich in die Stadt gebracht, instruiert und in den Chor geschleust haben. Selbst die Masken stimmten ja. Ohne Hilfe war das nahezu unmöglich.

Hatte hier Kurunta die Finger im Spiel? Sollte es einen Zwischenfall beim Schauspiel geben, um ein unbemerktes Gespräch mit den Assyrern zu ermöglichen? Waren die Turiraner Handlanger, die glaubten, es ginge nur darum, die Bestrafung ihrer Stadt zu verhindern, während sie in Wirklichkeit einem ganz anderen Zweck dienten? Dieser Teil des Plans war jedenfalls fehlgeschlagen.

Gedankenverloren beobachtete Walwaziti, wie Hattusili und Puduhepa am Ende des Rituals frische Buchsbaumzweige und zweimal zehn runde Brote am Abendtor befestigten und sich ein letztes Mal verneigten. Die Kutschen fuhren vor. Zeit für die Fahrt zum Felsentempel und seine eigentlichen Aufgaben als Oberster Schreiber bei den diplomatischen Gesprächen an diesem Tag.

Walwaziti fühlte sich müde und abgeschlagen. Langsam löste er sich von der Hauswand und machte sich auf den Weg.

Eigentlich hatte es nur eine gute Neuigkeit gegeben. Und die hatte nichts mit seinen Nachforschungen zu tun. Der Zunftmeister der Schmiede hatte ihm berichtet, dass die lang erwartete Bleilieferung doch noch eingetroffen war und er bereits dafür gesorgt hatte, dass bis zur Großen Prozession möglichst viele weitere Figürchen für die Gäste gegossen wurden. Und wenigstens waren außer den drei Männern aus Turira an diesem Tag keine neuen Verdächtigen aufgetaucht. Das war aber auch der einzige Erfolg, der zu verzeichnen war.

Mairia betrachtete staunend den Himmel. Auf Hattusilis Fest ruhte offenkundig der Segen des Wettergotts. Während der Fahrt zum Felsentempel, der etwa einhundertundzwanzig Feld von Hattusa entfernt lag, waren ein paar Regentropfen gefallen, und der Ägypter hatte sich schon mit Schadenfreude ausgemalt, wie ein Regenschauer den sorgfältig geplanten Festablauf hier draußen durcheinander bringen würde. Dann wären es die Hethiter, die als aufgescheuchte Küken verspottet werden könnten.

Doch seine Hoffnungen wurden enttäuscht. Als das Königspaar die Opfer darbrachte, war die Wolkendecke immer dünner geworden, und die Festgesellschaft konnte sich anschließend wie vorgesehen zum Essen im Tempelhof niederlassen und musste nicht zu den Zelten außerhalb wechseln, die nun den weniger hochrangigen Gästen vorbehalten waren.

Jetzt, nach den Hauptgerichten, kam sogar die Sonne heraus.

Neidisch sah Mairia hinüber zum Königspaar, das, zufrieden mit seinem Fest, mit der Sonne um die Wette strahlte. Wieder einmal musste er sich eingestehen, dass Puduhepa selbst vor den kritischen Augen eines Ägypters Bestand haben konnte. Zumal sie dieselbe Haarfarbe wie Ramses hatte. Kupferrot wie Seth, wie der Gott des Kampfes und der Kraft. Einzig die Größe ihrer Augen ließ zu wünschen übrig. Sie waren zwar mandelförmig, aber doch eher klein. Zusammen jedoch war das Königspaar unübertroffen: Puduhepas rosige, ins Aprikosenfarbene spielende Hautfarbe stand in reizvollem Gegensatz zu Hattusilis fast blassem Teint. Hastig bemühte sich der Gesandte, eine gelangweilte Miene zur Schau zu stellen.

Die Mundschenke brachten Wein, und die Tischdecker kamen mit in Stücke geschnittenen Äpfeln und Kuchen mit Feigen und Honig und verteilten sie auf den Tischen.

Hattusili erhob sich, trank seinen Gästen zu und sagte: »Seit Anbeginn versammeln sich die Götter des Landes Hattusa zu Beginn des neuen Jahres hier im Haus des Wettergotts, um Leben für den König und die Königin, für Himmel und Erde, für das Getreide und das Vieh auszusprechen. Dieses Haus soll künftig großartiger und prächtiger sein als je zuvor.«

Vor allem das »Haus«, dachte Mairia hämisch. Noch nicht einmal ein Dach hatte es. Und die Wände verdienten diesen Namen auch kaum. Nackte, gerade Felsen waren es. Zwar von imponierender Höhe – mindestens sieben Mal die Größe der hethitischen Königin –, aber eben doch bloß Felsen. Wenn man sich das so ansah, konnte man glauben, die Hethiter seien nicht einmal in der Lage, einen anständigen Tempel zu bauen, und schon gar nicht, kunstvoll ganze Landschaften zu verändern. Hier beließen sie alles so, wie es die Natur vorgab. Dabei waren die hethitischen Baumeister berühmt – so sehr, dass Ramses ihn beauftragt hatte, unbedingt welche nach Ägypten, in die neue Hauptstadt Piramesse im Delta zu holen. Auf der Fahrt zum Tempel hatte er mit dem Königspaar darüber gesprochen, und Hattusili schien nicht abgeneigt, dieser Bitte nachzukommen. Na ja, vielleicht klappte es, wenn man den Hethitern genau sagte, was sie zu tun hatten. Das hier, was sie als Neujahrsfesthaus bezeichneten, würden Ägypter nur als unfertig betrachten.

Der König deutete mit einer weit ausladenden Geste auf das Allerheiligste hinter dem seitlichen Säulenportal. »Jede Wand dort im Felsensaal soll mit den Bildern der Götter, die sich hier versammeln, geschmückt werden. In der Mitte stehen sich der Wettergott und die Sonnengöttin gegenüber, umgeben von den heiligen Stieren, den Leoparden und dem

Adler, den heiligen Bergen und allen anderen Zeichen ihrer Herrschaft und Macht. Diese Bilder sollen so großartig werden wie in keinem anderen Tempel des Landes.«

Und das bedeutet, dass sie allesamt ziemlich plump aussehen werden, überlegte Mairia naserümpfend. Die Reliefs, die er bislang zu Gesicht bekommen hatte, entsprachen ägyptischen Maßstäben ganz und gar nicht.

»Nur die besten Bildhauer sollen daran arbeiten.« Hattusili redete sich immer mehr in Begeisterung. »Am berühmtesten sind die aus Babylonien. Ich werde deshalb meinen Bruder Kadasman-Turgu bitten, dass er mir Bildhauer aus seinem Land schickt.«

Itti-Marduk-balatu nickte geschmeichelt und sah sich triumphierend zu den anderen Gesandten um. Endlich wurde Babylonien bei diesem Fest gebührend hervorgehoben, wurden er und seine Leute nicht als zweitklassig behandelt. Das war auch Zeit gewesen. In diesem Augenblick fand er nichts, was an Hattusili auszusetzen war.

Mairia flüchtete sich in seine gewohnte Blasiertheit und tat so, als hätte er in diesem Moment nicht zugehört, weil er seine Perücke sorgfältig um ein winziges Stück zurechtrücken musste und sich deshalb unmöglich mit dem beschäftigen konnte, was der hethitische Großkönig gerade sagte.

Der assyrische Gesandte Baba-aha-iddina konnte seinen Ärger nicht ganz so gut verbergen. Er war es leid, dass immer und überall die babylonische Kunst als Vorbild betrachtet wurde. Als hätte Assyrien hier nicht mittlerweile auch einiges zu bieten. Immer noch tat man so, als wären die assyrischen Herrscher bloß Bergbauern, die nichts von feiner Lebensart verstünden.

Puduhepa erschrak. Die genauen Pläne für die Ausschmückung des Tempels hatte Hattusili bislang einzig mit ihr besprochen. Es war zwar bekannt, dass der König Künstler aus den Fremdländern schätzte, aber wenn auf diese Weise vorab deutlich wurde, dass er den hethitischen Bildhauern ausgerechnet diese Aufgabe nicht zutraute, hätte das endlose

Intrigen und Eifersüchteleien in der Silberstadt zur Folge. Hier im Tempelhof waren zwar keine Bildhauer anwesend, wohl aber genügend Leute, die dafür sorgen würden, dass sie es lange vor Sonnenuntergang erfuhren.

Dann erst bemerkte sie Mairias Reaktion und Baba-aha-iddinas verärgerte Miene. Dass der Auftrag für Götterbilder in einem hethitischen Tempel auch zum diplomatischen Streitpunkt und Ärgernis werden könnte, hatte sie nicht erwartet. Mit einer schnellen Bewegung schob sie ihren Stuhl zurück, stand auf, ergriff ihren Weinbecher und sagte lächelnd:

»Wir haben uns etwas Besonderes ausgedacht. Ihr seid die Ersten, die davon hören. Die Bildnisse sollen so gefertigt werden, wie es der Versammlung der Götter angemessen ist. So, wie wir die Götter immer in ihrer eigenen Sprache anreden, sollen auch bei den Arbeiten an ihren Bildern nicht nur die inneren Länder beteiligt sein, sondern auch alle ihre Heimatländer. Es wird uns eine besondere Ehre sein, wenn die großartigen Künstler aus allen Ländern kommen, mit denen wir Boten und Geschenke austauschen, von Babylon über Assur bis zum Nil, und sie gemeinsam mit unseren hethitischen Künstlern aus allen Teilen des Reichs das große Werk schaffen.«

Hattusili sah seine Frau verblüfft an. Gerade Puduhepa war der Meinung, dass die hethitischen Künstler sich mit denen der Fremdländer nicht messen konnten, und hatte deshalb auf Babyloniern bestanden.

Erleichtert hob Puduhepa ihren Becher. Auch wenn es wohl kaum zu solch einer Zusammenarbeit kommen würde – für diesen Moment war das Problem erst einmal gelöst.

Mairia musste ein Grinsen unterdrücken. Davon, dass es bei den Hethitern auch Götter ägyptischer Zunge gab, hatte bislang niemand gehört. Diese Großkönigin war wirklich eine begnadete Diplomatin. Ihr Land konnte sich glücklich schätzen.

Baba-aha-iddina trank dem Königspaar mit einem freudigen Lächeln zu.

Der Ägypter war angewidert. Dieser assyrische Bauerntölpel ließ sich natürlich blenden. Der hatte keine Ahnung und fiel auf die Schmeichelei herein. Und jetzt verschlang er die Großkönigin auch noch so mit den Augen, als wolle er um ihre persönliche Gunst buhlen. Was bildete der sich ein? Eine Unverschämtheit.

Hattusili registrierte den wütenden Blick, den der Ägypter dem Assyrer zuwarf, mit Freuden. Hier bahnte sich offenkundig keine Freundschaft an.

Walwaziti bekam von dem kleinen Zwischenfall nichts mit. Kurz bevor die Kuchen aufgetragen wurden, hatte er Abamuwa ein Zeichen gegeben, und die beiden waren in einen lang gestreckten Raum neben der Treppe im großen Torbau vor dem Tempel gegangen. Auf die Nachspeisen zu verzichten fiel ihm leicht, denn an diesem zweiten Festtag hatte er bereits mehr zu essen bekommen, als seinem Bauch zuträglich war. Und angesichts seiner Kopfschmerzen, die nun zwar besser geworden, aber immer noch nicht ganz abgeklungen waren, zog er es doch vor, jetzt keinen Wein zu trinken. Er ließ sich auf einen Sessel in der Nähe des Eingangs fallen.

Hier drinnen waren die Musiker, die vor den Fenstern des Tempels standen und zum Klang der kleinen Leier sangen, nur noch gedämpft zu hören.

Abamuwa legte seinen gelben Umhang sorgfältig auf eine steinerne Bank an der Stirnseite, strich über die blauen Streifen und drehte sich dann langsam zu seinem Freund um.

»Viel Neues gibt es nicht.«

»Das habe ich befürchtet. Hast du Kella inzwischen nach den Fässern fragen können?«

Der Kommandant der königlichen Leibgarde nickte. »Er hatte wohl nichts damit zu tun. Er war bloß verwundert, als ich zu ihm sagte, die Lallupijaner hätten anscheinend etwas damit angestellt. Er ist zwar verschlagen, aber ich denke, ich hätte gemerkt, wenn er mich angelogen hätte. Dein geheimnisvoller Bote kam anscheinend nicht in seinem Auftrag.«

Walwaziti seufzte. »Damit ist wieder alles offen. Ich habe keine Ahnung, wer der Bote gewesen sein könnte, und habe auch niemanden gefunden, der ihn mir beschreiben konnte.«

»Ich habe auch meine Leute noch mal nach ihm fragen lassen, aber sie haben gleichfalls nichts erfahren. So, wie es aussieht, kann er keinen langen Weg quer durch die Stadt genommen haben.«

Walwaziti stand auf und lief mit großen, langsamen Schritten auf und ab. »Es ist zum Verzweifeln. Heute habe ich nahezu nichts herausgefunden. Nur die drei Männer aus Turira der Liste der Verdächtigen noch hinzugefügt. Haben die wenigstens geredet?«

»Nein. Die sind standhafter als erwartet. Da musst du noch ein bisschen Geduld haben. Vielleicht sogar bis nach dem Fest.«

Der Oberste Schreiber stampfte wütend auf. »Einerseits will Hattusili so bald wie möglich wissen, wer für Magallus Tod verantwortlich ist, andererseits soll ich vor dem Ende des Fests nichts Brisantes herausfinden. Und jetzt sagst du auch noch, dass ich Geduld haben soll!«

Walwaziti setzte seine Wanderung durch den Raum in schnellerem Tempo fort. Abamuwa sagte nichts. Walwaziti hatte wohl einen dieser Tage, die die Freunde untereinander »Tag des Gewitterdämons« nannten. Dann regte sich der Schreiber über die winzigste Kleinigkeit auf und konnte nichts eine gute Seite abgewinnen. Und es war meist ein sinnloses Unterfangen, ihn vom Gegenteil zu überzeugen.

»Was ist, wenn Kurunta die Turiraner eingeschleust hat? Es darf keine weiteren Spannungen mit Assyrien geben!« Walwazitis Stimme überschlug sich fast. Deshalb unternahm Abamuwa doch einen vorsichtigen Versuch:

»Jetzt beruhige dich. Du hast selbst gesagt, dass wir uns auf Bentesina verlassen können. Er weicht Baba-aha-iddina gewiss nicht von der Seite. Egal, was geschieht.« Abamuwa lachte. »Selbst wenn ein junger Prinz kommt. Bentesina ist kein Anfänger.«

Walwaziti blieb abrupt stehen. »Und wenn es Nerikkaili war?«

»Was sollte der Prinz damit schon bezwecken? Ein Krieg mit Assyrien brächte ihm doch gar nichts ein.«

»Richtig. Aber es ist auffällig, wie hartnäckig er den Kontakt zu den Gesandten der Fremdländer sucht, obwohl Hattusili das nicht möchte. Mir ist da eine andere Überlegung gekommen. Um einen Konflikt geht es Nerikkaili sicher nicht. Aber vielleicht um Freunde. Er ist zwar der älteste Sohn des Königs, aber kein Nachkomme der Königin. Vielleicht hat er Angst, dass nicht er, sondern Tudhalija zum Kronprinzen wird? Und um das zu verhindern, will er sich gut mit den Fremdländern stellen.«

Abamuwa wiegte nachdenklich den Kopf. »Da könnte etwas dran sein. Aber das ist wirklich nichts, was du während des Fests enthüllen solltest. Noch mal zu Kurunta: Ist er am Vorabend des Fests in der Stadt gesehen worden?«

»Nein. Im Gegenteil, Mutarki ist sich sogar ziemlich sicher, dass er das Gästehaus nicht verlassen hat. Und, wie Bentesina sagt, wahrscheinlich nicht einmal seine Gemächer.«

»Das bringt uns also auch nicht weiter. Aber ich denke, das ist nicht weiter schlimm. Kurunta steht unter Beobachtung, und seine möglichen Helfer haben wir gefangen genommen. Er kann also nichts anrichten. Und falls er Magallu getötet hat, darfst du ihn sowieso erst nach dem Fest beschuldigen. Der Skandal wäre sonst zu groß. Vergiss nicht, dass er Hattusilis Adoptivsohn ist.«

»Nach dem Fest. Ich kann diesen Satz nicht mehr hören.« Walwaziti stöhnte. »Und auch nicht: Ich habe keine Zeit, ich muss zum Fest. So kann niemand irgendwas herausfinden!«

»Jetzt warte mal ab«, unterbrach ihn Abamuwa. Anscheinend war dies ein besonders heftiger »Tag des Gewitterdämons«. Hoffentlich kam Walwaziti bald aus dieser düsteren Stimmung heraus und konnte das Fest wieder genießen.

»Vielleicht sind wir mit den Turiranern auf der falschen Spur«, fuhr er fort. »Sie könnten doch auch aus eigenem Antrieb gekommen sein und mit Magallus Tod gar nichts zu tun haben. Du weißt, wie gern sie Ärger machen. Einfach nur so oder auch, um sich damit zu brüsten, wie leicht sie dem Großkönig Hattusili Verdruss bereiten können. Aber selbst das ist egal. Sie können nichts mehr tun.«

»Ich weiß nicht. Wir sollten die Angelegenheit nicht auf die leichte Schulter nehmen.« Walwaziti ging drei Schritte auf Abamuwa zu. So einfach war er nicht umzustimmen.

Draußen vor dem Tempel verstummte der Gesang.

»Tut mir leid, jetzt muss *ich* den schrecklichen Satz sagen.« Abamuwa konnte sich nur mit Mühe das Lachen verkneifen. »Wir müssen wieder zum Fest.«

Unten in der Ebene vor dem Felsentempel stieg eine Staubwolke auf.

Fünfzig Streitwagengespanne rasten in einer Linie nebeneinander auf die Festgesellschaft zu. Auf halber Strecke wechselten sie – paarweise in der Mitte beginnend – im Abstand von zwei, drei Lidschlägen vom Trab zum Galopp und änderten so ihre Formation zu einem Keil, der in Windeseile genau auf die Zuschauer zukam.

Der Anblick verschlug den Atem. Die Köpfe der Hengste waren mit gefärbten Federn geschmückt, und auf ihren Rücken lagen bunte, gewebte Decken mit Quasten. Auf den leichten, zweirädrigen Gefährten standen jeweils ein Wagenlenker und ein Bogenschütze, die über ihren mit Bronzeplättchen gepanzerten Hemden farbige Umhänge trugen. Die Schildträger, die in der Schlacht auch noch auf den Wagen ihren Platz hatten, fehlten an diesem Tag.

Die farbenfrohen Federn, Decken und Mäntel bildeten einen reizvollen Gegensatz zu der Bedrohlichkeit der Keilform, die die Lenker in Vollendung vorführten, und einige

Zuschauer hielten die Luft an, als sich ihnen die Gespanne näherten und dabei immer schneller wurden.

Hattusili war glücklich. Dieser Abschnitt des Fests verlief genau so, wie er sich das vorgestellt hatte. Streitwagen, die mit solcher Geschlossenheit und Kunstfertigkeit beherrscht wurden, waren die fürchterlichste Waffe, die denkbar war. Ein Großkönig, dem eine derartig perfekte Elite-Truppe zu Gebote stand, war im Feld kaum zu besiegen.

»Man rühmt wohl nicht umsonst die hethitischen Streitwagen für ihre Schlagkraft, mein lieber Kunni«, sagte Itti-Marduk-balatu gönnerhaft und fuhr mit süffisantem Lächeln fort: »Nur der Pharao hat ihnen etwas Besseres entgegenzusetzen, wie sich bei Kadesch gezeigt hat.«

»Bei Kadesch?« Kunni sah ihn verwundert an.

»Muss ich als Babylonier einem Hethiter erklären, was Kadesch ist? Ist deine Ausbildung so schlecht, dass du nicht einmal eure eigene Geschichte kennst?« Itti-Marduk-balatu schnaubte verächtlich. »Also: Kadesch ist, seit Hattusilis Großvater Suppiluliuma die Festung erobert hat, der ewige Zankapfel zwischen Ägypten und euch«, fuhr er fort und betonte genussvoll jede einzelne Silbe. Dann begann er höhnisch zu grinsen: »Ha! Gleich *zweimal* blieb der Pharao dort siegreich! Obwohl sich Großkönig Muwattalli angeblich bestens darauf vorbereitet hatte!«

Kunni schluckte ob dieser Unverschämtheit. Das alte Schandmaul! Natürlich kannte er sich in der eigenen Geschichte aus. Und im Fall von Kadesch hatte er wahrhaftig keinen Unterricht nötig.

»Ist der Unsinn, den die Ägypter verbreiten, jetzt also auch bis nach Babylonien gedrungen?«, entgegnete er mit einem leicht ironischen Unterton. »Denk doch mal nach: Wenn Muwattalli und Hattusili bei Kadesch verloren hätten, wessen Vasallen müssten dann Kadesch und Amurra heute sein – die des Pharao oder die des Großkönigs?«

»Des Pharao natürlich!«, rutschte dem Babylonier heraus.

»Und, sind sie es?«, hakte Kunni nach und freute sich, dass

die eigene Arroganz den Babylonier – wie erhofft – ins Messer hatte rennen lassen.

»Du weißt besser als ich, an wen sie Tribut entrichten!«, schnauzte Itti-Marduk-balatu. Er war sichtlich verärgert, denn natürlich wusste jeder, dass Amurra wie Kadesch dem hethitischen Großkönig verpflichtet waren.

Mühsam unterdrückte der Babylonier seine Wut. Wenn die Hethiter nur nicht derart unsympathisch wären! Warum hat Kadasman-Turgu nicht einen Botschafter geschickt, der sich mehr für die Hethiter und ihre blöden Belange interessiert?, stöhnte er innerlich. Das hätte mir diese Blamage hier wahrlich erspart!

Inzwischen waren die Streitwagen nur noch wenige Ellen von den Zuschauern entfernt. Mairia konnte sich nicht länger beherrschen und wich ängstlich einen Schritt zurück. Offenbar fürchtete er insgeheim, von der rasenden Truppe überrannt zu werden.

Natürlich geschah ihm nichts. Direkt vor dem Königspaar wendeten die Gespanne paarweise mit einem fliegenden Galoppwechsel und fuhren rechts und links außen zurück, während die anderen zur Keilspitze aufrückten, an genau derselben Stelle wendeten und nach und nach ebenfalls zurückfuhren.

»Hast du gesehen, wie der Ägypter vor Hattusilis Elite-Truppe zurückzuckte?«, fragte Kunni den immer noch schweigenden Itti-Marduk-balatu. »*Der* weiß genau, was sich bei Kadesch wirklich abgespielt hat!«

»Na, was denn?«, brummte der Babylonier. »Dann erzähl mir meinetwegen eure Fassung der Geschichte.«

»So mancher Pharao hätte sich gern mit Kadesch geschmückt«, holte Kunni aus. »Gelungen ist das aber nur dem Vater von Ramses. Doch dieser Sieg hielt nicht lange vor. Und zu einem zweiten Mal kam es nicht.«

Itti-Marduk-balatu sah seinen hethitischen Begleiter erstaunt an. Der nickte bekräftigend und fuhr fort: »In seinem vierten Jahr konnte Ramses zwar Amurra überrennen, aber als er dann im folgenden Frühjahr gegen Kadesch ziehen wollte, war Muwattalli in der Tat bestens vorbereitet. Mit siebenunddreißigmal tausend Fußsoldaten und dreieinhalbmal tausend Streitwagengespannen lagen er und Hattusili im Nordosten von Kadesch. Doch Ramses glaubte etwas ganz anderes, weil er wie ein Anfänger auf die List des Großkönigs hereingefallen war.«

Der babylonische Gesandte stützte sich schwer auf seinen Stock. Das wurde ja richtig interessant! Listen und Intrigen waren sein Lieblingsthema. Er beugte sich vor. »Ramses hereinzulegen – wie haben sie das geschafft?«

»Zwei Männer aus Halpa verkleideten sich als Hirten, und als Ramses mit seinen Truppen die große Furt einige Meilen südlich von Kadesch erreichte, versteckten sie sich so auffällig, dass die Ägypter sie unmöglich übersehen konnten. Sie nahmen sie gefangen, und die Männer erklärten, sie seien Abgesandte ihrer Stämme, die zu Ramses überlaufen wollten. Ramses fragte daraufhin, wo sich ihre Stämme befänden, und sie antworteten: ›Sie sind dort, wo der elende Herrscher von Hattusa ist, denn der Feind aus Hattusa ist in dem Lande Halpa. Er fürchtet sich zu sehr vor dem Pharao – er lebe, sei heil und gesund –, um nach Süden zu kommen, seit er gehört hat, dass der Pharao – er lebe, sei heil und gesund – nach Norden gekommen ist.‹«

»Und Ramses war eitel genug, sich davon täuschen zu lassen?«, fragte Itti-Marduk-balatu gespannt. Vor dem Ägypter hatte er zwar viel Respekt, aber es freute ihn doch zu hören, dass dieser auch Blößen hatte.

Kunni nickte erneut. »Der Pharao glaubte, er könne Kadesch nun im Handstreich erobern, ehe die dummen Hethiter auch nur in der Nähe wären. Er zog allein mit der Amun-Einheit zur Festung, die anderen sollten später folgen.« Er konnte sich ein hämisches Schmunzeln nicht verkneifen. »Ramses merkte seinen Fehler erst, als die Schlacht bereits in vollem Gange war. Während die Amun-Einheit westlich von Kadesch das Lager aufschlug, griff Hattusili mit seinen Streitwagen beim Südtor von Kadesch die Re-Einheit an, die als Zweite kam. Die Überraschung gelang, und die Soldaten des großen Horus flohen wie aufgescheuchte Küken nach allen Seiten.«

Der Babylonier drehte versonnen seinen Stock. »*Deshalb* hat Hattusili gestern bei der Begrüßung gesagt, die Hethiter seien keine Küken, die vor dem Falken davonstieben. Das dürfte Mairia aber gar nicht gern gehört haben.«

Kunni lachte und nickte wiederum. »Manche rannten in das eigene Lager und richteten dort ein solches Durcheinander an, dass es ein Leichtes für uns war, Ramses samt seinen beiden Einheiten zu umzingeln. Der Einzige, der wirklich Widerstand leistete, war der Pharao selbst. Aber lange hätte er das nicht durchgehalten, obwohl man ihm Mut und Tapferkeit ganz und gar nicht absprechen konnte, wie ich zugeben muss.«

»Du warst bei der Schlacht dabei?«, fragte Itti-Marduk-balatu verblüfft.

»Als Bogenschütze auf einem Streitwagen«, bestätigte der Hethiter knapp und nahm seine Erzählung wieder auf: »Dann tauchte plötzlich hinter Ramses eine Elite-Einheit auf, von der in den Berichten unserer Späher nicht die Rede gewesen war. Sie kam von Westen, aus Amurra. Der Pharao konnte sich in ihre Reihen zurückziehen.«

Mit einem wehmütigen Seufzer rief sich Kunni in die Gegenwart zurück und richtete den Blick auf die Streitwagen vor ihnen.

Auf dem freien Feld waren mittlerweile alle Wagen zurückgefahren, so dass sich an jeder Seite fünfundzwanzig Gespanne befanden. Nun schwenkten sie gleichzeitig um neunzig Grad und wechselten in einen stark versammelten Trab, der sie nahezu auf der Stelle hielt. So bildeten sie ein Spalier für zwei weitere Gespanne, die dem Keil gefolgt waren.

Sie wurden von Rappenpaaren gezogen und waren ebenso bunt wie die anderen Streitwagen geschmückt. Zusätzlich waren durch die Speichen der mit Leder bezogenen Räder noch gelbe und blaue Bänder geflochten, und auf den Geschirren der Hengste glänzte nicht nur Bronze, sondern auch Silber und Gold.

Diese Gespanne kamen nicht ganz so dicht an die Zuschauer heran und schwenkten parallel in zwei Kreise um jeweils sechs kleine Holzpflöcke, die kaum erkennbar zu beiden Seiten der Keilspitze in den sorgfältig geglätteten Boden eingelassen waren. Nach dieser Umrundung fuhren sie einen engen Halbkreis in den Zirkel hinein und wechselten an seinem Mittelpunkt zu einem gegenläufigen Halbkreis, der sie zum gegenüberliegenden Pflock führte, drehten zurück in den Kreis, wechselten wieder am Mittelpunkt, um zurück an ihren Ausgangspunkt zu gelangen, so dass ihre Spuren nun zwei kleine Kreise im großen bildeten, die sich am Mittelpunkt berührten. Danach fuhren sie auf dem Außenkreis zum nächsten Pflock, wiederholten diese Figur hier und schließlich am dritten Pflockpaar. Als sie zum Abschluss noch einmal den großen Kreis beschrieben, umrundete jedes Gespann eine sechsblättrige Blüte, die es in den Sand gezeichnet hatte.

Die Gäste begannen anerkennend Beifall zu klatschen. Hattusili hob die eiserne Axt. Die beiden Wagenlenker hielten an und verneigten sich.

»Beeindruckend!«, gab Itti-Marduk-balatu zu. »Aber was du da erzählst, kann so auch nicht stimmen. Wenn Ramses derartig unterlegen war, wie du beschreibst, hätten Muwattalli und Hattusili ihn doch gefangen nehmen können!«

»So ist es«, setzte Kunni seinen Bericht fort, »wir hätten Ramses leicht wieder von seinen Leuten abdrängen können. Doch Muwattalli blieb, ohne einzugreifen, mit dem gesamten Fußvolk auf der anderen Seite des Flusses.«

»Warum das denn? Verließ ihn der Mut?«

»Dass hethitische Feldherren keine Angst haben, solltest du inzwischen gemerkt haben.« Kunni konnte den Verweis nicht herunterschlucken. Sofort ärgerte er sich, dass er nun doch wieder unbeherrscht reagiert hatte, und fügte mit einem entschuldigenden Lächeln hinzu: »Nein, der Zweck unseres Kriegszugs war erreicht.«

Der Babylonier sah ihn verständnislos an.

»Muwattalli und Hattusili wollten Ramses ein für alle Mal klarmachen, dass die Hethiter einen Überfall auf ihre Vasallen nicht hinnehmen, sondern jederzeit mit einem Gegenschlag beantworten.« Dass zudem die hethitischen Truppen geschwächt waren, weil einige ihrer Verbündeten disziplinlos im ägyptischen Lager zu plündern begonnen hatten, verschwieg Kunni. »Großkönig Muwattalli erwies sich als wahrhaft großherzig: Er schickte einen Unterhändler zu Ramses und bot ihm den Rückzug an. Den akzeptierte der Pharao nur zu gern.«

»Deshalb herrscht seither Waffenstillstand zwischen Hethitern und Ägypten. Jetzt verstehe ich«, dachte Itti-Marduk-balatu laut nach. »Es ging um die Festigung der Grenzen, nicht um Eroberungen.«

Das alte Schandmaul fängt ja auf seine alten Tage noch richtig zu denken an, schoss es Kunni durch den Sinn. Eigentlich hätte auch dies dem Babylonier schon früher klar werden müssen, denn vor allem sein Land profitierte davon, dass sich Hethiter und Ägypter eben nicht in endlosen Grenzkriegen gegenseitig aufrieben und damit dem Eroberungsdrang der Assyrer goldene Brücken bauten. Solange Babylonien mit einem ungeschwächten Hethiter-Reich verbündet war, konnte Assyrien keinen Angriff auf babylonisches Gebiet riskieren. Als ob Itti-Marduk-balatu das nicht selbst am besten wusste! Doch diesmal hatte sich Kunni besser in der Gewalt und lächelte nur bestätigend.

Der Alte nickte widerstrebend. »Aber wieso lässt Ramses nun verbreiten, er habe den Sieg bei Kadesch davongetragen?«

»Daran ist Urhitesub schuld. Ramses merkte bald, dass von Muwattallis Nachfolger kaum Widerstand zu erwarten war, und verkehrte die Geschichte einfach ins Gegenteil.«

»Ja wie, ist denn überhaupt etwas davon wahr?«

»Nun, manches schon. Aber nicht das Ende. Ich kann dir ein Beispiel geben: Ramses listet sogar drei Brüder von Muwattalli auf, die er bei Kadesch getötet haben will. Wie du weißt, hatte Muwattalli aber nur zwei Brüder. Der eine starb noch vor Muwattallis Thronbesteigung, der andere ist Hattusili. Und der ist alles andere als tot, oder?«

»Das wusste ich so nicht«, entfuhr es dem Babylonier. »Ramses hat seinen Sieg also erfunden.« Er schüttelte staunend den Kopf.

Kunni lachte. »Na ja – das waren bloß Worte. Nun herrscht ja, Istar sei Dank, Urhitesub nicht mehr in Hattusa.«

»Und was wird Großkönig Hattusili tun? Wird er die Lügen einfach hinnehmen?«

»Keineswegs«, antwortete Kunni. »Sieh dir doch dieses Fest und diese Vorführung an! Zeigen sie nicht, dass jetzt ein stärkerer, ein mächtigerer Großkönig auf dem Eisenthron sitzt? Eben der Mann, der vor Kadesch die Streitwagen befehligt hat, die Ramses besiegt haben. Der Mann, der keinem Kampf auswich und auch künftig keinem aus dem Wege gehen wird!«

Kunni war froh, als keine Antwort kam, denn jetzt hatte er den Bogen doch etwas überspannt. Er wusste, dass Hattusili noch Zeit brauchte, bis seine Macht auch im Innern wirklich gefestigt war. Einen neuen Krieg gegen Ägypten konnte er sich im Augenblick nicht leisten. Aber vielleicht ließ der sich ja auch ganz verhindern. An der Eroberung neuer, noch weiter von Hattusa entfernter Gebiete konnte er kein Interesse haben, denn eine Bindung der Kräfte dort würde unweigerlich zu Verlusten an anderen Stellen des Reichs führen. So gern sich Hattusili an seinen grandiosen Triumph vor Kadesch erinnerte, so sehr war ihm auch klar, dass auf Dauer mit Diplomatie mehr zu erreichen war als mit Feldzügen.

»Jetzt kennst du also die wahre Geschichte von Kadesch – und den wirklichen Sieger der Schlacht«, schloss Kunni.

Illi-Marduk-balatu blieb weiter stumm. Und ich weiß auch, dass Kadesch ein wunder Punkt für Ramses ist, dachte er. Ganz sicher ließ sich dieses Wissen irgendwann einmal für die Interessen Babyloniens nutzen.

Ein Stück hinter den beiden Gespannen mit den Rappen hatten Fußsoldaten mittlerweile einen dick mit Stroh umwickelten Baumstamm aufgestellt, der wie eine Stele in den Himmel ragte.

Als Hattusili die Axt wieder senkte, stießen die beiden Wagenlenker einen lauten, melodiösen Schrei aus, in den die anderen Krieger einstimmten.

Die Rappengespanne nahmen rasch Fahrt auf und hielten so auf die Strohstele zu, dass sich ihre Bahnen kurz davor kreuzten. Nach dem Seitenwechsel hoben die Schützen ihre Bogen und schossen in rascher Folge jeder zwei Pfeile in das Stroh. Dabei behielten die Wagen ihr Tempo unverändert bei.

Beginnend mit den beiden Gespannen am dichtesten bei den Zuschauern folgten nun alle Streitwagenmannschaften von links und rechts, kreuzten vor der Stele und schossen gleichfalls Pfeile auf den Baum.

Fast genauso schnell, wie sie gekommen waren, verschwanden sie wieder in der Ferne in einer Staubwolke. Zurück blieb ein Strohbaum, der über und über mit Pfeilen gespickt war. Einige wenige waren abgeprallt und zu Boden gefallen. Doch sein Ziel verfehlt hatte kein einziger.

»Nachdem der König jedem der tausend Götter des Landes Hattusa das Festopfer dargebracht hatte, goss er ein weiteres Mal Wein vor dem Wettergott aus. Dann übergab er den goldenen Speer wieder dem Priester des Felsentempels.«

Adduwa seufzte erleichtert. Damit hatte er die lange Liste der heutigen Opfer im Felsentempel abgeschlossen. Er stand auf, steckte seinen Schreibstab in die Tasche und reichte dem Priester die frische Tontafel.

Der nickte ihm kurz zu und ging in ein Seitengemach, wo die Tontafeln in Regalen aus Holz aufbewahrt wurden. Adduwa verließ die Schreibstube des Tempels durch eine Seitentür und blieb blinzelnd stehen, als er unvermittelt ins grelle Sonnenlicht blickte. Im Tempel hatte er nicht gemerkt, dass der Himmel aufgeklart hatte.

Vielleicht war das jetzt ein Omen für den Rest des Tages. Er war noch immer wie benommen von den Vorwürfen, die Mala ihm gemacht hatte. Irgendwie hatte sie Recht. Er war wieder einmal zu ungestüm gewesen, hatte nur an sich gedacht und einfach herausgesprudelt, was ihm in den Sinn kam. Er musste künftig besser bedenken, was er mit seinen Worten anrichten würde …

»Bitte, Herr, bitte.«

Ein dünnes Stimmchen schreckte Adduwa aus seinen Überlegungen auf. Es gehörte einem Jungen von etwa acht Jahren, der außer Atem und stolpernd zwischen den Eichen hinter dem Tempel heruntergerannt kam.

Er war barfuß und trug ein einfaches braunes Gewand, das am rechten Ärmel zerrissen war und vorn mehrere Flecke aufwies.

Auch wenn er offensichtlich aus einer armen Bauernfamilie stammt, ist dies bestimmt nicht die angemessene Kleidung für das Torfest, dachte Adduwa angewidert.

Das Gesicht des Jungen war hochrot, und auf seinen staubigen Wangen hatten Tränen graue Schlieren hinterlassen. Unter der Nase hing eine große Schleimblase.

»Herr, da im Wald ist ein edler Herr«, stieß das Kind zwischen zwei Schniefern hervor und wedelte mit den Armen in Richtung auf den Berg hinter ihnen. »Er ist tot. Sein Kopf ist eingeschlagen. Er ist voller Blut. Die starren Augen … wie Dämonen! Ich habe Angst. Du musst mitkommen, Herr!«

Der Junge wischte den Schleim mit dem Handrücken ab und wollte Adduwa am Ärmel packen.

Der wich angeekelt zurück. Beinahe hätte der Junge sein Festtagsgewand mit Rotz beschmiert.

»He, pass auf!«, fuhr er ihn an. »Wieso erlaubst du dir eigentlich, ungewaschen zum Fest zu kommen?«

Der Junge schluchzte erschrocken auf und verschwand im Wald, ehe Adduwa ihn aufhalten konnte.

Der junge Schreiber starrte verdutzt hinterher und biss sich auf die Unterlippe. Langsam ging ihm auf, dass er einen schweren Fehler begangen hatte. Aus Angst um sein Festtagsgewand hatte er nicht schnell genug erkannt, wie wichtig das sein könnte, was der Junge gesagt hatte. Nun war es zu spät. Jetzt wusste er nicht, wo genau der Junge den Toten gefunden hatte. So, wie er mit den Armen herumgefuchtelt hatte, konnte er nahezu alles am Berg gemeint haben. Trotzdem musste Adduwa seinen Bruder so schnell wie möglich unterrichten.

Walwaziti wird nicht begeistert sein, dass meine Angaben so ungenau sind, schimpfte er in sich hinein. Ich muss wirklich lernen, erst zu denken und dann zu reden!

Wütend auf sich selbst machte er sich auf den Weg nach Hattusa.

Der alte Fuchs, dachte Baba-aha-iddina. Der Zeitpunkt ist klug gewählt. Hattusili hatte ihn aufgefordert, auf der Rückfahrt vom Felsentempel in der Kutsche des Königspaars Platz zu nehmen.

Der Assyrer stand immer noch unter dem Eindruck der glänzenden Streitwagenparade. Solange Hattusili diese schreckliche Waffe mit derartiger Schlagkraft zur Verfügung stand, brauchte er keinen Feldzug zu scheuen – und erst recht keine Verhandlung. Baba-aha-iddina war froh, dass er seinen König davon überzeugt hatte, ihn selbst nach Hattusa zu schicken statt eines weniger ranghohen und nicht so erfahrenen Diplomaten. Obwohl kaum dreißig Jahre alt, war er Adad-Niraris wichtigster und gewieftester Botschafter. Und der war hier nötig. Hattusili war kein Anfänger, bei ihm musste man besser gewählte Töne anschlagen als früher. Jeder andere wäre Hattusilis Geschick hilflos ausgeliefert.

Das Königspaar und Baba-aha-iddina stiegen in die Kutsche. Bentesina hatte sich mit dem Rest der assyrischen Delegation auf den Rückweg in die Silberstadt gemacht, denn als

Vasall durfte er bei Verhandlungen nicht dabei sein. Als Vierter kam Walwaziti dazu, um, wie schon auf der Hinfahrt mit Mairia, die Ergebnisse schriftlich festzuhalten.

Während sich der Wagen gemächlich in Bewegung setzte und erstaunlich ruhig dahinrollte, erkundigte sich Hattusili zunächst nach dem Wohlergehen von Adad-Nirari, dann sagte er:

»Richte meinem Bruder, dem Großkönig von Assyrien, meinen Dank für seine Geschenke aus. Das Gewand ist wahrhaft königlich.« Hattusili machte eine winzige Pause. »Und das Salböl ist, denke ich, noch nicht ranzig.«

Baba-aha-iddina zuckte zusammen. Er hatte es von Anfang an für einen Fehler gehalten, die üblichen Glückwünsche und Geschenke nicht gleich zu Hattusilis Thronbesteigung zu schicken. Dies erst jetzt nachzuholen war ihm sehr peinlich.

»Mir ist es eine Ehre, dass ich persönlich der Überbringer sein durfte, Meine Sonne«, antwortete er. »Aber deshalb bin ich auch schuld, dass das nicht früher geschah. Zur Zeit der Ernte wurde ich von einer Krankheit befallen, die mich erst verließ, als die Wege unpassierbar waren. Deshalb musste ich bis zur Jahreszeit der Blumen mit meiner Reise warten.«

»Das ist natürlich ein gewichtiger Grund.« Hattusili tat so, als hätte er die Lüge nicht durchschaut. Keiner seiner Späher hatte von irgendeiner Krankheit des assyrischen Gesandten gehört. »Aber zu meiner Freude kann ich sehen, dass deine Gesundheit vollständig wiederhergestellt ist und die Krankheit keine Spuren hinterlassen hat.«

Baba-aha-iddina wechselte lieber schnell das Thema. »Ich schätze mich glücklich, wieder in Hattusa zu sein, und genieße meinen diesmal so völlig anderen Aufenthalt.« Das meinte er nicht nur als Schmeichelei. Zu Urhitesubs Zeiten wurden fremde Boten – selbst, wenn sie so hochrangig wie er waren – manchmal kaum besser als Sklaven behandelt, so dass er sich eigentlich geschworen hatte, nie wieder einen Fuß in diese Stadt zu setzen.

»Ich hoffe, dass die kleine Umstellung des Protokolls dir nicht zu viel Ungemach bereitet. Bentesina ist zwar mein Vasall, zugleich aber auch einer meiner ältesten Freunde und genießt meine besondere Wertschätzung.«

»Und nun auch die meine. Obwohl ich Magallus Unfall sehr bedauere, bin ich dir wirklich dankbar, Meine Sonne, dass du Bentesina an meine Seite gestellt hast.«

»Das freut mich. Ich denke, dies war nicht die letzte Begegnung. Ich habe Bentesina angewiesen, die Häfen von Amurra für die Händler aus Assyrien offen zu halten. Berichte auch dies meinem Bruder.«

»Danke, Meine Sonne.« Baba-aha-iddina registrierte hochzufrieden, wie oft und mit welchem Nachdruck der hethitische König den assyrischen Herrscher als Bruder bezeichnete. Damit war deutlich, dass Hattusili Adad-Nirari als gleichrangigen Großkönig akzeptierte. Urhitesub hatte ihm seinerzeit in einem beleidigenden Brief diese Anrede mit höhnischen Worten verweigert, so dass seither wieder ständig Spannungen zwischen beiden Ländern bestanden hatten.

»Mein Bruder erfreut sich zwar, wie du sagtest, bester Gesundheit, aber er ist nicht mehr sehr jung an Jahren«, fuhr Hattusili fort. »Ich denke, es könnte bald die Zeit kommen, dass sein Kronprinz meint, er müsse sich erproben. Gewiss gibt es da viele Möglichkeiten, bei denen er einen sicheren Sieg davontragen kann. Bestimmt wird er auf deinen Rat hören, wenn du ihm sagst, dass unsere Kupferminen oben am Aranzah oder Diglat, wie ihr ihn nennt, und die Länder meines Bruders in Babylon nicht dazugehören. Dort müsste er sich mit Streitwagen aus gleich zwei Reichen messen. Und alle Häfen wären für die Schiffe Assyriens versperrt.«

Baba-aha-iddina nickte. Das war deutlich gewesen. »Sicher wird der Prinz solch einen Rat gerne befolgen, Meine Sonne.«

»Vielleicht wäre Turira das Richtige«, fügte Hattusili hinzu. »Ich bin nicht gewillt, die Raubzüge der Verbrecher aus Turira länger hinzunehmen. Die Stadt muss bestraft werden.

Wenn dein Prinz oder Adad-Nirari sie angreift, werden ihr meine Soldaten nicht zu Hilfe kommen.«

Der Assyrer sah Hattusili erstaunt an. Damit ersparte sich der hethitische Großkönig zwar einen Kriegszug fernab von Hattusa, aber er akzeptierte auch, dass sein früherer Vasall Mittanni mit all seinen Städten im Süden zu Assyrien gehörte, und beanspruchte keine Rückgabe. Adad-Nirari würde das gern hören.

»Noch ehe es Winter ist, wird Turira zahm wie ein zahnloses Schaf sein«, versicherte er.

»Aber dabei darf kein Besitz von Hethitern, die in der Stadt leben, angetastet werden«, ergänzte Puduhepa, die bis zu diesem Zeitpunkt schweigend neben Hattusili gesessen hatte.

»Das garantiere ich.« Der Assyrer nickte eilig. Dann kam er auf das andere wichtige Anliegen seines Königs zu sprechen: »Das Eisen, um das Adad-Nirari gebeten hat ...«

»Das gute Eisen ist nun fertig«, unterbrach ihn Hattusili. »Du kannst es auf deinem Rückweg in Kizzuwatna übernehmen, sobald dort die Panzerhemden aus Bronze eingetroffen sind, die mein Bruder zugesagt hat.«

Baba-aha-iddina war erleichtert. Sein König hatte befürchtet, dass er kein hethitisches Eisen bekommen würde, als Hattusili ihm nur eine einzelne Dolchklinge geschickt und geschrieben hatte, es sei nicht die Zeit, Eisen herzustellen. In keinem anderen Land gab es so gutes Eisen wie bei den Hethitern. Das konnte man nicht nur zu Schmuck verarbeiten, sondern auch zu Klingen.

»Darüber wird Adad-Nirari sehr erfreut sein, Meine Sonne«, antwortete er. »Es ist sein großer Wunsch, dass unsere Länder neue und bessere Beziehungen pflegen und der Strom der Händler nie unterbrochen wird.«

Hattusili und Puduhepa lächelten und nickten zustimmend. Baba-aha-iddina erhob sich halb, verneigte sich und sagte feierlich:

»Mein König hat mich beauftragt, dir folgende Botschaft

zu überbringen: ›Zwischen Hattusa und Assyrien soll künftig nicht nur ewiger Frieden herrschen, sondern auch aufrichtige Freundschaft.‹«

Hoffen wir, dass wenigstens der Waffenstillstand den nächsten Thronwechsel in Assur überdauert, dachte Hattusili. Aber für den Augenblick ließ sich die Sache in der Tat gut an. Baba-aha-iddina dürfte Adad-Nirari kaum zu einer Auseinandersetzung mit den Hethitern oder ihren Verbündeten raten. Und auch nicht dazu, die Rechtmäßigkeit des Großkönigs Hattusili in Frage zu stellen – solange das Fest weiterhin wie geplant verlief.

Hattusili lehnte sich zufrieden zurück und ließ sich zärtlich gegen Puduhepas Schulter fallen, als die Kutsche kurz vor dem Stadttor in eine Kurve fuhr.

Die zehn Burschen aus Lallupija standen dicht gedrängt in einer Ecke oben auf dem Stadtfelsen. Keiner von ihnen lachte oder sagte auch nur ein lautes Wort. Seit sie wussten, warum die Leute am Vortag so feindselig gewesen waren, versuchten sie, möglichst unauffällig zu bleiben.

Auf der anderen Seite des Plateaus ging es fröhlicher zu. Dort hatten zehn Speerträger des ersten Jahrgangs einen Kreis gebildet, hüpften und tänzelten, um die Muskeln zu lockern, und gaben sich letzte Ratschläge. Sie wussten nicht genau, was keine zwei Tage zuvor hier passiert war, sondern freuten sich auf den Wettkampf und waren stolz, dass sie dafür ausgewählt worden waren. Es war das erste Mal, dass dieser Wettkampf beim Torfest stattfand. Sonst waren Komödianten die Gegner der Lallupijaner, aber weil er an diesem Tag zu Ehren der Assyrer ausgetragen wurde, waren die hochrangigeren Speerträger dafür eingeteilt worden.

Fast immer war der Sieg an die Lallupijaner gegangen, aber die Speerträger hatten so eifrig geübt, dass sie sich gute Chancen ausrechnen konnten, das diesmal zu ändern. Zumal die Lallupijaner heute so ruhig waren und völlig auf das übliche Drohgeschrei vor dem Wettkampf verzichteten.

Zwischen den beiden Gruppen war mit bunten Bändern eine kleine Arena abgesteckt. Dort standen auf jeder Seite in zwei Reihen wieder zehn Fässer. Das Fass, in dem Magallu getötet worden war, hatte man diskret durch ein anderes ersetzt.

Ein Hornsignal ertönte.

Die Wettkämpfer zogen ihre Schuhe aus, eilten hinter ihre Fässer und nahmen Haltung an.

Begleitet von Tamburinspielern betraten das Königspaar und die Delegationen aus den Fremdländern das obere Plateau. Die übrigen Gäste und Zuschauer blieben auf dem unteren Plateau, wo die Sicht nicht ganz so gut, aber immer noch ausreichend war.

»Warte, Bruder!«

Walwaziti hatte gerade die letzten Stufen genommen, als Adduwas Stimme ihn aufhielt.

Er drehte sich um. »Was gibt's?«

Adduwa kam keuchend heran. »Draußen am Felsentempel kam ein Bauernjunge und sagte mir, in der Nähe sei ein Mann erschlagen worden. Da er ihn als edlen Herrn bezeichnete, dachte ich, du solltest das wissen.«

»Und, hast du den Toten gesehen?«

»Nein, der Rotzjunge ist einfach weggerannt.«

»Aber du weißt, wo die Leiche liegt?« Walwaziti dachte erschrocken an Zuwappi, von dem nach wie vor niemand etwas gehört hatte. »Etwa beim Gut am Eichenwald?«

»Ich weiß es nicht, vielleicht eher beim Hof von Sipaziti«, entgegnete Adduwa kleinlaut.

»Sipaziti!« Walwaziti war alarmiert. Sipaziti war der Todfeind von Hattusili und lebte auf einem kleinen Gut dort draußen in Arrest. Hatte er einen seiner Bewacher getötet und war auf dem Weg nach Hattusa, um Rache zu nehmen? Das musste dringend überprüft werden.

Das Horn erklang ein zweites Mal, und Hattusili verkündete mit lauter Stimme: »Dieser Wettkampf ist unseren assyrischen Gästen gewidmet. Erweise den Teilnehmern die Ehre, ihr Schiedsrichter zu sein, Baba-aha-iddina.«

»Sehr gerne, Meine Sonne.« Der Assyrer nickte, trat lächelnd vor und sah sich nach Bentesina um. Der zuckte zusammen. Er kannte diesen Wettkampf nicht und konnte seinem Gast nicht zur Seite stehen. Hilfe suchend schaute er sich um und begegnete Walwazitis Blick. Der Oberste Schreiber verstand sofort, worum es ging.

»Ich habe keine Zeit jetzt«, sagte er hastig zu Adduwa. »Ich muss Bentesina beistehen. Bitte Abamuwa, dass er sofort seine Leuten zu Sipazitis Gut schickt, damit sie überprüfen, ob es dort einen Zwischenfall gegeben hat!«

Adduwa nickte und rannte los, während Walwaziti betont gelassen neben Baba-aha-iddina trat und sagte: »Der Kampf wird mit Stöcken ausgefochten, und alle Männer müssen dabei die ganze Zeit auf den Fässern stehen. Gib ihnen das Zeichen zum Beginn.«

Baba-aha-iddina hob die Hand, und ein doppeltes Hornsignal ertönte. Die zwanzig barfüßigen Wettkämpfer kippten die Fässer auf die Seite und stiegen darauf.

»Die ersten beiden bekommen jetzt die Stöcke.« Walwaziti deutete auf einen Pagen, der ihnen zwei gut mannshohe Stöcke hinhielt.

Der Assyrer nahm sie und übergab sie den beiden Kämpfern, die auf ihren Fässern balancierend zur Mitte der kleinen Arena gerollt waren. Trommeln setzten ein.

»Die Götter des Landes Hattusa seien an eurer Seite«, sagte Hattusili.

Die Kämpfer hoben ihre Stöcke, wendeten mit kleinen Schritten ihre Fässer halb um, so dass sie sich gegenüber standen, und begannen mit einem für den Assyrer höchst seltsamen Duell, bei dem sie die Stöcke mal wie Schwerter und mal wie Lanzen einsetzten, mal zur Abwehr eines Schlags auch in beide Hände nahmen.

Walwaziti musste unwillkürlich an den ganz anderen

Kampf denken, der am Vorabend des Fests hier auf dem Stadtfelsen stattgefunden hatte. Aber dafür war jetzt keine Zeit. Jetzt musste er sein Land möglichst gut vertreten. Energisch schob er die düsteren Bilder beiseite, beugte sich zu Baba-aha-iddina und flüsterte ihm zu: »Die Regel ist einfach. Die Kämpfer müssen versuchen, sich gegenseitig von den Fässern zu stoßen. Sie dürfen sich aber nur mit den Stöcken berühren, nicht mit ihren Körpern. Wessen Fuß den Boden berührt, und sei es noch so kurz, der scheidet aus und muss sein Fass auf die Seite des Gegners rollen. Auch wenn einer erst siegt und sich dann aber nicht bis zum Ende aller Zweikämpfe auf dem Fass halten kann, geht sein Fass doch noch verloren.«

Der erste Zweikampf war rasch entschieden: Der Speerträger zielte zweimal auf die Schultern seines Gegners aus Lallupija. Der konnte beide Stöße leicht abwehren. Doch dann tat der Speerträger so, als wolle er seinen Angriff auf die Brust richten, bückte sich aber blitzschnell und stieß den Stock nach unten gegen die Wade. Der Lallupijaner fiel vom Fass. Stumm rollte er es auf die Seite der Speerträger.

Auch die drei nächsten Kämpfe gewannen die Speerträger. Erst danach ging endlich ein Fass an Lallupija. Stolz balancierte der Sieger zurück, warf die Arme hoch – und verlor kurz das Gleichgewicht. Der Mann hatte seinen Fuß zwar sofort wieder oben, aber Baba-aha-iddinas scharfem Blick war das nicht entgangen. Entschlossen deutete er auf die Hälfte der Speerträger, und das Fass musste die Seite wechseln.

Auch beim nächsten Duell gingen die beiden Fässer an die Speerträger.

Auf dem unteren Plateau begannen einige der Zuschauer leise zu murren. Einen so langweiligen Fässerwettkampf hatten sie lange nicht gesehen. Die Lallupijaner ergaben sich nahezu ohne Widerstand. Dabei hatten viele damit gerechnet, dass die Speerträger ein hartes Stück Arbeit hätten oder gar verlieren würden.

Besonders unmutig war Pidda. Der dunkelhaarige Bauleiter stand neben dem Goldschmied Palla und hieb sich mit der Faust auf die flache Hand. »Das kann man doch nicht als Kampf bezeichnen. Die geben sich ja gar keine Mühe.« Palla lachte höhnisch.

Walwaziti hatte die Reaktion aus den Augenwinkeln beobachtet und musste den beiden Recht geben. Nach sechs Durchgängen befanden sich fünfzehn Fässer auf der Seite der Speerträger und auf der von Lallupija nur ein gewonnenes sowie vier, auf denen noch Kämpfer warteten.

Als nächster kam der Bursche dran, den Walwaziti am Tag zuvor befragt hatte. Sein Gesicht wirkte grau und übernächtigt. Der Mann tat Walwaziti leid, und deshalb flüsterte er ihm auf Luwisch zu: »Lass den Kopf nicht hängen und mach dir keine Sorgen. Ich glaube nicht mehr, dass ihr Schuld an Magallus Tod habt. Und jetzt kämpfe! Du kannst es!«

Die Aufmunterung schien dem Mann Flügel zu verleihen. Mit raschen Trippelschritten lenkte er sein Fass geradeaus auf seinen Gegner zu, doch knapp vor der Reichweite von dessen Stock verlagerte er sein Gewicht, so dass es unvermutet einen Bogen nach rechts machte. Der Speerträger wurde von seinem Fass heruntergestoßen, ehe er überhaupt mit einem Angriff rechnete.

Baba-aha-iddina nickte anerkennend. Und die Zuschauer unten klatschten. So kannten sie die Lallupijaner. Auch beim achten Duell siegte Lallupija.

Die jungen Speerträger beeindruckte das überhaupt nicht. Noch immer waren auf ihrer Seite dreizehn Fässer zu zählen, und alle ihre Sieger standen fest und sicher auf ihren Fässern. Selbst wenn bei den letzten beiden Durchgängen die Fässer an Lallupija gehen würden, konnten die Burschen nicht mehr siegen.

Doch es kam noch besser für die Speerträger. Der neunte Lallupijaner war so nervös, dass er nach drei Ellen seinen Stock verlor und sich kampflos ergeben musste. Das bedeutete vierzehn Fässer vor dem letzten Treffen.

Ein kleinerer, pausbackiger Speerträger, der seinen Kampf

längst gewonnen hatte, lachte schadenfroh und drehte sich triumphierend zu seinen Kameraden um. Das hätte er besser nicht getan. Sein Fass bekam so viel Schwung, dass es gleich mit zwei anderen zusammenstieß. Alle drei Speerträger mussten den Fuß auf den Boden setzen.

Baba-aha-iddina zeigte auf die Hälfte von Lallupija. Nur noch elf zu neun. Der Wettkampf war wieder spannend. Pidda jubelte, Palla verzog das Gesicht.

Der letzte Zweikampf begann. Beide Männer waren etwa gleich groß und lenkten ihre Fässer mit viel Geschick. Immer wieder rollten sie vor und zurück und schlugen ihre Stöcke gegeneinander, doch keiner wankte. Allmählich wurden ihre Bewegungen langsamer. Der Speerträger nahm noch einmal all seine Kräfte zusammen und wollte den Kampf mit Gewalt für sich entscheiden. Er holte weit über den Kopf aus und ließ seinen Stock mit voller Wucht heruntersausen. Doch der Lallupijaner hatte mit so etwas gerechnet und wich mit einer knappen, eleganten Bewegung aus.

Der Schlag des Speerträgers ging ins Leere, und sein eigener Schwung riss ihn vom Fass.

»Der junge Mann hat gerade für sein Leben gelernt, dass Mut und Kraft wichtig sind, schiere Gewalt sich aber nicht immer lohnt. Das bringen wir irgendwann all unseren Leuten bei«, erklärte Walwaziti dem Assyrer mit einem leichten Grinsen.

Baba-aha-iddina lachte. Er hatte verstanden. Nicht nur die hethitischen Streitwagen waren beeindruckend, auch Fußtruppen mit solchen Burschen ging man besser aus dem Weg. Er hob den rechten Arm und verkündete: »Die Sieger kommen aus der Stadt Hattusa – und aus Lallupija.«

»Was ist los? Deine Stirn ist umwölkt wie drei Gewitter und vier Hagelstürme an einem Tag.« Gassulawija setzte sich mit einer Schale Dickmilch an den kleinen Tisch, an dem sich

Walwaziti abseits von der Festgesellschaft niedergelassen hatte. Der Schreiber starrte in einen Becher Honigwasser und hatte kein Auge für die Schönheiten der königlichen Gärten.

Hattusili hatte die hochrangigsten seiner Gäste hierher zu einer kurzen Ruhepause vor dem Festspiel eingeladen. Zwischen den Blumenbeeten waren kleine Tische verteilt, und Pagen brachten leichten Wein, Rosinenkuchen, Schalen mit Nüssen, getrockneten Feigen, Aprikosen und andere Erfrischungen.

Wer wollte, bekam auch frisches Quellwasser direkt aus dem Brunnen mitten im Garten. Mairia genoss das kühle Nass mit einem Anflug von Neid. Gärten mit Teichen und üppiger Blumenpracht gab es in Ägypten auch, aber eine eigene Quelle hatte kaum einer.

Der Pavian hatte inzwischen einen Ehrenplatz in einem Rundkäfig bei den Tiergehegen erhalten. Tudhalija, der Sohn von Puduhepa und Hattusili, probierte mit seinen beiden jüngeren Schwestern unter viel Gekicher aus, was dem seltsamen Tier wohl schmecken würde. Sie fütterten ihn gerade mit großen Honigbrotstücken, als Kurunta sich mit einem Becher Milch auf eine Steinbank gegenüber setzte und ihnen zuschaute.

»Der scheint großen Hunger zu haben, bis jetzt hat er noch nichts verschmäht!«, rief der siebenjährige Tudhalija ihm lachend zu.

Kurunta nickte und drehte sich um, weil er Schritte hinter sich gehört hatte. »Ah, Nerikkaili!« Und nach einer Pause: »Wir haben Glück mit dem Wetter, was?«

Hattusilis Ältester blieb stumm und trank in einem Zug seinen Weinbecher aus. Auf seiner Stirn prangte ein frischer Pickel. Plötzlich sah Kurunta, wie eines der Mädchen den Arm in den Käfig steckte.

»He, Tudhalija«, rief er, »pass auf die Kleinen auf, Hundskopfaffen können fürchterlich zubeißen!« Und zu Nerikkaili gewandt sagte er grinsend: »Na, lieber Adoptivbruder, willst du nicht mit deinen Geschwistern spielen?«

»Pah, Geschwister! Diese Brut von *Halb*geschwistern! Sollen sie doch vom Affen gebissen werden.« Nerikkaili warf Kurunta einen verächtlichen Blick zu, schaute in seinen leeren Becher und ging in Richtung Mairia, der gerade vom Mundschenk bedient wurde.

»Trink nicht so viel Wein, Bürschchen, die Sonne hat noch einen weiten Weg vor sich!«, rief Kurunta ihm nach.

Abamuwa, der die Szene aus einiger Entfernung beobachtet hatte, war zufrieden. Wenigstens sah es nicht danach aus, als würden diese beiden gemeinsame Sache machen.

Walwaziti fuhr aus seiner Brüterei auf, sah Gassulawija an und entgegnete nur ein Wort: »Sipaziti.«

»Macht er wieder Ärger?«

Der Oberste Schreiber nickte düster. »Ich weiß es nicht genau. Ich warte noch auf Nachricht. Aber ich fürchte, ja.«

»Ich habe es nie verstanden, warum Hattusili ihm gegenüber immer wieder so nachsichtig ist. Er müsste doch inzwischen gemerkt haben, dass Sipaziti der undankbarste und bösartigste Mensch ist, den man sich denken kann.«

»Vielleicht wollte Hattusili gerade an ihm zeigen, dass er die Tore nicht vor den einstigen Anhängern von Urhitesub verschlossen hat, dass er nicht auf Rache aus ist, dass er zwar gegen das Gesetz verstoßen hat, als er einen von der Versammlung der Großen anerkannten König entthront hat, nun aber bei ihm Recht und Gesetz unverbrüchlich Vorrang haben.«

Gassulawija schüttelte zweifelnd den Kopf. »Das mag die offizielle Erklärung sein. Sie klingt auch gut. Aber in Wirklichkeit, glaube ich, ist der Grund, dass meinem Vater bei allen, die aus Suppiluliumas Familie kommen, einfach das Herz zu weit aufgeht.«

Wahrscheinlich hatte sie Recht. Walwaziti glaubte selbst nicht so ganz, was er da behauptet hatte. Sein eigener Vater hatte Hattusili immer wieder vor Sipaziti gewarnt. Seit nunmehr zwanzig Jahren verfolgten er und seine Familie Hattusili mit ihrer Feindschaft. Kurz nach seiner Thronbesteigung hatte Muwattalli Sipazitis Vater, einen Neffen von Suppiluliuma, als Regenten des Oberen Landes abgesetzt und Hattusili mit dem Amt betraut. Sofort hatte die Familie Hattusili verleumdet und versucht, andere gegen ihn aufzuwiegeln. Ein Urteil von Muwattalli beendete die Angelegenheit zunächst – und Hattusili unternahm nichts weiter.

Sobald Hattusili mit Muwattalli gegen Ramses zu Felde zog, probierten sie es aufs Neue und waren auch mit schuld, dass Hattusili vorübergehend seinen Thron in Hakmissa verlor. Wieder gab es einen Prozess, und wieder siegte Hattusili. Er eroberte den Thron zurück, und Muwattalli lieferte ihm Sipazitis Familie und Habe aus.

Und erneut war Hattusili nachsichtig. Er schickte nur Sipazitis Mutter und Bruder in die Verbannung auf der Kupferinsel Alasija. Sipaziti und sein Vater durften im Land bleiben und bekamen sogar die Hälfte ihres Besitzes zurück.

Als der Streit zwischen Urhitesub und Hattusili ausbrach, war Sipaziti der Erste, der an Urhitesubs Seite eilte. Sehr rühmlich war seine Rolle dann allerdings nicht. Es gelang ihm nicht, im Oberen Land Truppen auszuheben, und die beiden mussten nach Samuha fliehen, wo sie Hattusili gefangen nahm. Und auch ein drittes Mal ließ er Milde walten. Urhitesub wurde nach Nuhassa verbannt und bekam dort sogar mehrere Festungen. Sipaziti wurde zwar unter Arrest gestellt, aber den durfte er auf dem kleinen Gut oberhalb des Felsentempels verbringen.

»Ich dachte, ihr habt ihn auf seinem Hof im Auge«, unterbrach Gassulawija seine Überlegungen.

»Ja schon, zwei Wachen sorgen dafür, dass er sich Hattusa nicht nähert. Aber vorhin hat mir Adduwa berichtet, dass dort im Wald ein Toter liegt. Wenn das eine der Wachen ist, könnte das bedeuten, dass Sipaziti geflohen ist.«

»Nun, irgendwann wird er dann schon wieder aufgegriffen.« Gassulawija schirmte ihre Augen mit der Hand ab. Der Himmel war jetzt absolut wolkenlos, und es war ziemlich warm geworden.

»Wenn es bloß das wäre … Nein, ich habe Angst, dass er sich im Schutze des Festtrubels in die Stadt schleicht, um Hattusili zu ermorden.«

»Also ergrimmte Telipinu. Er erhob sich, und er ging fort. So zornig war Telipinu: Den rechten Schuh ließ er links laufen, den linken Schuh ließ er rechts laufen.«

Das Schauspiel hatte bereits begonnen, als Walwaziti seinen Platz in der Loge der babylonischen Delegation einnehmen konnte.

»Ich freue mich, während des Festspiels an deiner Seite zu sein, Itti-Marduk-balatu«, erklärte er dem Gesandten und legte kumpelhaft Kunni die Hand auf die Schulter. »Dein Betreuer wird gleich als Darsteller gebraucht.«

Der Babylonier nickte griesgrämig. Er versuchte, so wenig Interesse wie möglich an der Aufführung zu zeigen. Der riesige Wall am Sphinxtor war mit Fahnen geschmückt, und überall auf der Schräge und oben vor dem Tor standen die Akteure, deklamierten und versuchten, die Musik zu übertönen. Es war beeindruckend, aber Itti-Marduk-balatu hatte keine Lust, zum zweiten Mal an diesem Tag zugeben zu müssen, dass ihm Hattusilis Fest gefiel.

»Entschuldige, dass ich jetzt erst komme«, flüsterte Walwaziti Kunni zu, »aber ich musste erst noch eine Nachricht abwarten.«

»Das ist nicht so schlimm, mein Auftritt ist ja erst gegen Ende, ich habe genug Zeit«, entgegnete Kunni. »Ich will nur schon gehen, um möglichst wenig zu stören. Wir sehen uns beim Festbankett wieder.« Kunni nickte fröhlich, verließ die mit Zweigen umkränzte Loge und bahnte sich dann einen Weg durch die Zuschauermenge an der Seite in Richtung Stadtmauer.

Die Nachricht, auf die Walwaziti gewartet hatte, betraf Sipaziti. Er hatte Adduwa überall gesucht und erst kurz vor Beginn im Tunnel unter dem Tor gefunden, wo sich sein kleiner Bruder bereits umzog.

»Kein Grund zur Sorge«, hatte der abgewunken. »Der Rotzjunge wollte sich wohl wichtig machen. Man hat da draußen keinen Toten gefunden. Beide Wachen sind am Hof und wohlauf. Sipaziti hat das Gut nicht verlassen und auch keine Besucher empfangen. Außer drei Händlern, denen der Wagen gebrochen war, kam überhaupt niemand in die Nähe.« Adduwa hatte schadenfroh gelacht, dann aber mit einem Anflug von Scham auf den weißen Estrich geblickt. »Sipaziti geht es allerdings nicht so gut wie seinen Bewachern. Er sah heute Morgen ziemlich grau aus und ist im Bett geblieben. Den Wachen war's nur recht. Jetzt haben sie da draußen wenigstens ein bisschen Festruhe. Also falscher Alarm. Und ich muss jetzt auftreten.« Mit diesen Worten hatte er seinen Bruder stehen gelassen.

Aber Walwaziti war nach wie vor beunruhigt gewesen. Wenn es nicht Sipaziti war, der die Turiraner eingeschleust hatte, dann musste es jemand anders sein, der Böses im Schilde führte. Also hatte er rasch noch Abamuwa und Bentesina gesagt, dass sie unbedingt die Augen offen halten sollten, vor allem, falls es während des Spiels eine Unterbrechung oder Störung geben sollte. Erst danach hatte er sich bei den Babyloniern eingefunden, um ihnen die Texte des uralten Mythenspiels zu übersetzen.

»Es geht um die Geschichte, wie Telipinu, der Sohn des Wettergotts, der Gott des Wachsens und Werdens, verschwand, und alle Pflanzen und Tiere in große Not gerieten«, begann er seine Erklärungen.

»Telipinu ist fortgegangen: Korn, Fruchtbarkeit, Wachstum, Gedeihen und Sättigung trug er mit sich fort«, hob Halpaziti, der die Rolle des Erzählers hatte, oben auf der Plattform an.

Die Darsteller der Götter, die vor dem Tor in einer breiten Reihe standen, senkten die Köpfe und zeigten mit den Spitzen ihrer Fahnen nach unten. Die viermal hundert Choristen auf der steinernen Schräge nahmen ihre Umhänge ab, drehten die schwarze Innenseite nach außen, legten sich in einer Welle von unten nach oben auf den Boden und zogen das dunkle Tuch über ihre Körper. Von den Instrumenten waren jetzt nur noch Trommeln und eine einzelne Leier zu hören.

»Telipinu ging, ins Moor hinein ist er geschlüpft. Nun wachsen Korn und Emmer nicht mehr. Rinder, Schafe und Menschen begatten sich nicht mehr. Die Berge vertrocknen, die Quellen trocknen aus, und im Lande ist Hungersnot. Menschen und Götter kommen durch Hunger um.«

Die Silberstadt war wie ausgestorben. Wer nicht draußen auf dem Wall oder unten im Tunnel war und auf seinen Auftritt wartete, stand in der dicht gedrängten Menge, um nichts von dem Spektakel zu verpassen. Einzig die Wachen auf der Stadtmauer kamen ihrer Pflicht nach und ließen ihre Blicke zum Horizont schweifen. Allerdings waren es, weil die Späher nichts Ungewöhnliches im Umland vermeldet hatten, angesichts des Fests nur einige wenige, die dort Dienst taten.

Und dann war da noch der kräftige, dunkelhaarige Mann, der sich am Vormittag während der Probe hinter dem Busch verborgen hatte. Er stand wieder an derselben Stelle und sah hinunter auf die menschenleere Stadt.

Plötzlich bemerkte er einen zierlichen Mann, der zu den Mittagsteichen ging. Ein Spaziergänger während des Spiels? Der Beobachter sah genauer hin und erkannte den anderen.

Mit einem zufriedenen Lächeln verließ er sein Versteck.

»Die großen Götter und die kleinen Götter begannen den Telipinu zu suchen. Die große Sonnengöttin sandte den eilenden Adler aus.«

Das war Adduwas Stichwort. Er erhob sich und ging nach

oben zu den Göttern. Gassulawija trat in der Maske der großen Sonnengöttin vor, streckte den Arm aus und sagte: »Los, flieg, die hohen Berge durchsuche! Durchsuche die tiefen Täler, durchsuche die blaugrüne Meereswoge!«

Begleitet von Flöten und Klappern lief Adduwa in großen Bögen über die Schräge, während die Choristen mit ihren Umhängen Berge, Täler und Wellen andeuteten, und schaute überall nach.

Als er bei seiner Suche in die Nähe von Mala kam, wurde aus dem majestätischen Adler unversehens ein balzender Steinhahn: Er drehte sich im Kreis, machte ein paar Schritte vor, trippelte wieder zurück und setzte erneut zu einer Pirouette an. Das leise Glucksen der Choristin neben Mala machte Adduwa klar, dass das »Zwischenspiel« anderen nicht verborgen geblieben war. Zum Glück verbarg seine Maske, wie rot sein Gesicht angesichts dieser Peinlichkeit wurde. Mit einem derartig albernen Gehabe machte er bestimmt nichts wieder gut bei Mala! Rasch besann er sich erneut auf seine Rolle, setzte den verabredeten Weg fort und kam schließlich mit langsamen Bewegungen nach oben zu Gassulawija. Er ließ traurig den Kopf hängen: »Ich habe ihn nicht gefunden, den Telipinu, den gewaltigen Gott.«

Die Trommeln setzten wieder ein, und die Götter senkten erneut die Fahnen, die sie vorher hoffnungsvoll geschwenkt hatten.

Kella, der persönlich die Rolle des Wettergotts übernommen hatte, sagte mit ausladender Geste zu Puduhepas Traumdeuterin Abba, die die große Erdgöttin Hannahanna verkörperte:

»Was sollen wir tun? Durch Hunger werden wir zugrunde gehen.«

»Unternimm du doch etwas, Wettergott! Geh, und suche du den Telipinu selber!«, antwortete Hannahanna. Die dumpfen Trommeln verstummten, und Tamburine übernahmen den Part.

Kella ging oben vor dem offenen, mit bunten Fahnen ausgehängten Tor auf und ab und vollzog in einer Pantomime, was Halpaziti berichtete:

»Da begann der Wettergott den Telipinu zu suchen. Er kommt zu dessen Stadt, zum Stadttor, aber er kann es nicht öffnen. Er zerbricht seinen Hammer und seinen Keil. Erfolg hat er keinen, der Wettergott. Er wickelt sich in seinen Mantel und setzt sich hin.« Auf das Zeichen des Istar-Priesters wechselte die Musik wieder. Diesmal traten Flöten in den Vordergrund. »Da sendet Hannahanna die Biene aus.«

»Flieg los, suche du den Telipinu! Wenn du ihn findest, so stich ihn in seine Hände und Füße, und er wird sich erheben! Nimm dir Wachs, und wische seine Augen und Hände damit ab, mache ihn rein, und bringe ihn her zu mir!«, befahl die Göttin der Biene, hinter deren Maske sich Mala verbarg. Die machte sich, wie zuvor Adduwa, auf den Weg über die Schräge.

Der junge Schreiber lag, inzwischen wieder in den Chor eingereiht, fast regungslos auf den hellen Steinen. Schäm dich, schäm dich, dachte er in dem Rhythmus, mit dem das Blut gegen seine Schläfen pochte. Als Mala sich seiner Gruppe näherte, wagte er kaum hinzusehen. Doch: War das nicht ein ganz leises Lächeln gewesen, was er da einen Moment lang unter ihrer Maske erkennen konnte? Unsinn, schalt er sich, das bildest du dir ein.

»Da haben ihn die großen Götter und die kleinen Götter gesucht und ihn nicht gefunden; nun soll sie, diese Biene, losfliegen und ihn finden; ihre Flügel sind winzig, und auch sie selbst ist winzig!«, wandte Kella als Wettergott ein.

»Lass nur. Sie wird ihn finden«, entgegnete die Göttin.

Mala schlüpfte durch die Berge und Täler aus Umhängen, während der Frauenchor sang:

»Die Biene fliegt aus. Sie sucht die hohen Berge ab, sie sucht die tiefen Täler ab, sie sucht die blaugrüne Woge ab. In ihrem Leib geht der Honig zur Neige, und das Wachs geht zur Neige. Da findet sie ihn auf einer Wiese im Walde.«

Mala hatte das Podest oberhalb des Tunneleingangs erreicht. Dort lag neben einer kleinen Eiche Alalimi als schlafender Gott Telipinu.

»Die Biene sticht Telipinu in seine Hände und Füße, da erhebt er sich.«

Alalimi sprang auf: »Ich habe gezürnt und bin fortgegangen! Warum habt ihr mich aus meinem Schlaf aufgestört? Warum habt ihr mich, der ich zürne, zum Reden veranlasst?«

Telipinu verschwand im Tunnel, und die anderen Götter verbargen sich erschrocken hinter den Fahnen im Tor. Der Chor bedeckte sich wieder mit den schwarzen Mantelseiten.

Halpaziti berichtete: »Telipinu ergrimmte jäh. Die strömenden Flüsse leitete er um, ließ sie springen, die Städte stürzte er ein mit der Flut, die Häuser stürzte er ein. Er vernichtete die Menschheit. Er vernichtete Rinder und Schafe. Ja, wütend wurde Telipinu.«

Kunni blickte auf das dunkle, ruhige Wasser des vordersten Mittagsteichs. Bis zu seinem Auftritt beim Festspiel dauerte es noch eine Weile. Er kam gern hierher: eine breite Felsnase ganz oben in der Stadt, auf der, umgeben von Büschen, drei lang gestreckte Teiche und ein fast rechteckiges Becken lagen. Sie bildeten einen nahezu unerschöpflichen Wasserspeicher, gut sechzehn Ellen maßen die fast senkrecht abfallenden Wände, die in den harten Fels geschlagen waren. Gespeist wurden sie aus einer Wasserleitung, die von den Quellen im Wald oberhalb des Sphinxtors kam. Jetzt, da auch noch das Wasser der Schneeschmelze dazugekommen war, lag der Wasserspiegel keine zwei Ellen unter dem Rand.

Puduhepas Späher ging in die Hocke und rupfte einen Grashalm aus. Er konnte mit dem Verlauf des Fests zufrieden sein. Nach der Vorführung der Streitwagen und der Richtigstellung der Geschehnisse von Kadesch war Itti-Marduk-balatu für seine Verhältnisse geradezu freundlich geworden. Vielleicht würde der dritte Festtag ja noch richtig angenehm.

Als er dicht hinter sich Schritte hörte, sah er auf. »Was machst du hier, warum bist du nicht beim Festspiel?«, fragte er erstaunt.

Statt einer Antwort bückte sich der andere, packte Kunni an der rechten Fessel und riss ihn mit einer blitzschnellen Bewegung hoch, so dass Puduhepas Späher kopfüber in den Teich fiel und sich den Kopf am Felsen der steilen Böschung anschlug.

Benommen versuchte Kunni mit dem anderen Fuß Halt zu finden, aber auch den packte der Mann, der viel kräftiger war, und hielt sein Opfer mit weit ausgestreckten Armen so an den Beinen in der Luft, dass dessen Kopf immer knapp unter Wasser blieb und Kunni mit den Händen an dem glitschigen Rand keinen Halt fand.

Der Betreuer der Babylonier wehrte sich verzweifelt, aber es gelang ihm nicht, Luft zu holen. Der Schlag gegen den Kopf hatte ihm zu viel Kraft geraubt.

Kunnis letzter, stummer Schrei galt seinem Schutzgott.

Die Behauptung, Mairia fühlte sich beim Festspiel fast wie zu Hause, wäre sicher eine Übertreibung. Doch der Gesandte registrierte mit Freude, wie stark die Hethiter sich an ägyptischen Vorbildern orientiert hatten.

Offenbar wissen diese Gebirgler wenigstens, wer die feinere Lebensart besitzt, auch wenn hier die meisten Männer ihre Haare einfach offen und ziemlich lang tragen, dachte er zufrieden und strich sich mal wieder mit dem kleinen Finger über seine gepflegte Perücke.

Das Schauspiel fand auf einem Bauwerk statt, das durchaus Ähnlichkeit mit einer Pyramide, wenn auch ohne Spitze, hatte: eine riesige, mit leuchtend weißen Steinen verkleidete Schräge. Am Fuß übertraf sie an Breite sogar die größte Pyramide, jene, die einst der mächtige Cheops hatte errichten lassen, um nahezu eineinhalb Feld.

Aber wenigstens war es keine vollständige Pyramide, sondern nur so etwas wie der vordere Teil; die Tiefe betrug bestenfalls ein Drittel der Breite. Und auch in der Höhe kam der Bau nicht an das Vorbild heran. Die Neigung war längst nicht so steil, und nach gut sechzig Ellen endete das Ganze mit einer Plattform. Die allerdings hatte immer noch eine Breite von über elf Feld.

Widerwillig musste sich Mairia eingestehen, dass die Hethiter vielleicht doch gute Baumeister waren und durchaus wussten, wie man beeindrucken kann.

Er saß zusammen mit Tuttu und dem Rest seiner Delegation in einer Loge auf einem hohen, senkrecht abfallenden Felsen genau gegenüber von der Mitte der Schräge. Die Wände der Logen waren nicht gemauert, sondern aus Buschwerk errichtet, in das bunte Bänder und blühende Weißdornzweige geflochten waren. Das bildete einen reizvollen Gegensatz zu der riesigen Steinmasse vor ihnen.

Insgesamt gab es fünf Logen. In der äußersten saßen die Prinzessinnen und Prinzen, dann folgte die assyrische Delegation. Die mittlere Loge war Hattusili und Puduhepa vorbehalten, danach kam die der Ägypter und schließlich die der Babylonier – direkt neben dem verputzten Aufgang, der dem Bauleiter Pidda so viel Sorgen bereitet hatte. Jetzt war alles fertig, und das strahlende Weiß der Treppe wetteiferte mit dem der großen Schräge.

Abamuwa stand mit seinen Gardisten und Goldlanzenträgern auf einer kleinen Stufe an der Rückseite der Ehrentribüne, und vor dem Eingang zu jeder Loge hielten jeweils ein weiterer Gardist und ein Goldlanzenträger Wache.

Die Vasallenkönige und die Würdenträger des Hofs hatten Stehplätze auf flachen, hölzernen Stufen, die vor dem Felsen aufgebaut waren, und das einfache Volk drängte sich schließlich an den Seiten vor dem Wald.

Obwohl die Logen ein gutes Stück entfernt lagen, war es nicht möglich, das Geschehen auf dem Wall ohne ständiges Kopfdrehen zu verfolgen. Die Vasallen hatten sicher einen steifen Nacken, überlegte der Ägypter schadenfroh, weil sie zusätzlich immer nach oben schauen mussten, nicht nur, wenn sie die Götter oben auf der Plattform sehen wollten, sondern sogar bei den Aktionen des Chors, die über die gesamte Schräge verteilt waren.

»Zornlodernd kommt Telipinu herbei. Mit dem Blitz donnert er, auf die dunkle Erde schlägt er ein«, verkündete Halpaziti von der linken Seite der Plattform.

Alalimi raste oben durch das Tor und stapfte mit wütenden Bewegungen auf dem ansonsten leeren Plateau hin und her. Ihm machte diese Rolle besonders viel Spaß, weil er dabei das genaue Gegenteil seines eigenen Charakters verkörpern konnte. Ihn selbst brachte so leicht nichts aus der Ruhe oder nötigte ihm ein lautes Wort ab. Genussvoll stampfte er auf.

Außen rechts erschien plötzlich eine Göttin, die eine Adlerschwinge in der Hand trug. Sie hob die Federn und stellte sich Telipinu in den Weg.

Tuttu bemerkte Mairias Verblüffung. »Sie hat sich nicht am Auszug der anderen Götter beteiligt, sondern im tiefen Treppenschacht verborgen. Die Treppe dort hat einhundertundzwei Stufen«, erklärte er dem Ägypter stolz.

Mairia besah sich die Einzelheiten genauer. Neben der Treppe auf der rechten Seite, von wo die Göttin gekommen war, gab es noch eine weitere auf der linken Flanke. Der nach oben spitz zulaufende Tunnel, durch den Telipinu verschwunden war, hatte einen weit nach vorn ragenden Eingang und befand sich auf halber Höhe der Schräge und in der Mitte der Stirnseite. Genau darüber lag oben das Tor, durch das er gerade wieder erschienen war. Es führte durch den mittleren von fünf Türmen, die auf der Plattform errichtet waren. Die Türme waren gut achtzehn Ellen breit und sicher vierundzwanzig Ellen hoch und wurden, wie die dazwischen liegende Stadtmauer, von dreieckigen Zinnen gekrönt, die oben abgerundet waren. Vielleicht hatte Ramses doch Recht damit, hethitische Baumeister ins Land holen zu wollen.

Anscheinend fand der Ägypter jetzt auch Gefallen an den Ereignissen auf dem Wall. Jedenfalls blickte er sich nicht mehr nur blasiert um. Tuttu war erleichtert. Bis zu diesem Augenblick war seine Aufgabe ziemlich hart gewesen.

»Das ist die Heilgöttin Kamrusepa. Sie ist die Einzige, die den Zorn des Telipinu besänftigen kann«, erläuterte er. Die ganze Nacht hatte er all die Begriffe, die für das Festspiel wichtig waren, auf Ägyptisch geübt. »Jetzt lässt sie zwölf Widder für das Opfer auswählen. Wenn sie das Böse von Telipinus Körper weggekämmt und weggebrannt hat, können sich die Götter wieder versammeln, und mit Hilfe eines ritualkundigen Menschen werden Telipinus Wut, Zorn und Groll für immer gebannt.«

Doch die Göttin und ihr Ritual oder Alalimis abnehmende Zornesgesten beeindruckten Mairia wenig. Wohl aber das, was er im Tor sah. Der Durchgang war nicht gerundet, wie bei den anderen neuen Toren, die er zu Gesicht bekommen hatte, sondern rechteckig, und den Türsturz bildete ein einziger, riesiger Steinblock. So baute man auch in Ägypten.

Allerdings ging man in seiner Heimat mit dem Schmuck an den Wänden nicht so sparsam um. Die vier Skulpturen, die das Tor innen und außen flankierten, fanden aber durchaus seine Zustimmung. Jedenfalls ein Stück weit. Sie waren, wie er zugeben musste, wesentlich filigraner und kunstvoller als die Reliefs in der Provinz, über die er sich am Mittag mokiert hatte. Auch die hethitischen Bildhauer schienen gelernt zu haben.

Vor allem aber gefiel Mairia das Motiv. Es handelte sich um Sphingen, Löwenkörper mit großen Flügeln und hochgereckten Schwänzen, die an der Spitze eingerollt waren. Die Köpfe wurden über den mit göttlichen Hörnern versehenen Helmen von drei übereinander getürmten Doppelrosetten gekrönt, so dass die Gesichter geradezu winzig inmitten des riesigen Aufbaus wirkten.

Die Gesichter, die waren es, bei denen Mairias Zustimmung endete. Zwischen den breiten Zöpfen, die auf der Brust in Locken ausliefen, erkannte man Gesichter, die zweifellos weiblich waren. Weibliche Sphingen! Diese Hethiter machten einfach zu viel Aufhebens um Frauen.

Der Ägypter schürzte die Lippen.

»Die Götter setzen sich zur Versammlung unter den Weißdornsträuchern nieder.«

Oben aus dem Tor kamen die Darsteller der Götter mit blühenden Weißdornzweigen und setzten sich in einer langen Reihe hinter Alalimi.

Ein hagerer Mann Anfang sechzig schob sich durch die Menge der einfachen Zuschauer vom Wall weg in Richtung Ehrentribüne. Dabei versuchte er so unauffällig wie möglich vorzugehen und ein leichtes Hinken zu verbergen. Seinen Kopf hielt er die ganze Zeit gesenkt.

»Für die Götter habe ich das Heil langer Jahre gewirkt und Telipinu habe ich gereinigt«, setzte der Frauenchor der Göttin Kamrusepa wieder ein.

Der Mann war jetzt dicht vor dem Aufgang zur Tribüne. Er blieb abwartend stehen.

»Ja, dem Telipinu habe ich das Böse aus dem Leib genommen …«

Der Mann fuhr zusammen und sah verwundert zum Wall, als der Text ohne Unterbrechung weiterging. Offenbar hatte er etwas anderes erwartet. Verärgert blickte er zur äußeren Loge auf der Tribüne und erschrak noch heftiger, als er Walwaziti entdeckte. Hastig drehte er sich um und verschwand seitlich im Wald.

»… seine Wut habe ich genommen, seinen Zorn habe ich genommen, den Groll habe ich genommen, die böse Zunge habe ich genommen, den bösen Blick habe ich genommen«, endete der Frauenchor.

»Du, Weißdorn, kleidest dich im Frühling weiß, im Herbst aber kleidest du dich blutrot.« Die Männer kamen glatt über die Stelle, bei der es am Vormittag gleich zwei Unterbrechungen gegeben hatte.

Walwaziti hatte sich während des gesamten Festspiels immer wieder umgesehen, aber nie etwas Verdächtiges entdecken können. Als sich der besagte Vers näherte, beugte er sich, so weit es ging, vor, um die Loge der Assyrer im Blick zu haben. Direkt hineinschauen konnte er nicht, denn die Loge des Königspaars in der Mitte verdeckte ihm weitgehend die Sicht. Deutlich konnte er aber erkennen, dass sich von vorn niemand Baba-aha-iddina näherte. Hinten sorgten sowieso der Leibgardist und der Goldlanzenträger dafür, dass keiner hineinschlüpfen konnte. Anscheinend war die Gefahr mit der Festsetzung der drei Turiraner gebannt. Beruhigt lehnte er sich zurück und sah hinauf zum Wall.

»Das Rind zieht unter dir dahin, und du rupfst ihm das Stirnhaar aus«, fuhr der Chor fort. »Das Schaf zieht unter dir dahin, und du rupfst ihm die Wolle aus. Rupfe du nun auch Telipinu die Wut, den Zorn, das böse Wesen, den Groll aus!«

Alle viermal hundert Choristen wandten sich um, drehten die helle Seite der Umhänge nach außen, blickten erwartungsvoll zum Sphinxtor und hoben die Arme.

Das Tor blieb leer. Kunni, der den ritualkundigen Menschen spielen sollte, war nicht zu seinem Auftritt erschienen.

Walwaziti stockte der Atem. Ein ungläubiges Raunen erhob sich, die Köpfe der Akteure flogen Hilfe suchend in alle Richtungen. Das einheitliche Bild war dahin.

Ohne zu überlegen riss sich Adduwa die Adlermaske vom Kopf und rannte die Schräge hinauf. Oben am Rand drehte er sich um und begann, ohne Atem zu holen: »Kommt der Gott jäh zürnend daher, so bringt ihn der Diener des Gottes zum Stehen.«

Den Text konnte er auswendig, denn bei den Schreibübungen hatte er ihn so oft kopieren müssen, dass er Walwaziti eines Tages empört gebeten hatte, ihm ein bisschen mehr Abwechslung zu verschaffen. Jetzt war er froh, dass sein Bruder der Bitte nicht so schnell nachgegeben hatte.

»Droht der Gerstenbrei-Topf überzukochen, bringt der Löffel den Gerstenbrei zum Stehen. Ebenso sollen denn auch meine, des Menschen, Worte Telipinus Wut, Zorn und Groll zum Stehen bringen! Fortgehen lassen soll Telipinu Wut, Zorn, böses Wesen und Groll!«

Doch nun machte Adduwa schmerzhaft die Erfahrung, dass einen längeren Text zu schreiben oder ihn zu deklamieren zwei völlig verschiedene Dinge sind. Er war viel zu leise, und die Betonungen stimmten auch nicht. Unruhe machte sich breit.

»Geöffnet hat der Förstner die siegen Balkenriegel …«
Er brach ab und wurde wieder knallrot. Doch diesmal trug er keine Maske. Und Mala war Zeugin seines Unvermögens! Nein, nicht nur sie. Auch vor Mairia blamierte er sich jetzt! Hilflos schnappte er nach Luft. Einige Choristen kicherten. Adduwa wäre am liebsten davongerannt.

In diesem Augenblick packte ihn jemand von hinten an den Schultern und richtete ihn wieder auf: Halpaziti. Der Istar-Priester hatte ganz außen an der Treppe zur Schräge gestanden, als Adduwa so geistesgegenwärtig für Kunni eingesprungen war. Aber er wusste auch um die Tücken eines solchen Einsatzes und hatte sich deshalb unauffällig in Adduwas Nähe begeben. »Wir machen gemeinsam weiter«, flüsterte er dem jungen Schreiber ins Ohr. »Noch einmal ab ›Geöffnet‹.«

Halpaziti begann, und Adduwa fiel dankbar ein: »Geöffnet hat der Pförtner die sieben Tore, zurückgezogen hat er die sieben Riegelbalken. Unten in der finsteren Erde stehen Bronzekessel. Ihre Deckel sind Blei, ihre Ringe Eisen. Und sie sollen Telipinus Wut, Zorn, Bösesein und Groll aufnehmen, und sie sollen nicht wieder herauskommen.«

Kella, der mittlerweile die Maske des Wettergotts an einen Tempeldiener weitergegeben hatte, kam in seiner Funktion als Oberster Priester mit einer kleinen Eiche unten vom Tunnel und ging gemessenen Schritts rückwärts hinauf zu Alalimi: »Telipinu kehrte wieder in sein Haus zurück und gedachte seines Landes. Die Altäre der Götter kamen wieder in Ordnung. Die Mutter betreute wieder ihr Kind, das Schaf betreute wieder sein Lamm, das Rind betreute wieder sein Kalb, auch Telipinu betreute wieder König und Königin und bedachte sie fortan mit Leben, Kraft und Zukunft.«

Kella setzte die Eiche ab.

»Telipinu sorgt für den König. Vor Telipinu ist eine Eiche aufgerichtet.«

Hattusili tobte innerlich.

»Meint denn hier jeder, er kann kommen und gehen, wie es ihm passt?«, zischte er. »Einige der Herren möchten ihren Aufgaben wohl künftig an der kaskäischen Grenze nachgehen!«

Puduhepa legte ihm besänftigend die Hand auf den Arm, aber diesmal schüttelte er sie ab.

»Wie stehe ich da? Als Großkönig, der nicht einmal bei den eigenen Leuten Ordnung halten kann! Nach dem Fest gibt es einiges zu klären!«

Puduhepa war froh, dass die Büsche um die königliche Loge Hattusili neugierigen Blicken entzogen und Beifall wie Musik dafür sorgten, dass die Worte des Königs nicht einmal bis in die Nachbarlogen dringen konnten.

Vor allem aber hatte sie Angst. Sie kannte Kunni besser als alle anderen Diplomaten. Ihr Späher war zuverlässig und ließ sich nie von seinen Aufgaben ablenken. Selbst damals nicht, als er noch jünger und unerfahrener gewesen war und um seine jetzige Frau geworben hatte. Hier musste etwas wirklich Schwerwiegendes vorgefallen sein.

Die Gäste hatten bereits ihre Plätze im Bankettsaal eingenommen, als Walwaziti mit einem südländisch aussehenden Mann Anfang vierzig an die königliche Tafel kam.

»Für das Festessen heute hat Großkönig Hattusili eine besondere Überraschung für dich, Itti-Marduk-balatu«, sagte er zu dem babylonischen Gesandten und deutete auf den leeren Platz neben jenem. »Dein Tischnachbar wird nicht Kunni, sondern Raba-sa-Marduk sein. Ich denke, du kennst unseren Arzt aus Babylon.«

»Das ist wahrlich eine Überraschung. Ich danke dir, Meine Sonne«, sagte Itti-Marduk-balatu zu Hattusili gewandt. Der babylonische Gesandte stand erfreut auf und umarmte Walwazitis Begleiter, der kaum merklich zurückwich. »Wie geht es dir, mein Freund? Ich habe so lange nichts mehr von dir gehört, dass ich dachte, der Tag deines Geschickes sei schon längst gekommen.«

»Ich könnte nicht lebendiger und glücklicher sein.« Die beiden setzten sich, und auf Itti-Marduk-balatus bösen Blick hin beeilte sich Raba-sa-Marduk hinzuzufügen: »Auch wenn mich natürlich die Sehnsucht nach Babylon überfällt.«

Hattusili verfolgte die Szene erstaunt. Er wollte etwas zu Walwaziti sagen, der zu seinem Platz an der anderen Seite der Tafel ging, sah dann aber lieber erst einmal Puduhepa fragend an. Die nickte lächelnd. Nachdem Kunni zu seinem Auftritt am Ende des Schauspiels nicht erschienen war, hatte sie mit Walwaziti ausgemacht, sich darum jetzt nicht zu kümmern, sondern zum Bankett den Arzt Raba-sa-Marduk herbeizuholen. So fiel keinem der Fremdländer auf, dass nun auch bei der babylonischen Delegation eine Änderung des Protokolls nötig geworden war. Der Ablauf des Fests durfte an diesem Tag nicht noch einmal gestört werden.

»Das ist auf meine Anweisung hin geschehen«, flüsterte Puduhepa Hattusili zu und strich ihm dabei zärtlich über den Nacken. »Du warst bei den Opfern im Istar-Tempel, und wir mussten schnell handeln.« Hattusili nickte zustimmend.

In dem lang gestreckten Saal, der am mittleren Burghof gegenüber vom Audienzpalast hinter einer Säulenreihe lag, waren sieben Tische mit weißen Tüchern gedeckt und mit Schalen voll frischer Blumen geschmückt.

In der Mitte der Längswand, vor der Leibgardisten mit gelb und blau bebänderten Speeren standen, prangte eine große steinerne Sonne mit einem filigranen Flügelpaar – das Zeichen der hethitischen Königswürde. Genau darunter befand sich die königliche Tafel. Sie war in Torform aufgestellt. An der Stirnseite saßen Puduhepa und Hattusili, an der linken Baba-aha-iddina, Bentesina, Itti-Marduk-balatu und schließlich, am weitesten vom Königspaar entfernt, der Neuankömmling Raba-sa-Marduk. Rechts hatte Mairia den Platz direkt beim König, dann folgten Tuttu, Walwaziti und Abamuwa.

Davor waren sechs große Tische in derselben Ausrichtung wie die der Gäste aus den Fremdländern aufgestellt. Hier saßen, gestaffelt nach der Rangordnung, die übrigen wichtigen Gäste: hohe Hofbedienstete, Priester, Militärs und Vasallen.

Von den beiden Tischen ganz außen war der auf der linken Seite den Obersten aus den zwölf Provinzstädten zugeteilt worden – zu denen sich auch der Kämmerer Uratarhunta zu seinem Ärger wieder gesellen musste – und der auf der rechten den besten Streitwagenmannschaften sowie den Siegern der Wettkämpfe. An diesem Tisch war allerdings ein Stuhl leer geblieben: der des Ältesten aus Lallupija. Trotz ihres im letzten Moment erkämpften Unentschiedens hatten die Burschen die Stadt direkt nach dem Wettkampf verlassen. Ihnen war nicht mehr nach Feiern zumute.

Die übrigen Mitglieder der Gesandtschaften und Abordnungen speisten zusammen mit den mittleren Hofbediensteten im Säulenhaus an der Burgmauer.

Walwaziti fragte Abamuwa flüsternd: »Weißt du schon etwas von Kunni?«

»Nein. Zu Hause ist er nicht. Es hat ihn auch keiner gesehen. Aber meine Leute suchen in der ganzen Stadt nach ihm.«

Walwaziti merkte, dass Puduhepa zu ihm herüberblickte und genau wusste, worüber die Freunde tuschelten. Er deutete ihr mit einer beschwichtigenden Handbewegung an, dass alles Notwendige veranlasst sei.

Unter der Aufsicht von Mutarki wurden die Gerichte des ersten Gangs hereingetragen und auf den Tischen verteilt.

»Erster Gang, der Milchgang«, verkündete Mutarki. »Milchsuppe mit Safran. Milchsuppe mit Kresse. Süße Milchsuppe mit getrockneten Weintrauben …«

Itti-Marduk-balatu würgte, als er die Aufzählung hörte.

Raba-sa-Marduk lachte. »Ich kenne das. Mir wird von Milch auch immer übel. Im Gegensatz zu Babylon vertragen hier aus irgendeinem Grund viel mehr Erwachsene frische Milch ohne Schwierigkeiten, das ist mir schon öfters aufgefallen. Aber keine Angst, es gibt auch noch gesäuerte Milch, du brauchst diesen Gang nicht auszulassen.«

»… Dickmilch zum Auslöffeln. Quark. Käse«, fuhr Mutarki fort.

Der babylonische Gesandte war erleichtert – um gleich darauf entsetzt zurückzufahren, als Alalimi ihm Süßmilch in den Becher gießen wollte. »Nein!«

»Wir trinken mit Wasser verrührte Dickmilch«, erklärte der Arzt. Alalimi nickte bereitwillig.

»Und dir geht es wirklich gut in Hattusa?«, wollte Itti-Marduk-balatu wissen. »Du bist jetzt schon so viele Jahre hier. Hält man dich etwa zurück? Ich werde dafür sorgen, dass du mit mir nach Babylon zurückkehren kannst!«

Hattusili runzelte die Stirn. Genau so etwas hatte er erwartet. Deshalb hatte er eigentlich nicht vorgehabt, Itti-Marduk-balatu und Raba-sa-Marduk beim Fest zusammenzubringen. Er hielt viel von dem Arzt und wollte ihn ungern verlieren.

Raba-sa-Marduk schüttelte leicht den Kopf und lachte wieder. »Ja, man kann es so bezeichnen, dass ich zurückgehalten werde.«

»Wusste ich es doch.« Itti-Marduk-balatu fuhr triumphierend auf.

»Man schätzt meine Dienste und belohnt sie bestens. Ich besitze ein prächtiges Haus.«

Der Gesandte winkte verächtlich ab, aber der Arzt ließ sich nicht unterbrechen. Es machte ihm sichtlich Spaß, Itti-Marduk-balatu auf die falsche Fährte zu locken, denn er hatte den Älteren noch nie gemocht.

»Und es gibt jemanden, der mich ganz bestimmt nicht gehen lassen wird, der mich geradezu angekettet hat. Ich bin verheiratet – mit einer Base des Königs.«

Itti-Marduk-balatu war wütend, dass seine Rettungsaktion so gar nicht erwünscht war. »König nennst du ihn, nicht Großkönig? Wie ein hethitischer Untertan! Du bist ein Babylonier. Für dich ist der hethitische Herrscher ein fremder Großkönig, zu dem du Distanz zu halten hast, auch mit deinen Worten!«

Raba-sa-Marduk musste sich sichtlich bemühen, nicht loszuprusten. Und auch Hattusili fiel es schwer, sein Vergnügen zu verbergen.

»Zweiter Gang, der Gemüsegang: Gemischter Gemüseeintopf mit Graupen. Erbsen nach nerikkäischer Art. Breite Bohnen nach Art der Stadt Nesa. Kichererbsen mit Koriander und Knoblauch, in Öl gebacken. Ackerbohnen in Butterschmalz mit gedünstetem Lauch. Königliche Weinsuppe aus Weizen, Gerste und Kichererbsen mit Safran und Leinsamen.«

Walwaziti freute sich. Diese Weinsuppe mochte er noch lieber als die, von der er am Tag zuvor so gut wie nichts bekommen hatte. Er versuchte sich zu beruhigen. Das Festessen verlief wie geplant, und Hattusili hatte sich in seiner Rede nach dem Milchgang auch keinerlei Besorgnis anmerken lassen. Und Puduhepa wahrte ebenso gekonnt die Fassung – wirklich eine bewundernswerte Königin. Walwaziti beschloss, er dürfe sich erst einmal das Essen schmecken lassen.

»Ich nehme die Gemüsebrühe«, sagte er zu Alalimi, der als Getränk zu diesem Gang heiße Fleisch- und Gemüsebrühen anbot. Er langte nach der Weinsuppe.

In diesem Moment tauchte ein Speerträger in der Tür zum

Bankettsaal auf und raunte dem Goldlanzenträger dort etwas zu. Der Goldlanzenträger ging nach hinten zu einem Leibgardisten, und der kam zu Abamuwa und flüsterte ihm seine Botschaft ins Ohr. Walwaziti zuckte zusammen.

Der Kommandant der Leibgarde erhob sich, verneigte sich vor dem Königspaar und erklärte: »Ich werde oben in der Stadt gebraucht.«

»Kunni?«, fragte der Oberste Schreiber leise Abamuwa und stand alarmiert auf.

»Bleib nur, ich kümmere mich erst einmal allein darum. Wenn es nötig wird, lasse ich dich holen.«

Von Gassulawijas Löffel fiel eine Erbse und kullerte quer über den Tisch. Kurunta begann zu lachen und beugte sich zu seiner Tischnachbarin: »Weißt du noch, wie wir abends die Erbsen im Flur ausgestreut haben, um unsere Kinderfrau zu ärgern?«

»Oh ja, und die ist dann auch der Länge nach hingeschlagen und konnte die nächsten Tage kaum sitzen. Puduhepa war ganz schön böse darüber.« Gassulawija kicherte. »Und wir ›mussten‹ solange allein essen – und wurden nicht ständig ermahnt.«

Die beiden hatten Plätze rechts oben am Tisch der wichtigen Vasallen. Neben Gassulawija saßen Masturi und danach ein ranghoher Holztafel-Schreiber. Diese beiden kannten sich von früheren Gelegenheiten und schätzten sich aus rein persönlichen Gründen nicht sonderlich. Deshalb waren sie längst nicht so fröhlich, sondern hatten nur ein paar Höflichkeiten ausgetauscht und sich dann mehr oder weniger stumm über ihr Essen gebeugt und so getan, als würden sie der Tafelmusik lauschen. Weitere Hofbedienstete, die Hattusilis Vertrauen genossen, saßen jeweils zwischen den Vasallen, um irgendwelchen Kungeleien vorzubeugen.

Richtig finster blickte Kubanta drein. Dass Kurunta von

Tarhuntassa näher beim König saß, war ja noch hinzunehmen. Doch dass die Könige von Ugaritta und sogar von Wilusa, das erst seit zwei Jahrzehnten zum Hethiter-Reich gehörte, an diesen wichtigen Tisch gebeten worden waren, behagte ihm schon weniger. Wenn er damals Wilusa nicht höchstpersönlich zusammen mit dem hethitischen Heer so rasch gegen die Feinde aus Masa zu Hilfe gekommen wäre, würde das Land heute noch verwüstet sein und könnte kaum seinen Tribut aufbringen. So aber ging es Wilusa prächtig und sein Herrscher saß am selben Tisch wie sein Retter aus Mira. Wenigstens befand er sich deutlich weiter unten an der Tafel.

Kubantas ausgesprochenes Missvergnügen löste aber die Tatsache aus, dass auch Masturi von Seha hierher gebeten worden war – und bloß einen einzigen Platz weiter weg von Hattusili als er selbst saß. Dabei war Masturis Vater ein ausgesprochener Feigling gewesen und hatte seinerzeit bei dem Feldzug für Wilusa mit einer ganz fadenscheinigen Ausrede gekniffen. Der König von Mira spürte die feine Spitze genau, die ihm damit verpasst werden sollte.

Neben ihm saß Halpaziti. Dies entsprach zwar nicht dem hohen Rang des Istar-Priesters, aber er hatte diesen Platz auf Wunsch von Puduhepa eingenommen: Sie hatte ihn gebeten, mit seiner Anwesenheit dafür zu sorgen, dass der König von Mira mit seinen Stänkereien kein böses Blut unter den Vasallen stiften konnte.

Inzwischen war die Sonne untergegangen, und es wurde dunkler im Saal. Diener kamen, entzündeten die Fackeln an den Wänden und stellten überall Öllämpchen auf die Tische. Mutarkis Pagen und die Köche brachten die Fleischgerichte.

»Dritter Gang, der Fleischgang: Kalte Pastete vom Steinhuhn mit Nüssen im Brotmantel. Gesalzene und gekochte kalte Schweinekeule. Karpfen mit Kräutern in Salzkruste gebacken. Stockentenbrüste mit Aprikosen und Wein geschmort; Gänse mit Äpfeln nach Bäckerart. Hasen mit Wacholder im Lehmmantel gebacken. Gefüllter gerösteter Hammel nach Art der Königin. Fleisch vom jungen Bullen am Spieß.«

Dazu wurden leichter Wein und Brot gereicht. Und hierfür hatten die Palastbäcker ihre ganze Kunst aufgeboten. Es gab nicht nur mehrere Brotsorten – dunkle, helle, dicke, dünne und mit verschiedenen Zutaten –, sondern vor allem die unterschiedlichsten Formen und Verzierungen: Zöpfe, Ringe, Schnecken, Trauben, Äpfel, Laibe mit Sonnen, mit Mond und Sternen, mit Rädern, mit Darstellungen darauf bis hin zu Menschen, Rindern, Schafen, Schweinen und Vögeln.

Masturi ließ sich als erstes vom Hammel geben und war begeistert. »Das ist köstlich. Solch einen Hammel habe ich noch nie gegessen«, brach er sein Schweigen. »Nach Art der Königin ist der?«, fragte er Gassulawija.

»Ja, das ist eine Spezialität von Puduhepa. Sie hat das Rezept aus Kizzuwatna mitgebracht.

»Würdest du es mir verraten?«

Gassulawija nickte. »Es ist eigentlich ganz einfach. Man nimmt von einem frisch geschlachteten Hammel den Rücken und beint ihn so aus, dass er im Ganzen bleibt. Alles Fleisch der Keulen wird recht klein geschnitten, gesalzen und mit Saft und Kernen von vier reifen Granatäpfeln und zwei Handvoll gestoßenem harten Brot vermischt. Damit füllt man den ausgebeinten Rücken, näht ihn zu und brät ihn dann am Spieß an einem Holzfeuer. In das wirft man ab und zu eine Handvoll Koriandersamen. Das war's. Allerdings dauert es eine ganze Weile, bis der Rücken gar ist. Doch ich denke, das weiß dein Koch.«

Masturi nickte. »Das Rezept dürfte ihm gefallen. Aber wahrscheinlich zetert er, weil es bei uns keine Granatäpfel gibt.«

»Ich weiß. Am südlichen Meer haben wir es besser. Aber Granatäpfel lassen sich auch ganz einfach lagern und auf Reisen mitnehmen. Die für das Essen habe ich jetzt aus Amurra mitgebracht, um Puduhepa eine Freude zu machen.«

»Vierter Gang, der süße Gang …«

Walwaziti hörte die Ankündigung gerade noch, als er in den mittleren Burghof trat, um dem Leibgardisten zu folgen, den Abamuwa geschickt hatte. Der Freund hatte offenbar Rücksicht genommen, denn den Fleischgang hatte er noch in Ruhe beenden können. Jetzt musste er zwar zum zweiten Mal an diesem Tag auf die süßen Speisen verzichten, aber das machte ihm nicht so viel aus. Doch es wäre wirklich ein Jammer gewesen, wenn er den Karpfen in Salzkruste nicht hätte probieren können. Davon musste er unbedingt Nani erzählen.

Der Gardist führte ihn hinauf zu den Mittagsteichen. Im Schein mehrerer Fackeln erkannte er Abamuwa, der über einen Körper am Boden gebeugt war.

»Kunni ist tot«, erklärte der Kommandant der Leibgarde und richtete sich auf.

»Wie das?« Walwaziti war entsetzt.

»Er lag im Teich. Anscheinend ist er hineingefallen, kam aus eigener Kraft nicht an der steilen Wand hoch und ist ertrunken. Sieht aus wie ein Unfall, aber ich habe da meine Zweifel.«

Walwaziti nickte zustimmend. »Als sich während des Festspiels niemand den Assyrern zu nähern versuchte, war ich beruhigt. Aber jetzt? Zuwappi ist verschwunden, Magallu ist tot, Kunni ist ertrunken: Kein einziger Betreuer der Fremdländer ist mehr an seinem Platz. Das *kann* einfach kein Zufall sein.«

Er hockte sich hin und winkte einen Fackelträger herbei, um sich die Leiche genauer anzusehen. Er tastete den Kopf ab und spürte eine Schwellung über Kunnis linkem Ohr.

»Hier ist eine Beule. Aber keine Wunde. Davon wurde er höchstens benommen, mehr nicht.«

»Vielleicht hat er sich den Kopf angeschlagen, als er hineingefallen ist.«

»Das ist denkbar. Aber wieso ist er überhaupt hineingefallen?« Walwaziti besah sich den Hals und die Arme. »Hier ist nichts zu erkennen. *Wie* wurde er gefunden?«

»Kopfüber im Teich. Nur sein linker Fuß hatte sich da über dem Wasser in der Steinfuge verkeilt.« Abamuwa zeigte auf eine Stelle oben am Felsrand. »Sonst hätten ihn meine Leute in dieser Nacht überhaupt nicht mehr gefunden.«

Walwaziti überlegte kurz und befahl dann einem Gardisten: »Zieh seine Schuhe aus.«

Der Gardist gehorchte und zerrte die leichten, knapp wadenhohen nassen Stiefel von Kunnis Füßen.

Walwaziti stutzte. »Hier ist etwas. Sieh dir seine Fesseln an: blutunterlaufene Striemen. Da hat ihn jemand mit viel Kraft gepackt – sein Mörder.«

»Kein Unfall also«, bestätigte Abamuwa. »Bringt ihn in den Turm auf dem Mittagsfelsen«, befahl er seinen Leuten. »Wir können ihn nicht durch die ganze Stadt hinunter zum Turm am Großen Felsen schleppen, das würde zu viele Gaffer herbeilocken.«

Zwei Gardisten hoben Kunni auf und setzten sich mit ihrer Last in Bewegung. Die beiden Freunde folgten ihnen langsam.

»Aber warum?«, grübelte Walwaziti laut. »Kunni war doch bei allen beliebt. Er fing nicht, wie Magallu, mit jedem gleich Streit an. Im Gegenteil.«

»Ich denke, es hat eher damit zu tun, dass er Puduhepas Späher war. Vielleicht hat er etwas herausgefunden, das sie nicht erfahren sollte.«

»Das fürchte ich auch«, stimmte Walwaziti zu. »Nun, hier wissen wir genau, wann der Mörder zugeschlagen hat: während des Festspiels. Kunni hat erst kurz nach Beginn die Loge der Babylonier verlassen.«

»Ich weiß, das habe ich von meinem Posten hinter den Logen gesehen. Aber wenn es einen Zusammenhang mit Magallus Tod gibt, können wir ein paar Leute ausschließen, die du gestern auf deiner Liste hattest: nämlich die, die mitgespielt haben. Kella zum Beispiel.«

»Nein«, widersprach der Oberste Schreiber. »Ihn gerade nicht. Er war nicht die ganze Zeit draußen auf dem Wall, sondern diesmal sogar ziemlich lange weg. Und vom Tor bis zu den Teichen ist es nicht weit.«

»Stimmt. Außer dem Erzähler, also Halpaziti, und den Choristen sind ja nie alle Akteure ständig auf dem Wall.«

»Und selbst von den Choristen hätte sich jemand unbemerkt durch den Tunnel davonstehlen können. Bei viermal hundert Leuten fällt das nicht auf.«

Abamuwa blieb stehen. »Vielleicht waren die Turiraner im Chor, um das zu erleichtern, und wir haben in die falsche Richtung Ausschau gehalten. Das gefällt mir gar nicht.«

Die beiden gingen nachdenklich weiter und betraten den Hof vor dem Mittagsturm, der jetzt mit Fackeln beleuchtet war.

Walwaziti lehnte sich gegen die Mauer, die aus großen, ineinander verzahnten Blöcken gebaut war, und fragte hoffnungsvoll: »Dort oben hinter den Logen hattest du aber Nerikkaili im Blick. Scheidet er jetzt wenigstens aus?«

»Nein, nicht ganz, er war kurz weg zum Austreten, wie meine Leute berichten. Da könnte er sich mit einem Handlanger getroffen haben. Er selbst war es sicher nicht – ganz abgesehen davon, dass er sowieso nicht die Kraft hat, Kunni hochzureißen, um ihn kopfüber in den Teich zu befördern.«

»Eben. Außerdem wüsste ich nicht, warum er Kunni aus dem Weg schaffen sollte. Mit ihm hatte er keinen Streit.« Walwaziti nahm einmal mehr sein Ohrläppchen zu Hilfe. »Ich streiche ihn nicht, aber gehen wir die Liste erst einmal weiter durch. Was ist mit Kurunta?«

»Ob Kurunta die ganze Zeit zugeschaut hat, weiß ich nicht.«

Walwaziti sah ihn erstaunt an.

»Meine Leute durften ihm auf die Vasallentribüne ja nicht folgen, und dann waren sie so nachlässig, ihn nicht ständig im Blick zu behalten, obwohl sie das Festspiel doch wirklich kennen.« Abamuwa schüttelte grimmig den Kopf. »Dafür müssen sie noch geradestehen!«

»Wirklich ausschließen können wir von den bisherigen

Verdächtigen also nur die drei Männer aus Turira, die in Gewahrsam sind, und die Lallupijaner, denn die haben Hattusa gleich nach dem Fässerwettkampf verlassen.«

»Wenn es jemand von den Zuschauern war, hätte er nicht durch den Tunnel in die Stadt gelangen können, sondern das Löwen- oder das Sarruma-Tor nehmen müssen. Jetzt sind dort nur die Bewacher der Riegel. Sobald die Tore in der Morgendämmerung geöffnet werden, lasse ich nachfragen, ob den Wächtern während des Festspiels etwas aufgefallen ist.«

»Und ich muss morgen wieder versuchen herauszufinden, wer sonst noch etwas gesehen hat. Es bleibt ja auch immer noch der Bote, der Magallu aus dem Haus gelockt hat.« Walwaziti seufzte. »Ich hoffe, die Befragungen werden nicht so mühsam wie heute.«

Ein älterer Leibgardist kam in den Hof. Er wirkte bedrückt. »Kann ich dich bitte einen Moment sprechen, Herr?«

Abamuwa nickte und ging mit dem Mann hinüber in den Durchgang zur Zisterne. Er hörte ihm einen Augenblick lang zu, dann brüllte er plötzlich los: »Hat das Torfest denn allen das Pflichtgefühl genommen? Lassen sich übertölpeln wie kleine Kinder!«

Walwaziti fuhr zusammen. So laut wurde sein Freund selten.

»Die Wachen in den Burghöfen werden sofort verdoppelt. Und vor den königlichen Gemächern haben viermal so viele wie sonst zu stehen.« Abamuwas Stimme überschlug sich nahezu. »Und ihr bewacht auch alle Stadttore!«

»Die Tore sind doch jetzt verschlossen. Und wir sind doch gar nicht dafür zuständig«, wandte der Leibgardist vorsichtig ein.

»Das ist mir egal. Weckt alle auf. Alle haben in dieser Nacht Dienst. Und wenn auch nur *einer* von euch auch nur für *einen* Moment wagt, auch nur *ein* Auge zu schließen, ist er morgen kein Leibgardist mehr!« Er drehte sich abrupt um und stapfte zurück zu Walwaziti.

»Was ist passiert?«

»Sipaziti hat das Gut verlassen.«

»Oh!«

»Nachdem er erklärt hat, dass er im Bett bleibt, haben die Wachen zu feiern begonnen und nicht mehr richtig aufgepasst. Das genügte, damit er davonschleichen konnte.«

»Das ist doch nicht die Schuld von deinen Leuten.«

»Doch. Sie waren draußen und haben gesehen, dass die Wachen getrunken haben. Aber sie haben nichts unternommen. Sie sind Leibgardisten, sie haben mehr Verantwortung.«

»Schon. Aber wir dürfen auch nicht zu viel Aufsehen erregen. Wenn plötzlich Leibgardisten an den Stadttoren stehen, merkt auch der Dümmste, dass etwas nicht stimmt.«

Abamuwa lächelte gequält. »Du hast Recht. Außerdem wäre es wirklich unsinnig, verschlossene Tore zu bewachen.« Er drehte sich zu dem Gardisten um. »Komm noch mal her!«

Der Mann kam vorsichtig heran.

»Lasst das mit den Toren sein. Statt dessen gehen zwanzigmal zwei von euch die ganze Nacht durch die Stadt und halten Ausschau nach Sipaziti ober sonstigen Verdächtigen. Die ganze Nacht, hast du gehört? Und wehe, ihr erregt dabei Aufsehen! Bei Sonnenaufgang erstattest du mir Bericht.«

Der Gardist nickte erleichtert und verschwand wieder in der Dunkelheit.

»Du glaubst also, dass Sipaziti in Hattusa ist?«

»Wo soll er denn sonst sein? Die Wachen haben draußen beim Landgut alles abgesucht und Sipaziti nicht gefunden. Eben haben sie meinen Leuten gestanden, was passiert ist. Seit heute Morgen weiß niemand, was Sipaziti gemacht hat – aber diese Bierbäuche von Wachen haben erst bei Sonnenuntergang gemerkt, dass er weg ist! Hätten meine Leute sich gleich darum gekümmert, hätten wir wenigstens schon beim Festspiel Bescheid gewusst! Und Kunni könnte noch leben! Aber statt dessen verlieren sie auch noch Kurunta aus den Augen!«

»Nun hör doch mal auf, so rumzuwüten. Du hast veranlasst, was jetzt möglich ist. Und mach dir keine Vorwürfe. Ich glaube nicht, dass wir Kunni hätten retten können. Deine Aufgabe ist der Schutz des Königs. Und die hast du erfüllt: Ihm ist nichts passiert. Hattusili lebt. Und dazu haben wir aufgepasst, dass sich niemand den Delegationen der Fremdländer nähert. Dass Kunni in Gefahr war, damit hat niemand rechnen können.«

Abamuwa nickte nachdenklich. »Wahrscheinlich hast du mal wieder Recht. Ich muss langsam wieder anfangen klar zu denken.«

»Eben. Wenn Sipaziti Kunni ermordet hat, dann hat Magallus Tod nichts damit zu tun. Denn am Tag vor dem Fest hat Sipaziti das Landgut nicht verlassen. Magallu kann er also nicht getötet haben. Oder aber …«

»… er hat einen Helfer«, ergänzte Abamuwa. »Dann geht es um eine Verschwörung: Sipaziti als bereitwilliger Handlanger von Kurunta.«

»Oder umgekehrt. Und noch schlimmer ist: Wenn es sich um ein Komplott der beiden handelt, wissen wir nicht, wer sonst noch alles daran beteiligt ist. Bist du sicher, dass Urhitesub noch in Nuhassa ist?«

Abamuwa zuckte hilflos die Achseln und wurde bleich. »Wir müssen davon ausgehen, dass das Leben des Königs in höchster Gefahr ist.«

Siebter Tag des zweiten Frühlingsmonats im ersten Jahr des Großkönigs Hattusili

(Anfang Mai 1265 v. u. Z.)

Der dritte Tag des Torfests

Die zweite Leiche hatten sie immer noch nicht entdeckt.

Walwaziti war selig. Hattusili war tot. Puduhepa war frei – und sie lag in seinen Armen. Gerade hatte sie nach einem langen, innigen Kuss eingewilligt, mit ihm nach Ugaritta zu gehen, zu seinem Bruder Naninzi, und dort ein neues Leben mit ihm anzufangen.

Wie sehr sie schon immer das strenge Protokoll am Hof in Hattusa gehasst habe, hatte Puduhepa gesagt. Und dass *er* sie jetzt davon erlösen könne, er allein. An den verwaisten Eisenthron dürfe er jetzt nicht denken. Wer Großkönig werde, das sei ihr egal. Was in diesem Augenblick zählte, sei einzig ihr persönliches Glück.

Dumpfe Trommelschläge ertönten.

»Sieh die Frau an, die dich liebt!« Er konnte ihr verhaltenes Flüstern kaum vernehmen.

Der Oberste Schreiber öffnete die Augen ein wenig und blinzelte in die blendende Morgensonne. Ein seltsames Glücksgefühl durchströmte ihn, als er das weiche, lange Gewand der Königin streichelte und vorsichtig seine Hand darunter schob. Mit einem wohligen Schauer schloss er die Augen wieder.

Puduhepa erwiderte seinen sanften Druck mit einer katzengleichen Bewegung zu ihm hin.

»Walwaziti«, hörte er sie hauchen, »der Mann, der wie ein Löwe ist. Du allein trägst diesen Namen zu Recht, mein Löwenmann …«

Sie streckte die Hand nach ihm aus.

Plötzlich nahmen ihre Finger einen hellgelben Ton an, sandfarben wie die Tatze einer Löwin. Die Krallen fuhren aus, und eine Bestie fauchte.

Entsetzt riss Walwaziti die Augen auf und starrte auf die weiche, wollene Decke, die er umklammert hielt.

Schlagartig wich das Wohlgefühl dem größten Schreck seines Lebens. Wie ein Hieb traf ihn die Erkenntnis: Er wünschte sich den Tod seines Königs! Er begehrte die Königin!

Fassungslos fuhr er hoch. Sein Herz, eben noch von den Wonnen der Liebe beschwingt, raste wie der Flügelschlag der Hummel. Was für ein Traum! Was mochte er bedeuten? Wer hatte ihn geschickt? War es ein Omen, ein fürchterliches gar? Oder wollten ihn die Götter warnen, ihm nur die Schändlichkeit seines Verlangens vor Augen führen?

Denn eines hatte das Glücksgefühl des Traums ihm klargemacht: Er hatte sich tatsächlich in Puduhepa verliebt! Und zwar mit allen Fasern seines Körpers. Ihm fiel wieder ein, wie er sie tags zuvor, als sie das zarte helle Kleid trug, mit den Augen geradezu gestreichelt hatte. Wie er in jedem Blick gebadet hatte, den sie ihm zuwarf.

Das konnte nur Unglück bringen: Ein Schreiber, der seine Königin begehrte! Der würde zur lächerlichen Figur, die keiner ernst nahm, denn so etwas würde dem scharfen Blick der Hofleute kaum lange verborgen bleiben. Nun würde ihm tatsächlich nichts anderes übrig bleiben, als nach Ugaritta zu seinem Bruder zu gehen – ohne Puduhepa. Er durfte nicht hierbleiben und in seinem törichten Liebeswahn vielleicht Unheil auf den König ziehen. Nein, wenn er Puduhepa liebte, würde er weggehen müssen.

Kalter Schweiß brach ihm aus. Andererseits konnte er Hattusa nicht verlassen. Er hatte hier seine Pflicht zu erfüllen. Wenigstens bis die beiden Morde aufgeklärt waren und das Leben seines Königs wieder sicher war. Und ganz bestimmt, bis dieser dritte und letzte Tag des Torfests vorüber war und die Delegationen der Fremdländer abgereist waren. Auch seine Nachfolge musste erst geregelt sein. Wie sollte er Hattusili seinen Wunsch erklären? Und wie sollte er diese Tage, vielleicht Wochen, überstehen?

Mit einem heftigen Ruck schleuderte er die Decke, die er immer noch in seinen Armen hielt, zur Seite und stand so rasch auf, als hätte er einen Skorpion in seinem Bett gesehen. Er rannte fast zu dem kleinen Hausaltar, kniete nieder, warf hastig Harzstückchen in die Bronzeschale dort und entzündete den Weihrauch vor der Figur der sitzenden Kamrusepa, seiner persönlichen Schutzgöttin.

»Kamrusepa, dein Name ist groß. Ich, Walwaziti, bin dein Diener. Herrin, Mutter des Hauses und Große Heilerin, nimm deine neun Kämme und kämme diesen Dämon von mir. Entsühne mich. Gib mir Kraft und hilf mir, Vergebung zu erlangen. Sende mir ein Zeichen, welchen Weg ich beschreiten soll. Hilf mir, dass ich meinen König schützen kann und kein Übel über ihn bringe. Sieh herab vom Himmel und kämme diesen Dämon der Begierde von mir. Bitte für mich bei Istar, dass sie mir einen Traum schickt, in dem ich sage: ›Es lebe mein König.‹ Dann werde ich Istar eine Brust aus Gold und dir, meiner Herrin, eine Hand aus Eisen schenken.«

»Der Tiermaskentanz muss ausfallen, Meine Sonne!« Der Kommandant der Leibgarde war viel zu besorgt, um zu merken, dass er dabei war, seinem König einen Befehl zu erteilen.

»Nein«, widersprach Hattusili.

»Aber unter den Masken kann sich jeder verbergen, Meine Sonne«, kam Walwaziti rasch Abamuwa zu Hilfe. Er war froh, aussprechen zu können, dass er den Tod des Königs nicht wollte. »Solange wir nicht wissen, was Sipaziti im Schilde führt und wo er sich befindet, ist das wirklich viel zu gefährlich.«

»Nein«, wiederholte Hattusili.

»Und was ist, wenn Urhitesub in der Stadt ist und dir nach dem Leben trachtet?«, versuchte es Puduhepa.

Hattusili schüttelte energisch den Kopf. »Das mag alles sein. Aber auch du kannst mich nicht umstimmen.« Er stand auf, nahm lächelnd Puduhepas Hand und küsste die Innenseite. Walwaziti sah verlegen zur Seite. »Ich will nicht, dass am Ablauf des Fests etwas geändert wird. Ich bin kein Feigling, der wegen einer bloßen Möglichkeit davonläuft.«

Der König ließ Puduhepas Hand los und drehte sich zu Abamuwa um. »Außerdem hat kein Späher gemeldet, dass Urhitesub Nuhassa verlassen hat. Es bleibt alles so, wie ich gestern Abend entschieden habe. Der Arzt Raba-sa-Marduk betreut die Babylonier, Nerikkaili darf dann während der Großen Prozession dazukommen. Und für mich will ich keine zusätzlichen Leibwachen, das würde doch nur wieder Aufsehen erregen. Und davon hatten wir genug.« Auf Abamuwas bekümmerten Blick hin fügte er noch hinzu: »Meinetwegen sag Bentesina Bescheid, aber sonst niemandem.«

Hattusili warf den Kopf zurück und verließ das Audienzzimmer mit weit ausgreifenden Schritten.

Puduhepa seufzte. »Späher kann man auch täuschen. Ich mache mir jetzt wirklich Sorgen – und zwar große. Ich habe Kunni keinen besonderen Auftrag erteilt. Wenn er etwas entdeckt hat, kann es eigentlich nur mit den Babyloniern zu tun haben.«

Walwaziti musste sich anstrengen, jeden Gedanken an seinen Traum beiseite zu schieben. Er durfte sich keine Unachtsamkeit leisten. Nach diesem nächtlichen Fehltritt würde er es sich nie verzeihen, wenn sein König an diesem Tag den Tod fände.

»Wenn Hattusili damals das Angebot von Urhitesubs abgefallenen Bundesgenossen angenommen hätte, ihm dessen Kopf zu bringen, dann hätten wir jetzt eine Sorge weniger«, sinnierte Abamuwa.

Die Königin sah ihn strafend an. »Wie kannst du nur so etwas denken? Du weißt ganz genau, dass das Unrecht gewesen wäre. Hattusili unterstützt keinen Verrat – und erst recht keinen Mord!«

Abamuwa senkte beschämt den Blick.

»Das Gespräch des Königs mit Itti-Marduk-balatu zu verhindern, das Kunni vorbereitet hat – allein darum kann es nicht gehen«, nahm Walwaziti die Überlegungen wieder auf, um dem Freund über die peinliche Situation hinwegzuhelfen – und um selbst seinen gewohnten Pragmatismus zurückzugewinnen. »Auch die Gespräche mit dem Ägypter und dem Assyrer fanden ja ohne die ursprünglichen Betreuer statt. Und das hat jeder merken können.«

»Nein, es muss etwas anderes sein«, bestätigte Puduhepa. Sie stutzte. »Ich denke, ich hab's. Urhitesub will die Babylonier in eine Verschwörung gegen Hattusili hineinziehen. Bei Itti-Marduk-balatu trifft er sicher auf ein offenes Ohr dafür. Und den Rest dürfte dann seine Schwester besorgen – die, die mit Kadasman-Turgu verheiratet ist.«

»Wir müssen also nur Raba-sa-Marduk Bescheid geben, dass er niemanden an die Babylonier heranlässt, Majestät?«, fragte Walwaziti hoffnungsvoll. »Dann ist Hattusilis Leben nicht beim Maskentanz bedroht?«

»Da können wir ganz und gar nicht sicher sein«, erklärte Puduhepa ernst. »Selbst wenn ich Recht habe: Bei Urhitesub weiß man nie, was er tatsächlich tut. Wenn er Hattusili zum ersten Mal wieder sieht und eine Gelegenheit wittert, kann er auch versuchen, ihn auf der Stelle zu ermorden.«

»Aber wie soll ich das verhindern, wenn ich den König nicht zusätzlich schützen darf?« Abamuwa war verzweifelt.

»Hattusili will kein Aufsehen und möglichst wenige Mitwisser. Doch wenn du die Wachen so anweist und verstärkst, dass er es nicht gleich merkt, werde ich ihn gewiss nicht darauf stoßen. Du hast doch sicher ein paar ältere Leute, die geschickt genug sind und nicht weiter fragen, wenn du ihnen nicht alles begründest. Und so übergehst du den Befehl des Königs nicht.«

Abamuwa nickte dankbar. »Auch in der Nähe der Babylonier werde ich eine Wache postieren. Einer meiner besten Leute sollte eigentlich beim Wettkampf der Speerwerfer den

Sieg für die Leibgarde holen. Nun, er wird sich an der Wurfhand verletzen und leider nicht teilnehmen können. Und es kann ihm niemand verbieten, zufällig in der Nähe der Babylonier zu stehen. Er hat ja keinen Dienst, und er trägt ja keine Uniform.«

Die Prozession der Würdenträger und Gäste näherte sich einer Istar-Stele am Hang gegenüber vom Großen Tempel. Dort erwarteten sie die Tänzer in den Löwenmasken. Als der Zug mit dem Königspaar an der Spitze anhielt, hoben die zweimal zwölf Männer ihre Lanzen und begannen, begleitet von Trommeln, Leiern und Rasseln, einen Tanz, dessen Tempo sich im Verlauf der Darbietung ständig steigerte. Immer größer und höher wurden ihre Sprünge, in immer schnellerem Rhythmus schlugen sie die Lanzen aneinander. Die weit aufgerissenen Mäuler ihrer Masken wirkten bedrohlich.

Walwaziti versuchte, die Tänzer in der Nähe des Königs so gut es ging im Auge zu behalten. Doch das war nahezu unmöglich. Er war einfach zu weit weg. Direkt hinter dem Königspaar standen die Priester, ihnen folgten die Delegationen aus den Fremdländern, und erst dann kamen die hohen Würdenträger des Hofs, zu denen Walwaziti gehörte. Wenigstens waren die Vasallen und die Abordnungen aus den Provinzstädten noch hinter ihm. Von ihnen konnte sich keiner dem König nähern, ohne dass Walwaziti das gesehen hätte.

Abamuwa befand sich zwar in unmittelbarer Nähe des Königspaars, aber er wurde nur von den drei Leibgardisten begleitet, die bei der Prozession zum Stelenhain in der Schlucht üblich waren. Eine lächerliche Zahl, falls einer der Tänzer den König unvermittelt angreifen würde.

Der Oberste Schreiber merkte, dass er wütend auf Hattusili war. Die Sturheit des Königs hatte ihn unfreiwillig zu einem Ersatzleibwächter gemacht, aber er hatte noch nicht einmal eine Waffe. Wie sollte er da eingreifen können? Am liebsten hätte er zuvor beim Wettkampf der Speerwerfer einem der Teilnehmer seine Waffe entrissen – aber das wäre nun ganz bestimmt nicht ohne Aufsehen abgegangen.

Den Siegespreis des Wettbewerbs hatte Itti-Marduk-balatu einem Goldlanzenträger überreicht, der selbst am meisten überrascht über seinen Erfolg war: Abamuwa hatte Wort gehalten und seinen besten Mann vom Speerwurf abgezogen, damit dieser unauffällig in der Nähe der Babylonier sein konnte. Walwaziti hatte beruhigt festgestellt, dass der Gardist, der nun einen weiten, braunen Umhang über seinem Festgewand trug, ständig zwischen den Zuschauern mit Itti-Marduk-balatu Schritt hielt. Hinten im Umhang konnte man, wenn man genau hinsah, eine leichte Ausbuchtung erkennen: Dieser Mann war offenbar nicht ohne Waffe gekommen.

Ein rasche Folge von Trommelschlägen kündigte die letzte Phase des Tanzes an. Der größte der Tänzer legte seine Lanze ab, ging in die Hocke und führte den Knietanz auf. Abwechselnd ließ er aus dieser Position die Unterschenkel nach vorn schnellen und drehte sich dabei im Kreis. Fast schwerelos schien er zwischen jedem seiner Schrittwechsel in der Luft zu schweben. Nur der Löwenschwanz berührte den Boden. Die Zuschauer waren begeistert.

Der Tänzer kam mit einem weiten Sprung wieder hoch, und die anderen Löwenmaskenträger schlossen sich erneut zu einem Kreis um ihn herum zusammen. Hattusili hob seinen Krummstab und wollte das Zeichen zur Fortsetzung der Prozession geben. In diesem Moment stolperte einer der Löwenmaskenträger und konnte sich nur mit zwei Schritten in Richtung auf den König im Gleichgewicht halten.

Mit einem wilden Schrei stürzte Abamuwa dem Tänzer entgegen und hielt ihm seinen Speer vor die Brust. Der eher schmächtige Mann zuckte zurück und ließ ängstlich seine Lanze fallen.

»Ich bin doch nur gestolpert, Abamuwa!«, rief er erschrocken und riss sich die Maske herunter.

Es war Adduwa.

Walwaziti atmete deutlich hörbar aus. Hier hatte keine Gefahr gedroht. Natürlich war Adduwa aus bloßer Ungeschicklichkeit gestolpert. Aber wenn jedes Versehen solche Auswirkungen hatte, konnte die Anspannung der Leibgarde nicht länger verborgen bleiben. Und es konnte noch viel passieren. Die Tänze der Wolfs- und Bärenmaskenträger standen noch aus.

Der Oberste Schreiber murmelte ein Stoßgebet.

»Nur er ist der König. Wir essen sein, des Königs, Brot und trinken sein Wasser. Reinen Wein aus goldenem Becher pflegen wir zu trinken. Der König von Hattusa soll unsere Festung sein!«

Walwaziti stand zwischen Abamuwa und Mutarki in der Reihe der Vorrangigen im Zelt unten in der Schlucht. Sie verneigten sich vor dem Königspaar und formten ihre Hände zu Schalen.

Hattusili bekränzte jeden von ihnen mit einer Girlande aus Eichenlaub und Blumen und goss ihnen nacheinander Wein aus einem roten Tonkrug in die Hände, während sie an ihm vorbeidefilierten. Dabei sagte er: »Ihr seid meine vorrangigen Untergebenen! So bewahrt meine, des Königs, Worte! Da werdet ihr Brot essen und Wasser trinken. Und auch Hattusa wird emporragen, und euer Land wird zufrieden sein. Sobald ihr indes das Wort des Königs nicht bewahren werdet, werdet ihr künftig nicht fortbestehen, sondern untergehen.«

Dies war die alljährliche feierliche Bekräftigung des Eids, den sie vor allen Eidgöttern auf den König geschworen hatten.

Walwaziti hatte ein gutes Gefühl. Die Inbrunst, mit der die Formel erklungen war, zeigte, wie sehr der innere Kreis des Hofs hinter Hattusili stand. Offenbar hatten das alles in allem doch glanzvolle Fest und die zustimmende Haltung der Fremdländer ihre Wirkung nicht verfehlt. Auch sonst war der Oberste Schreiber fürs Erste wieder ruhiger. Hattusili lebte, und es hatte – abgesehen von Adduwas Patzer – nicht den geringsten Zwischenfall gegeben. Walwaziti hatte seinen Blick unablässig kreisen lassen, doch nie hatte er eine ungewöhnliche Bewegung in Richtung auf den König entdecken können.

Die Tempelsänger stimmten ein Lied auf Hurritisch an, und die Schmiede betraten das Zelt, um ihre Festgaben und Trankopfer darzubringen. Angeführt vom Zunftmeister der Schmiede kamen je drei Gold-, Eisen-, Silber- und Kupferschmiede. Palla und die beiden anderen Goldschmiede trugen Silbergefäße in Form von Stierköpfen, die übrigen Schmiede legten je zwanzig kleine Kugeln aus Eisen, Silber und Kupfer vor dem Königspaar nieder. Dann opferten sie den Wein aus den Stierköpfen.

Nachdem die Schmiede das Zelt wieder verlassen hatten, erhob sich Hattusili, ergriff den mit Gold verzierten eisernen Krummstab, klappte die eine Seite des langen Schals, den er an diesem Tag trug, über den Arm und ging zusammen mit Puduhepa hinaus in den Huwasi, den Stelenhain des Wettergotts. Insgesamt zweiunddreißig Monolithen waren hier am Bach zwischen den schroffen Wänden von Stadt- und Großem Felsen als Götterstelen errichtet. Neben dem Felsentempel war dies das wichtigste Heiligtum unter freiem Himmel, das die Silberstadt besaß.

Halpaziti nickte Walwaziti kaum merklich zu, als er hinter Kella dem Königspaar zu den Steinstelen folgte. Wenn der Istar-Priester vor zwei Tagen nicht so schnell und ohne lange zu überlegen hier das Reinigungsritual durchgeführt hätte, wäre jetzt das Fest unterbrochen – und wirklich jeder wüsste, dass etwas nicht stimmte.

Noch hatte sich nicht bis in alle Winkel der Stadt verbreitet, dass nun auch der dritte der ursprünglich vorgesehenen Betreuer der Gäste aus den Fremdländern nicht mehr an seinem Platz war. Raba-sa-Marduk hatte keine Erklärung verlangt und sich wie selbstverständlich der babylonischen Delegation zugesellt. Dass Kunni tot war, wussten außer Walwaziti und Abamuwa nur das Königspaar, Bentesina und die Leibgardisten. Keiner von ihnen würde die Neuigkeit weitertragen. Aber trotzdem war es nur noch eine Frage der Zeit, bis klar wurde, dass Ungewöhnliches im Gange war.

Doch das war nicht Walwazitis Hauptsorge. Von den Tiermaskentänzern war keine Gefahr für den König ausgegangen. Wie schon bei den Löwenmasken hatte sich weder hinter den Wolfs- noch hinter den Bärenmasken Sipaziti oder sonst jemand versteckt, der dem König nach dem Leben trachtete. Aber das bedeutete nicht das Ende der Bedrohung, sondern lediglich eine Atempause. Jetzt im Stelenhain waren außer den Leibgardisten nur die Priester Kella und Halpaziti in der Nähe des Königs. Sobald die Eiche für Telipinu bei den Palastteichen aufgestellt wurde, konnte sich wieder ein Attentäter unter die Menge mischen. Da musste er sich erneut den Hals verrenken.

Allmählich erholte sich Adduwa wieder. Abamuwas Speerangriff war ihm mächtig in die Glieder gefahren. Immer noch bebend war er zum Tempel gegangen, um seine Löwenmaske abzugeben. Wie lächerlich, ein vor Schreck zitternder Löwe, hatte er sich gedacht. Das passte zu ihm.

Nachdem er lange gebadet und sich umgezogen hatte, lehnte er jetzt bemüht lässig an einer der Laubhütten, wo er sich einen großen Becher Süßmilch geholt hatte, und beobachtete, wie sich die Menschen auf dem Platz vor dem Palastteich versammelten, wo gleich die Eiche für Telipinu aufgestellt werden sollte.

Plötzlich erhielt er wieder einmal einen Knuff in die Seite. Warum will Nerikkaili mich denn nun verjagen?, schoss ihm durch den Sinn. Mit mühsam unterdrückter Wut drehte er sich um – und blickte verdutzt in ein Paar blaue Augen mit grünen Sprenkeln. Mala.

»Na, der Herr, schmeckt's?«, fragte sie schnippisch und blies sich eine Locke aus der Stirn.

»Mala!« Er wurde vor Aufregung eine Spur zu laut. Sein Herz sprang wie ein Falter im Wind. »Lauf nicht wieder weg.«

»Warum sollte ich?«, entgegnete sie halb zum Platz hin gewandt. »Ich will beim Festakt dort an der Telipinu-Eiche zusehen – wie du ja wohl auch.«

»Trotzdem freue ich mich riesig, dich zu sehen«, flüsterte er in ihr linkes Ohr und versuchte, sie sacht am Arm zu berühren.

»Nichts da«, erklärte sie ruppig und drehte sich weg. Doch ihre Grübchen vertieften sich und straften ihren strengen Ton Lügen.

»Immer noch böse? Du hast ja Recht, aber – *so* habe ich das vorgestern doch gar nicht gemeint. Ich will dir nichts vorschreiben. Ich war einfach nur glücklich mit dir, und ich habe mir ausgemalt, wie wir … wie du und ich … wie unsere Zukunft aussehen könnte …«

»Eine Zukunft, bei der ich nicht mitzureden habe?« Sie warf den Kopf in den Nacken.

»Entschuldige – *bitte*.« Er blickte Hilfe suchend auf seine Hände und sagte leise: »Nein. Ich liebe dich doch gerade, weil du deine eigenen Wünsche hast!«

»Das beweis mir erst! *Nach* dem Fest.«

Als er weiterhin zerknirscht dreinsah, legte sie die Fingerspitzen an ihre Lippen und drückte sie dann auf seinen Mund.

Vorsichtig hob er die Arme, um sie ganz sanft an sich zu ziehen.

»Mala!« Schneidend übertönte Uratarhuntas Stimme das fröhliche Geplapper der Menge. »Her zu mir, auf der Stelle! Lass sofort diesen Hundesohn von einem Schreiber los!« Mit wenigen Schritten war der Kämmerer bei dem Paar und riss seine Tochter beiseite, so dass sie fast stürzte. Wütend baute sich der breitschultrige und mindestens um einen halben Kopf größere Mann vor Adduwa auf. »Und du, du nichtsnutzige Ratte, was fällt dir ein, dich an meiner Tochter zu vergreifen?« Er packte den verdatterten Schreiber am Ausschnitt und stieß ihn wieder und wieder gegen einen Pfosten der Laubhütte. Mit einem hässlichen Geräusch riss Adduwas Gewand am Hals auf.

»Vater, nicht, tu ihm nichts!«, schrie Mala dazwischen.

»Sei still!«, brüllte Uratarhunta zurück. »Du bist auch nicht besser! Gibst dich ausgerechnet mit einem von denen ab!« Dabei ließ er Adduwa mit der Rechten los und erhob seine Hand gegen Mala. Im letzten Moment änderte er, als hätte er es sich blitzartig anders überlegt, die Schlagrichtung und verpasste Adduwa eine schallende Ohrfeige.

»Wenn du dich auch nur noch einmal in die Nähe meiner Tochter wagst«, sagte er nun bedrohlich leise und holte erneut zu einem Schlag aus, »dann werde ich dir …«

»Uratarhunta, bist du von Sinnen?« Erleichtert sah Mala Kella herbeieilen. Der wesentlich kleinere, aber genauso breite Priester packte den Kämmerer am Arm und zerrte ihn von Adduwa weg. »Was führst du dich auf wie ein Kaskäer, kennst du keinen Anstand mehr?«

»Dieser räudige Köter da wollte es wagen, meine Tochter zu küssen!«

»Hör auf, das ist jetzt nicht wichtig, das könnt ihr morgen klären! Ich brauche Adduwa auf der Stelle.« Kella wandte sich dem jungen Schreiber zu: »Du musst zum Reinigungsritual. Ich brauche dich nachher bei der Prozession als Träger der Istar-Statue. Die anderen sind ausgefallen. Beeil dich, es darf keine Verzögerungen geben.«

Adduwa wollte einwenden, dass dafür noch genug Zeit sei und er Mala jetzt nicht allein lassen könnte, doch Kellas Blick brachte ihn zum Schweigen.

»Du gehst jetzt *sofort*«, sagte der Priester mit Nachdruck.

»Ja, ist gut, ich laufe gleich los«, erklärte der Schreiber hastig und fügte leiser hinzu: »Und danke, dass du dazwischengegangen bist.«

Im Weggehen warf er Mala einen verzweifelten Blick zu, dessen Bedeutung Kella sofort begriff. Der Priester drehte sich wieder zu Uratarhunta um: »Und du, untersteh dich, jetzt statt Adduwa deine Tochter zu schlagen!«

Schützend legte er Mala die Hand auf die Schulter und zog sie mit sich fort. »Mädchen, Mädchen«, sagte er kopfschüttelnd zu Mala, die vor Schreck noch immer bleich wie ein Korbkäse war. »Warum muss es denn ausgerechnet Adduwa sein? Du weißt doch ganz genau, dass eure Familien verfeindet sind. Überleg dir das noch mal!«

So viel körperlicher Gewalt wie am dritten Tag des Torfests war Adduwa noch nie innerhalb so weniger Stunden ausgesetzt gewesen. Erst hatte er die Spitze von Abamuwas Speer auf seiner Brust gespürt, und dann hatte Uratarhunta ihm am Pfosten der Laubhütte sicher einige kräftige blaue Flecke beigebracht. Außerdem klaffte in seinem Festtagsgewand nun ein langer Riss. Dies war ganz und gar nicht sein Tag. Er hoffte, dass ihn heute keine weiteren Erfahrungen dieser Art mehr erwarteten.

Mit zwiespältigen Gefühlen ging er durch das Tor des Wettergotts in die Unterstadt. Er kam sich schon recht feige vor, weil er Mala allein bei ihrem Vater zurückgelassen hatte. Aber vielleicht war es am besten so. Wahrscheinlich hatte Kella Recht: Wenn Uratarhunta ihn nicht mehr sah, verflog sein Zorn schneller. Bevor Adduwa am Burgfelsen nach links abgebogen war, hatte er sich noch einmal umgesehen: Anscheinend war es Kella tatsächlich gelungen, Uratarhunta zu beschwichtigen.

Dass ausgerechnet ein Choleriker wie Kella einmal zu seinem Retter werden würde, hätte sich der junge Schreiber nie träumen lassen. Ganz unerwartet war Kellas Auftrag allerdings nicht gekommen. Beim Tanz in der Löwenmaske hatte Adduwa gesehen, dass nicht Kunni, sondern der Arzt Rabasa-Marduk neben dem babylonischen Gesandten stand. Hatte man Kunni zur Strafe wegen des verpatzten Auftritts beim

Schauspiel abgezogen? Oder war noch etwas anderes vorgefallen? Walwaziti war am Morgen ungewöhnlich wortkarg gewesen und hatte, als Adduwa versuchte, mit ihm über den zweiten Festtag zu sprechen, nur ausweichend geantwortet.

Jedenfalls hatte *er* nun das Problem, die siebzig Minen schwere Figur die endlosen Stufen zum Sphinxtor hinaufzutragen. Hier war die Gefahr zu straucheln besonders groß. Deshalb nahmen diesen Weg sonst nur die kleineren Statuen und die Insignien der Götter. Äußerlich gehörte die Istar-Statue zwar dazu, aber da sie aus purem Gold war, war sie die schwerste, die über die Stufen geschickt wurde. Und das würde bestimmt auch ein wunderschöner Anblick sein. Aber warum musste es ausgerechnet ihn treffen? Konnte Kella da nicht einen kräftigeren Träger nehmen?

»Bitte, Istar, Herrin, lass mich nicht stolpern«, murmelte er inbrünstig.

Nach dem Steinmetzfelsen verließ Adduwa die Hauptstraße, um die Abkürzung hinter der Schreiberschule nach Hause zu nehmen, vorbei an der Grotte mit der heiligen Quelle.

Nicht nur das Gewicht der Statue störte ihn, sondern auch, dass er nun bei der Großen Prozession oben auf dem Wall sein würde und nicht unten auf der Tribüne bei den Delegationen der Fremdländer. Walwaziti hatte versprochen, ihn dort nach dem Orakel mit Mairia zusammenzubringen. Das ging jetzt nicht mehr.

Adduwa zuckte resigniert die Achseln, doch dann begann er zu lächeln. Bei all den Schrecknissen hatte dieser Tag auch etwas Gutes gebracht. Malas Verhalten bei Uratarhuntas wütendem Angriff hatte ihm eindeutig gezeigt, dass er ihr doch nicht ganz gleichgültig war. Verträumt neigte er den Kopf zur Seite.

In diesem Moment packte ihn urplötzlich jemand von hinten. Ehe er sich wehren konnte, wurde er heruntergedrückt und in den Schwitzkasten genommen.

Verzweifelt versuchte er, zu treten und um sich zu schlagen, aber es war schon zu spät. Er wurde die Stufen hinunter zur Quellgrotte gezerrt, dann traf ihn ein heftiger Schlag am Kopf, und die Sinne schwanden ihm.

»Telipinu, der Sohn des Wettergotts und der Sonnengöttin von Arinna, ist tüchtig, er bricht die Schollen und pflügt. Das Wasser leitet er herbei, das Getreide lässt er wachsen.«

Der Telipinu-Priester verneigte sich noch einmal vor der großen Steineiche, die beim vorderen Palastteich aufgestellt worden war, und die Festgesellschaft strömte zu den Booten, die mit Blumen und Zweigen geschmückt am Ufer der beiden Teiche lagen. Da alle, die am Festakt in der Schlucht teilgenommen hatten, auch zur Bootsfahrt eingeladen waren, entstand ein kleines Gedränge unter den Bäumen am Ufer, besonders zum hinteren Teich hin, wo zwölf Boote warteten.

Walwaziti übte sich in dem Kunststück, in Hattusilis Nähe zu sein und sich gleichzeitig möglichst fern von Puduhepa zu halten. Sein Traum ging ihm nicht aus dem Sinn. Welcher Dämon hatte ihn da befallen? Der Gewitterdämon war harmlos und lächerlich leicht niederzuringen im Verhältnis zu diesem. Vielleicht konnte er ihn besiegen, indem er, wann immer es ging, vermied, das wunderschöne Antlitz seiner Königin anzuschauen. Allmählich dämmerte ihm, dass die Trauer über den Tod seiner Frau nicht der einzige Grund war, warum er immer noch allein war.

»Entschuldige bitte.« Abgelenkt, wie er war, hatte er den Goldschmied Palla angerempelt, der ein wenig außer Atem mehrere Schritte hinter den anderen Schmieden zu seinem Boot unterwegs war. Ärgerlich rief sich Walwaziti zur Ordnung. Wenn er schon Leute direkt vor seinen Füßen übersah, konnte er schlecht überwachen, dass sich niemand dem König näherte.

Hattusili und Puduhepa bestiegen mit den Prinzen und Prinzessinnen das vorderste und prächtigste Boot. Es war über zehn Ellen lang und knapp vier Ellen breit, und der Bug lief in einem Löwenkopf aus. Das Königspaar nahm unter einem Baldachin Platz, und Alalimi und ein Page folgten mit Erfrischungen und Obst. Am Bug und am Heck stand je ein Leibgardist, um den Kahn zu stochern.

Jetzt war das Königspaar wieder außer Reichweite. Beruhigt, dass auch bei der Zeremonie an der Eiche nichts passiert war, wandte sich Walwaziti seinem Boot zu, das hinter dem der Babylonier festgemacht war. Als er einsteigen wollte, sah er aus dem Augenwinkel den Pagen, der das Obst für Itti-Marduk-balatu und sein Gefolge brachte. Der Mann trug eine Kappe, deren seitliche Klappen sein Gesicht fast vollständig verbargen, und trat mit einem merkwürdig gravitätischen Gang unter einem Baum hervor – als wollte er einen körperlichen Fehler kaschieren.

Er hinkte! Sipaziti!

Walwaziti stürzte sich auf den Pagen, riss ihn vom babylonischen Boot weg und zerrte ihn blitzschnell unter die Bäume. Nur Abamuwa und ein Leibgardist hatten den Zwischenfall bemerkt und folgten ihnen.

»Sipaziti«, sagte Walwaziti und deutete auf seinen Gefangenen.

Abamuwa nickte zufrieden und bog Sipazitis Arme auf den Rücken. »Nun musst du als Page einspringen«, erklärte er dem Leibgardisten und zeigte auf den Obstkorb, der zu Boden gefallen war. Er riss an Sipazitis Armen, so dass dieser sich wie ein Greis krümmte. »Mit dem alten Mann hier werden wir beide allein fertig.«

Adduwas Angreifer musste es sehr eilig gehabt haben. Er hatte nicht genau nachgesehen, ob der Schlag auf den Kopf wirklich tödlich gewesen war. Achtlos, als handle es sich um ein Bündel Lumpen, hatte er den jungen Schreiber in das Becken in der Quellgrotte gestoßen. Es war nur wenig Wasser darin, aber das hatte ausgereicht, um den Sturz ein bisschen zu mildern.

Um sein Werk so schnell wie möglich zu vollenden, hatte der Angreifer dann nur noch eine große Sandsteinstele, die im Becken stand, über den Schreiber gekippt, um zu verhindern, dass er zufällig von jemandem entdeckt wurde, der an der Grotte vorüberging. Dann war er rasch davongelaufen.

Benommen wachte Adduwa auf und wollte sich aufrichten. Doch er konnte sich nicht bewegen.

Er versuchte, um Hilfe zu rufen, aber er bekam nur ein Krächzen heraus. Dann wurde er wieder bewusstlos.

»Ja, die drei Händler waren keine, es waren Männer aus Turira«, wimmerte Sipaziti. »Sie kamen von Urhitesub.«

Abamuwa bog den Arm des Alten noch ein Stück höher.

»Bitte lass mich los, es ging doch nur um einen Gefallen«, jammerte Sipaziti. Tränen liefen ihm die Wangen hinunter. Von seinem früheren Kampfgeist war nichts mehr übrig, jetzt schlotterte er nur noch vor Angst.

Walwaziti nickte. »Wir hören.«

Abamuwa ließ Urhitesubs Bundesgenossen los.

»Urhitesub wollte, dass ich mit Itti-Marduk-balatu spreche. Da ich wusste, dass Kunni während des Festspiels nicht bei den Babyloniern sein würde, dachte ich, das sei die beste Gelegenheit, Itti-Marduk-balatu unbemerkt zu treffen.« Er sah Walwaziti an. »Ich wusste ja nicht, dass du in der Loge warst. Damit hatte ich nicht gerechnet. Die ganze Nacht lang habe ich die Masken ausgebessert und den Turiranern erklärt, was sie beim Festspiel zu tun hatten.«

Kein Wunder, dass der Alte am Morgen des zweiten Festtags so krank ausgesehen hat, dachte Walwaziti.

»Und dann machen sie diesen Unsinn bei der Probe. Diese Hohlköpfe.« Sipaziti ballte die Faust. »Bis zu der Stelle mit dem Weißdorn sollte es gar nicht mehr kommen: Während des Lieds der Frauen sollten sie Würmer auf die Choristinnen werfen.«

Walwaziti musste unwillkürlich lachen. Wenn die Frauen plötzlich Würmer im Gesicht oder in den Haaren gespürt hätten, wäre der Chor zweifellos in ein wildes Gekreisch übergegangen, und keiner hätte derweil darauf geachtet, was in der babylonischen Loge passierte. Jedenfalls nicht, wenn niemand etwas von dem Plan geahnt hätte.

»Aber dann passierte das ja nicht, weil sich die Dummköpfe vorher verraten haben. Und ich musste unverrichteter Dinge abziehen. Deshalb habe ich es heute noch einmal versucht.« Sipaziti grinste jetzt verschlagen.

Abamuwa baute sich wieder drohend vor ihm auf. »Das ist kein Spaß. Was solltest du Itti-Marduk-balatu sagen?«

»Ihm nur eine Botschaft an Urhitesubs Schwester überbringen.«

»Und wie lautet die?«

»Urhitesub fragt an, ob er seine Schwester vielleicht einmal besuchen darf. Er hat sie ja so lange nicht mehr gesehen.«

»Nur seine Schwester? Das glaube ich dir nicht. Was ist mit Kadasman-Turgu? Sicher soll sie ihm ein Gespräch mit dem babylonischen Großkönig vermitteln!«

Sipaziti zuckte die Achseln und schwieg trotzig. Natürlich war es genau das gewesen, worum er Itti-Marduk-balatu in Urhitesubs Auftrag hatte bitten sollen. Und vor allem hatte er vorfühlen sollen, wie der babylonische Großkönig für ein Komplott gegen Hattusili zu gewinnen sei.

»Wo ist Urhitesub?«

»In Nuhassa.«

»Stimmt das? Er ist nicht hier?«

»Nein, wirklich nicht. Was soll er in Hattusa, wenn er darum bittet, dass seine Schwester ihn nach Babylon einlädt?«

»Das sind doch alles Lügen!«, brüllte ihn Abamuwa an. »Es geht nicht um Höflichkeiten zwischen Bruder und Schwester. Du bist hier, um Hattusili zu töten. Und du weißt, dass du für diesen Plan büßen wirst!«

Sipaziti reagierte immer gereizter. »Wie sollte ich das tun? Ich, ein alter, hinkender, schwacher … Greis – wie?« Als er merkte, dass er mit dem Hinweis auf sein Alter bei den beiden nichts erreichte, wurde er richtig wütend und schrie plötzlich los: »Obwohl ich mir seinen Tod wirklich oft genug gewünscht habe! Nein, ich wollte Hattusili nicht töten! Ganz im Gegenteil. Der Thronräuber soll leben und die Schmach seines Sturzes voll auskosten müssen!«

»Danke, genau das wollte ich wissen. Das war der Beweis, dass du an einer Verschwörung gegen den König beteiligt bist.« Abamuwa sah Sipaziti triumphierend an. Er hatte nicht damit gerechnet, dass jener so leicht zu übertölpeln war. »Und wer gehört noch dazu?«

Der Alte wurde bleich. Nun konnte Hattusili das Ganze vereiteln, ehe Urhitesub überhaupt die ersten Schritte unternommen hatte. Am liebsten hätte er sich die Zunge abgebissen. Aber das war zu spät.

»Los, rede! Was ist mit Kurunta? Schließlich ist er sein Bruder. Gehört er auch dazu?«, hakte Abamuwa nach.

»Niemand«, stammelte Sipaziti. »Das musst du glauben. Noch nicht einmal die Turiraner. Die wissen von nichts. Wirklich.« Der Alte war sichtlich froh, sich wieder auf ungefährliches Gebiet begeben zu können.

»Ich habe nach Kurunta gefragt. Hörst du schlecht?«, insistierte der Kommandant der Leibgarde und legte die Hand an den Griff seines Kurzschwerts.

Der Alte sah ihn erstaunt an. »Nein, nein, Kurunta weiß erst recht nichts. Seit der König von Tarhuntassa ist, hasst Urhitesub seinen Bruder mehr als sonst jemanden, mehr als den Thronräuber! Kein Wort hat er seitdem mit Kurunta gewechselt. Da bin ich mir sicher.«

»Nun, das war der eine Punkt. Jetzt zu Kunni«, schaltete sich Walwaziti ein. »Nachdem du mich in der babylonischen Loge entdeckt hast, hast du Kunni aus dem Weg geräumt, damit Itti-Marduk-balatu heute keinen Betreuer hat.«

Sipaziti schüttelte heftig den Kopf. »Ich habe niemanden

aus dem Weg geräumt. Ich habe mich versteckt, um einen neuen Plan zu machen.«

»Außer dir hatte keiner einen Grund, Kunni umzubringen!«

»Wie? Er ist tot? Ich habe Kunni kein Haar gekrümmt. Das müsst ihr mir glauben.«

Walwaziti legte zweifelnd den Kopf auf die Seite. »Eins verstehe ich allerdings nicht. Warum hast du auch Magallu töten lassen? Wer hat das für dich getan?«

»Magallu? Magallu ist ...« Sipaziti war nun völlig verdutzt.

Walwaziti stutzte. Die Verblüffung wirkte so echt, dass ihm Zweifel an seiner Anschuldigung kamen. Mit den Morden an Magallu und Kunni hatte der Alte anscheinend wirklich nichts zu tun.

Mairia langweilte sich. »Wegen diesem lächerlichen Hin und Her musste ich mein Senet-Spiel abbrechen«, beschwerte er sich übellaunig bei Tuttu. »Hast du ein Brett dabei? Dann ist es hier nicht so öde.«

Tuttu schüttelte stumm den Kopf und biss sich innen auf die Unterlippe. Wenn er ganz ehrlich war, musste er zugeben, dass der Ägypter Recht hatte. Die Stocherkahnfahrt auf den Palastteichen war wirklich nicht sehr beeindruckend – jedenfalls nicht für jemanden, der an einen so riesigen Fluss wie den Nil gewöhnt war. Selbst der Marassanta war ein Bach dagegen. Und erst recht der Teich hier ... er war nicht größer als sechs mal vier Feld, so dass er schnell durchmessen war. Was waren schon die paar Enten hier auf dem Wasser verglichen mit den zahllosen Tieren in den berühmten Papyrus-Sümpfen? Aber all das hätte er nie im Leben zugegeben.

»Von hier hast du den besten Blick auf die Tänzerinnen.« Tuttu deutete auf die verschiedenen Gruppen, die an den Ufern die Boote mit ihren Tänzen begleiteten. »Gefallen sie dir nicht?«

»Doch, doch«, beeilte sich Mairia einzuräumen. »Dafür scheint ihr in eurem Land in der Tat ganz gute Schulen zu haben.« Das entsprach nicht ganz der Wahrheit. Natürlich fand er die ägyptischen Tänzer ebenfalls besser – obwohl diese hier wirklich nicht schlecht waren: Eine Gruppe schloss ihre Darbietung gerade mit einer beeindruckenden Serie von Saltos ab. Aber er wollte einlenken, weil seine harsche Kritik Tuttu stumm und verschlossen gemacht hatte. Und das war nicht gut, denn er wollte unbedingt noch etwas anderes herausfinden.

»Warum ist Hattusili heute so nervös?«, fragte er vorsichtig. »Auch die Großkönigin erscheint mir beunruhigt. Gibt es Ärger?«

Tuttu erschrak. »Nervös? Davon habe ich nichts bemerkt«, log er und wich aus: »Das Fest ist doch ein Erfolg. Die Götter können stolz auf den König Hattusili sein.« Er brachte ein strahlendes Lächeln zustande. »Du musst ein Meister im Senet-Spiel sein. Ich wäre dir sehr dankbar, wenn du mir ein paar Kniffe beibringen könntest.«

Adduwa hustete und prustete. Er hatte sich verschluckt. Alles tat ihm weh.

Ein erneuter Schwall Wasser in seinem Mund brachte ihn vollends zu Sinnen.

Er hob den Kopf und öffnete die Augen. Wie unter einer Grabplatte lag er hilflos unter der Stele auf dem Beckenboden. Der schwere Stein drückte wie ein Berg auf seinen Oberkörper – und das Wasser hatte zu steigen begonnen. Es umspülte bereits sein Kinn.

Seine Arme bekam er frei, aber als er versuchen wollte, die Stele beiseite zu schieben, durchfuhr ein stechender Schmerz seinen Brustkorb. Anscheinend waren einige Rippen gebrochen. Nicht einmal um Haaresbreite konnte er den Quader verrücken.

Außerdem fiel ihm das Atmen nach dieser vergeblichen Anstrengung noch schwerer.

Er drehte den Kopf und blickte angstvoll hinauf zu der Stelle, wo das Wasser jetzt deutlich sichtbar aus der Rückwand der Grotte sprudelte. Nein, bitte nicht, dachte er.

Als hätte die Quellgöttin sein stummes Gebet gehört, ließ das Plätschern in diesem Moment nach, und nur noch ein dünnes Rinnsal lief die Wand hinunter.

»Bitte kommt und holt mich, ehe das Wasser wieder steigt«, flüsterte er.

Urhitesubs Versuch, mit Hilfe von Sipaziti den babylonischen Großkönig für eine Verschwörung gegen Hattusili zu gewinnen, war im Keim erstickt. Aber die Frage, wer Magallu und Kunni getötet hatte, war genauso ungelöst wie zuvor.

Hier musste Walwaziti mit seinen Befragungen in Ruhe noch einmal von vorn anfangen. Da das Torfest bei Sonnenuntergang endete und die Fremden morgen abreisen würden, konnte er dies dann ungestört und ohne Rücksichtnahmen tun. Und das war auch dringend nötig. Er selbst war an diesem Tag – außer mit der Bewachung des Königs und natürlich der Teilnahme an den verschiedenen Festakten – die meiste Zeit damit beschäftigt gewesen, die Briefe schreiben zu lassen, die Hattusili den Gesandten an die anderen Großkönige mitgeben wollte. Und so hatte er kaum Antworten bekommen auf seine hastig gestellten Fragen, ob jemand während des Festspiels, als Kunni ermordet wurde, etwas beobachtet hatte.

Jetzt vertröste ich mich schon selbst mit »nach dem Fest«, hielt er sich ironisch vor und stieg langsam den Berg hinauf Richtung Sarruma-Tor, wo sich das Königspaar und die Delegationen aus den Fremdländern versammeln sollten, um gemeinsam zur Tribüne vor dem Sphinxtor zu gehen. Wie schon zuvor, wollte er sich auch jetzt so lange wie möglich von der Königin fern halten.

Vor ihm schritten Itti-Marduk-balatu, Raba-sa-Marduk und – sichtlich stolz – Nerikkaili. Hattusili hatte sein Versprechen eingehalten und seinem Ältesten die diplomatische Aufgabe übertragen. Und offenbar erfüllte der junge Prinz diese durchaus mit Würde. Begeistert erläuterte er den Babyloniern Hattusilis Pläne für den weiteren Ausbau der Hauptstadt. Nach irgendwelchen Kungeleien oder Intrigen klang das nicht. Hattusilis Ältesten brauchte Walwaziti nicht mehr zu verdächtigen. Dem Ägypter gegenüber hatte sich der Prinz wohl bloß aufspielen wollen.

»Du sollst sofort zu Puduhepa kommen. Sie möchte dir etwas zeigen.« Abba, die Traumdeuterin der Königin, lief Walwaziti entgegen. »Sie ist schon am Tor.«

Er folgte ihr eilig, und die beiden erreichten kurz darauf das Tor, das auf der linken Seite mit der mehr als mannshohen Figur des Gottes Sarruma geschmückt war. Dort stand Puduhepa neben Gassulawija.

Als Walwaziti herangekommen war, hielt sie ihm einen gewölbten, runden Anhänger aus Bronze hin, durch den eine geflochtene Schnur gezogen war.

»Wenn ich mich nicht täusche, ist das Zuwappis Siegel.«

Den Blick starr auf die Hand der Königin gerichtet, nahm der Oberste Schreiber das zwei Finger breite Knopfsiegel und besah es genauer. In der Mitte waren mehrere Hieroglyphen eingeritzt, die besagten: »Zuwappi, königlicher Bote und Schreiber.«

Er blickte kurz auf. »Ja, Majestät, das ist Zuwappis Siegel. Woher hast du es?«

Ein Siegel war ein so wichtiger und persönlicher Gegenstand, dass man ihn unter keinen Umständen an jemand anders weitergab. Nicht einmal an seine Königin.

»Abbas Waschfrau hat es ihrem Sohn abgenommen. Er hat es hinter dem Eichenwald beim Felsentempel gefunden. Es lag vor einem Baum am Bach.«

Der Bauernjunge, den Adduwa als wichtigtuerischen Rotzjungen bezeichnet hat, durchfuhr es Walwaziti. Also gibt es dort doch eine Leiche! Die Leibgardisten haben an der falschen Stelle gesucht.

Der Bach floss nicht weit vom Gut von Zuwappis Geliebter. Walwaziti sah Abba alarmiert an.

»Und dieser Baum ist hohl«, ergänzte die Traumdeuterin. »Darin steckt ein Toter. Ein Mann, dem der Schädel eingeschlagen wurde.«

»Das bedeutet, Zuwappi ist tot. Ermordet. Er war nicht pflichtvergessen, sondern konnte nicht mehr kommen.« Puduhepas Miene spiegelte eine Mischung aus Betretenheit und Trauer wider.

Walwaziti schaute sich Hilfe suchend nach Abamuwa um, der mit seinen Leuten im Tor beim König stand.

Puduhepa folgte seinem Blick und sagte: »Hattusili weiß das noch nicht. Und ich möchte auch nicht, dass er es vor dem Orakel erfährt!«

»Ja, aber ich muss Abamuwa holen, Majestät«, widersprach der Oberste Schreiber. »Er muss nun die Istar-Statue tragen. Und das gefällt mir gar nicht. Ich wäre ruhiger, wenn ich wüsste, dass er an der Seite des Königs ist.«

»Nein, nein, Hattusili hat Abamuwa gleich wieder von Kellas alberner Liste streichen lassen, als wir im Großen Tempel waren«, unterbrach ihn Puduhepa. »Dein Bruder wird die Istar-Statue tra…« Die Königin stutzte. »Moment. Die Liste! Das ist es, alle Getöteten hatten etwas mit der Istar-Statue zu tun!«

»Das ergibt doch keinen Sinn, Majestät!«, erwiderte Walwaziti kopfschüttelnd. Er wollte an sein Ohrläppchen fassen, ließ die Hand aber wieder sinken, als Puduhepa fortfuhr:

»Aber denk doch mal nach: Magallu sollte ursprünglich die Statue tragen. Nach seinem Tod hat Kella diese unsinnige Liste aufgestellt. Kunni und Zuwappi standen darauf. Und der Nächste ist nun Adduwa. Ihn hat Kella ja doch auch noch eingesetzt, nur um Palla zu ärgern.« Die Königin stockte erschrocken und flüsterte: »Oh, Istar, gib, dass ich nicht Recht habe!«

»Ich laufe sofort hinüber zum Istar-Tempel. Vielleicht ist er ja dort.«

»Ich komme mit«, bot Gassulawija an, doch Walwaziti schüttelte den Kopf.

»Wenn, brauche ich eher die Hilfe eines Mannes.« Er überlegte kurz. »Aber wenn du bei den Assyrern bleibst, kann Bentesina mitkommen.«

Gassulawija nickte und ging hinüber zu ihrem Mann, der seinen Platz neben Baba-aha-iddina eingenommen hatte. Bentesina hob zustimmend die Hand, verbeugte sich knapp vor dem assyrischen Gesandten und kam herüber zu Walwaziti.

Während die beiden das kurze Stück hinüber zum Istar-Tempel eilten, erklärte Walwaziti dem König von Amurra rasch, was sich mittlerweile ereignet hatte. Und dass das Ganze kein dringliches Problem sei, falls dort Adduwa mit der Istar-Statue bereitstand für die Große Prozession.

Das Plätschern wurde plötzlich lauter.

Erschrocken blickte sich Adduwa um. Kein Zweifel, das Wasser floss wieder stärker. Verzweifelt stemmte er die Füße gegen den glitschigen Boden des Beckens und versuchte, sich trotz der Schmerzen in seiner Brust unter der Stele herauszuschieben.

Nichts. Ein, zwei Fingerbreit hatte er geschafft, aber die schwere Steinplatte war einfach mitgerutscht.

Und das Wasser stieg.

Flach keuchend überlegte er, was ihm noch blieb. Rufen konnte er nicht, mehr als ein heiseres Flüstern brachte er nicht heraus. Und es hätte ihm wohl auch nichts genützt, denn jetzt waren alle auf dem Weg zur Prozession …

Im Hof des Istar-Tempels stand Halpaziti und blickte zweifelnd auf Palla, der die Statue der Göttin geschultert hatte.

»Ich bin der rechtmäßige Träger«, erklärte der Goldschmied. »Kella hat mich eingeteilt. Ich habe die vorschriftsmäßigen Reinigungsrituale durchgeführt. Und jetzt lass uns endlich gehen, sonst kommen wir zu spät. Diese Statue wiegt siebzig Minen, damit kann ich nicht rennen.«

Mit schweren Schritten setzte er sich in Bewegung.

In diesem Moment stürmten Walwaziti und Bentesina in den Tempelhof. Puduhepa hatte offenbar Recht mit ihrem Verdacht.

»Halt! Palla! Was machst du mit der Istar? Wo ist Adduwa?«, schrie Walwaziti.

»Was weiß ich, wo dein Bruder ist! Er ist nicht gekommen, und jetzt bin ich an der Reihe! Wie es sich gehört!«

»Jetzt bist *du* an der Reihe, wie es sich gehört?« Walwaziti starrte ihn ungläubig an. »Darum ging es – *du* wolltest unbedingt die Istar tragen!« Erschrocken hielt er inne, dann brüllte er Palla ins Gesicht: »Deswegen hast du die anderen umgebracht, du … du … Mörder! Was ist mit Adduwa?«

»Ergreift ihn!«, rief Halpaziti den Wachen vor dem Tempeltor zu.

Ohne zu zögern entriss Bentesina Palla die Figur. Er musste Bärenkräfte haben, denn trotz der raschen Bewegung ging er kein bisschen in die Knie, als er die Goldstatue auf seine linke Schulter hievte.

»Auch wenn es nicht so vorgesehen war, Halpaziti: Selbst ohne Reinigungsritual bin ich reiner als dieser Schurke«, sagte er zu dem Istar-Priester.

»Irgendwie habe ich so etwas geahnt«, murmelte Halpaziti und zog einen kleinen Tonkrug aus seinem Mantel. Laut sagte er: »Das ist Wasser der Reinheit aus Samuha. Das ist der Göttin besonders wohlgefällig.« Er sprengte ein paar Tropfen über den König von Amurra. »Jetzt bist du rein genug, Bentesina. Komm, wir müssen zur Großen Versammlung.«

Walwaziti packte Palla, den einer der Tempelwächter fest

umklammert hielt, an der Gurgel: »Wo ist mein Bruder? Was hast du mit Adduwa gemacht?«

Palla schürzte trotzig die Lippen: »Von mir erfährst du kein Wort! Ich weiß nämlich nichts!«

»Hast du ihn auch umgebracht?« Walwazitis Stimme überschlug sich.

Aber der Goldschmied wandte nur höhnisch den Kopf weg und zuckte mit den Achseln. Walwaziti sah ein, dass er seinen Bruder so nicht finden würde. Bis Palla zum Reden gebracht worden war, konnte es zu spät sein.

»Sperrt ihn ein.«

Er musste sich jetzt erst einmal auf die Suche machen – und weiter hoffen, dass Adduwa noch am Leben war.

Das Wasser stieg weiter.

Mit verzweifelter Anstrengung reckte Adduwa den Kopf so hoch wie möglich.

Bestenfalls eine kurze Weile konnte er auf diese Weise noch überleben.

Wie vom Fieberdämon besessen stürmte Walwaziti aus dem Tempelhof. Wo konnte Adduwa sein? Während er voller Angst versuchte, seine Gedanken zu ordnen, rannte er ziellos ein paar Schritte in die eine, dann in die andere Richtung. Adduwa musste irgendwo auf dem Weg vom Reinigungsritual unten im Großen Tempel hier hinauf zu finden sein – oder war er gar nicht erst bis zum Großen Tempel gekommen?

Den großen hageren Mann sah Walwaziti erst, als er schon heftig mit ihm zusammengestoßen war.

»Zuzuli«, rief er, »schon wieder! Pass doch endlich mal …«

Plötzlich wusste er, was er am Tag zuvor auf dem Weg zum Sphinxtor übersehen hatte. Natürlich, Zuzuli, das musste der lange dürre Dumme sein, von dem der Lallupijaner erzählt hatte. Dann war Pallas Gehilfe vielleicht auch der Bote, der Magallu aus dem Haus gelockt hatte – und wusste mehr!

»Wo ist mein Bruder?«

Zuzuli sah ihn verständnislos an.

»Hast du deinen Herrn mit Adduwa gesehen?«

Der Goldschmiedgehilfe schüttelte den Kopf. »Ich muss die Bleifigürchen für die Gäste bringen.« Wie zum Beweis hielt er ihm eine der eineinhalb Handbreit hohen Figuren unter die Nase. Sie stellte den schreitenden Telipinu dar, der die linke Hand vor der Brust hielt und die rechte, zur Faust geballt, halb nach oben reckte.

Walwaziti packte Zuzuli am Ärmel. »Erst sagst du mir, was du weißt!«

»Wa-was so-soll ich-ich w-wissen?«, stammelte der dürre Mann mühsam.

Wenn Zuzuli aufgeregt war, brachte er kein vernünftiges Wort heraus. Der Oberste Schreiber merkte, dass er so nicht weiterkam. Also versuchte er es mit einer einfachen Frage: »Wo war Palla heute?«

»Heute Morgen hat er die Figürchen fertig gemacht. Da war er in der Werkstatt. Dann war er in der Schlucht. Dann habe ich ihn beim Steinmetzfelsen getroffen. Da ging er zu den Palastteichen.« Walwaziti nickte geduldig bei jedem Satz, um Zuzuli zum Weiterreden zu bewegen. »Dann habe ich ihn nicht mehr gesehen. Dann habe ich die Figürchen geholt«, beendete der andere erleichtert seine Aufzählung.

Das half nicht viel weiter. »Diese bösartige Bestie«, entfuhr es Walwaziti.

»Nein, nein, er war nicht böse.« Zuzuli schüttelte so heftig seinen Kopf, dass man beinahe befürchten konnte, er würde im nächsten Moment abfallen. »Er war richtig nett. Er hat gesagt, dass ich die Figürchen bringen muss. Dass er das *leider* nicht selbst machen kann, weil er jetzt die Istar-Statue tragen muss.«

»Schon beim Steinmetzfelsen?«

Zuzuli nickte eifrig, und Walwaziti deutete ihm mit einer Handbewegung an, dass er entlassen sei. Eilig lief Pallas Gehilfe weiter.

Das begrenzte seine Suche wenigstens auf die Unterstadt. Er musste so schnell wie möglich dort hinunter. Durch die Menschenmenge, die hinauf zum Sphinxtor unterwegs war, bahnte sich Walwaziti mühsam im Zickzackkurs den Weg in Richtung Tor des Wettergotts. Gegenüber vom Kontoreifelsen begegnete er Mala und Uratarhunta.

»Mala, hast du Adduwa gesehen?«

Der Kämmerer wollte sie wegziehen, doch Mala blieb erschrocken stehen, als sie Walwazitis Angst bemerkte. »Was ist passiert?«

»Adduwa ist nicht zum Istar-Tempel gekommen. Ich befürchte, Palla hat ihm etwas angetan. Palla hat die Morde begangen – damit er die Istar-Statue tragen kann.« Leise fügte er hinzu: »Jedenfalls sieht es so aus.«

Uratarhunta starrte Walwaziti mit offenem Mund an und ließ seine Tochter los.

»Kella hat ihn zum Reinigungsritual in den Großen Tempel geschickt. Das war hier drüben an der Telipinu-Eiche«, erklärte Mala. »Aber ich denke, er ist vorher nach Hause gegangen, um sich umzuziehen. Mein Vater hat ihm nämlich das Festgewand zerrissen.«

»Das Gewand tut doch jetzt nichts zur Sache«, unterbrach sie ihr Vater unwirsch, um die Verlegenheit über seinen Ausbruch bei der Laubhütte zu verbergen. »Wir müssen etwas tun. Wir müssen ihn finden. Los, kommt, wir dürfen keine Zeit verlieren.« Uratarhunta setzte sich an die Spitze des Suchtrupps. »Macht Platz«, rief er den Entgegenkommenden zu, »es geht um Leben und Tod!«

An der Weggabelung ein Stück hinter dem Tor des Wettergotts blieb Mala stehen. »Wartet. Ich weiß, dass Adduwa gern die Abkürzung hinter der Schreiberschule nimmt und nicht immer durch die Straße am Großen Tempel geht.«

»Gut. Dann such du da. Ich sehe erst beim Steinmetzfelsen nach, Uratarhunta kann die andere Seite übernehmen, und dann werden wir den unteren Weg abgehen.«

Sie trennten sich.

Walwaziti schaute in jeden einzelnen Hof auf und rund um den Steinmetzfelsen und fragte alle, die hier unten noch unterwegs waren, ob jemand Adduwa gesehen hätte. Das Ergebnis war immer gleich: keine Spur von seinem Bruder.

An der Gasse, die vor der Schreiberschule abzweigte, traf er wieder auf Uratarhunta. Er wischte sich den Schweiß von der Stirn und sah den Kämmerer fragend an, aber der schüttelte nur stumm den Kopf. Seine Suche war genauso vergeblich gewesen.

Walwazitis Angst wuchs mit jedem Augenblick. »Wir müssen jetzt auch noch jedes Haus in der Nordstadt durchkämmen. Und das wird dauern. Hoffentlich kommen wir nicht zu spät!«

Woher nehme ich eigentlich die Hoffnung, dass wir überhaupt noch etwas für Adduwa tun können?, fuhr es Walwaziti durch den Sinn, als er sich hastig zum Weitergehen umwandte. Vielleicht ist er tot. Und als ob es in diesem Moment nichts Wichtigeres gäbe, dachte er reuevoll: Dabei hatte ich ihm doch versprochen, ihn heute mit Mairia zusammenzubringen. Er hatte sich so darauf gefreut. Und ich habe ihn jetzt enttäuscht.

In diesem Augenblick hörte Walwaziti Malas aufgeregte Stimme. Sie stand ein Stück weiter unten vor den Stufen der Quellgrotte.

»Ich habe ihn! Er lebt! Aber nicht mehr lange! Beeilt euch!«

Sie rannte in die Grotte. Die beiden Männer folgten ihr und fanden sie unten im Becken, wo sie an Adduwas Kopf zerrte. Sein Mund war bereits unter Wasser, er konnte nur noch durch die Nase atmen.

Walwaziti und Uratarhunta sprangen gleichfalls in das Becken – und Adduwas Nase verschwand unter Wasser.

»Schnell, wir müssen die Stele hochheben.«

»Ich nehme den Stein, zieht ihr ihn raus.« Uratarhunta packte den Quader an der Schmalseite und versuchte, ihn hochzustemmen. Obwohl er ziemlich kräftig war, gelang ihm das nicht sofort. Er drückte und drückte, die Adern an seinen Schläfen schwollen an und sahen aus, als würden sie jeden Augenblick platzen. Aber dann hatte er es geschafft.

Adduwa war endlich frei.

Walwaziti half ihm, als er sich steifbeinig aufrichtete und stöhnend aus dem Becken stieg.

»Danke!«, sagte er keuchend.

»Jetzt lasse ich dich *nie* wieder los.« Mala stellte sich vor Adduwa und umarmte ihn, so fest sie konnte.

Adduwa schrie auf. »Meine Rippen! Au, das geht nicht!« Er krümmte sich vor Schmerzen, und Mala ließ die Arme so rasch sinken, als hätte sie einen Skorpion berührt.

»So schlimm ist es auch wieder nicht«, beruhigte er sie, nachdem er ihr erschrockenes Gesicht gesehen hatte. »Spätestens beim übernächsten vollen Mond ist alles wieder in Ordnung.« Mit einer vorsichtigen Bewegung nahm er ihre Hände und küsste jede einzelne Fingerspitze. »Dann lasse ich dich erst recht nicht mehr los.« So leise, dass nur sie es verstehen konnte, fügte er hinzu: »Auch wenn das Fest noch nicht vorbei ist: Glaubst du mir, dass ich dich liebe?«

Mala nickte strahlend, und Adduwa beugte sich vor, um sie zu küssen – so innig, wie man nur jemanden küssen kann, den man gleichzeitig an den Händen vorsichtshalber auf Abstand halten will.

Walwaziti hüstelte. Sein kleiner Bruder sah auf und erklärte gönnerhaft: »Ihr seid wirklich im allerletzten Moment gekommen. Wenn das Wasser nicht zwischendurch gefallen wäre, hätte ich gar nicht so lange durchhalten können. Gut, dass du daran gedacht hast, in die Grotte zu schauen.« Das letzte galt schon wieder Mala. Er küsste sie erneut überglücklich.

»Duwaduna sei Dank! Duwaduna lässt das Wasser nicht nur im richtigen Moment kommen, sondern auch verschwinden, wenn es am nötigsten ist«, dozierte Walwaziti feierlich, um sein Unbehagen angesichts dieses unablässigen Austauschs von Zärtlichkeiten zu überspielen. Seit seinem Traum waren Liebesbezeugungen etwas, womit er nichts zu tun haben wollte.

Uratarhunta blickte nachdenklich zur Seite und dann wieder zu dem jungen Paar, das sich immer noch küsste. Er rieb seine Hände, die ein paar kräftige Schrammen abbekommen hatten.

»Einem Glück, das so von den Göttern gefördert wird, kann ein Sterblicher nicht im Wege stehen.« Er streckte Walwaziti die Hand hin. »Es sieht so aus, als würden wir Verwandte.«

Der Oberste Schreiber ergriff die Hand, aus der ein paar Blutstropfen sickerten, und meinte schmunzelnd: »Wenn du deine Abneigung gegen Schreiber überwinden kannst – an mir soll's nicht liegen …«

»Und du hast den Schurken, der dir das angetan hat, nicht erkannt?«, fragte Walwaziti, nachdem er Adduwa in Raba-sa-Marduks Räume beim Großen Tempel gebracht und befohlen hatte, den Arzt herbeizuholen.

»Nein, es ging alles so schnell. Er kam von hinten und zerrte mich in die Grotte. Sein Gesicht konnte ich nicht sehen. Er war nicht sehr groß, aber ziemlich kräftig. Dann verpasste er mir einen Schlag über den Kopf … Ja, und danach weiß ich nichts mehr. Als ich wieder wach wurde, war er schon weg.«

»Sonst hast du an ihm nichts bemerkt?«

»Warte mal. Er trug einen Beinring. Das Muster …«, Adduwa rieb sich vorsichtig den Kopf. »Das Muster habe ich schon einmal gesehen. Könnte es Palla gewesen sein?« Er sah Walwaziti ungläubig an.

Der nickte grimmig. »Ich denke, ja. Und dass du das Muster auf dem Beinring erkannt hast, ist der Beweis, der mir fehlte. Palla wollte verhindern, dass du die Istar-Statue trägst.«

»Was?« Adduwa begann zu grinsen. »Das hätte er einfacher haben können – jedenfalls, wenn es nach mir gegangen wäre.« Allmählich kehrten seine Lebensgeister vollends zurück. »Ich hatte überhaupt keine Lust, die schwere Statue die endlose Treppe hinaufzutragen und dabei womöglich zu stolpern. Aber verrate das bloß nicht Kella!«

Raba-sa-Marduk kam herein. »Ich habe gehört, es hat einen Unfall gegeben.«

»Unfall kann man es auch nennen!«, sagte Walwaziti ironisch. »Palla wollte Adduwa umbringen. Zum Glück hatte er es wohl zu eilig, um sein Werk gründlich zu erledigen. Die Wunde am Kopf habe ich schon versorgt, sie ist nicht so schlimm. Aber um seine Rippen solltest doch besser du dich kümmern.«

»Ich habe Magallu nicht auf den Stadtfelsen bestellt. Das war Kella. Frag doch Zuzuli.« Palla, der an der Mauer eines Kerkers auf dem Prinzenfelsen angekettet war, sah Walwaziti triumphierend an.

Der Oberste Schreiber ließ sich nicht aus dem Konzept bringen. »Das habe ich bereits. Du hast gesagt: ›Ist gut, Kella, geh ruhig nach Hause. Ich sage Zuzuli Bescheid, Kella. Er kann den Botengang für dich bei Sonnenuntergang machen. Gute Nacht, Kella. Danke, du auch, Kella.‹«

»Na bitte.«

Walwaziti schüttelte den Kopf. »Ein schlichtes Gemüt wie Zuzuli konntest du damit täuschen. Er *glaubt* nur, dass Kella vor deinem Haus war. In Wahrheit hat er den Obersten Priester weder gesehen noch gehört. Und das konnte er auch gar nicht, denn Kella war dort nicht. Du selbst bist darauf zum Stadtfelsen gegangen.«

»Und woher willst du das wissen?«

»Weil Alalimi gesehen hat, wie du am Vorabend des Torfests kurz hinter Zuwappi durch das Tor des Wettergotts geschlüpft bist. Erst hat Alalimi dich nicht erkannt, aber jetzt ist er sich sicher, dass du das warst.«

Palla hatte erst erschrocken hochgeblickt, doch nun lehnte er sich beruhigt zurück. »Das hast du ihm eingeredet. Ich weiß nicht, warum du mir etwas anhängen willst. Aber das wird dir nicht gelingen.«

»Bei dieser Gelegenheit hast du auch erfahren, dass Zuwappi auf dem Landgut seiner Geliebten übernachten wollte.«

»Was soll das jetzt? Ich hatte doch gar nichts mit Zuwappi zu schaffen. Warum sollte ich ihn also töten?«

»Das ist richtig, zu dem Zeitpunkt ging es dir nur um Magallu. Du hast dich auf dem Stadtfelsen versteckt und gewartet, bis Magallu – geschickt von Zuzuli – ahnungslos dort ankam. Dann hast du ihn in die Schlucht gestoßen.«

»Wieso ich und nicht ein anderer?«

»Weil du und kein anderer Zuzuli zu Magallu geschickt hast.«

»Aber warum sollte ich das?«

»Weil du die Istar-Statue tragen wolltest.«

»Und was soll Zuwappi damit zu tun haben?« Der Goldschmied verlor nichts von seiner Ruhe.

Walwaziti ließ sich davon nicht beeindrucken. »Du hattest gedacht, es wäre alles klar, nachdem du Magallu getötet hast, aber dann hast du am nächsten Morgen im Großen Tempel mein Gespräch mit Kella gehört.«

»Dort war ich nicht.«

»Doch. Kella hat mir selbst gesagt, dass du kurz vor mir bei ihm warst. Und als ich kam, warst du noch im Tempel.« Damit hatte der Oberste Schreiber den ersten wirklichen Schlag gelandet. Er setzte nach. »So hast du von Kellas Liste erfahren und bist sofort zum Landgut geeilt, um Zuwappi abzupassen.«

»Ja, ich habe von der Liste gewusst«, gab Palla zu. »Aber das beweist gerade meine Unschuld. Pass auf, ich kehre die Sache jetzt um und tue so, als hättest du Recht. Nur für einen Moment natürlich. Wenn es stimmt, was du sagst, dann müsste auch Abamuwa etwas passiert sein. Und? Ihm wurde kein Haar gekrümmt! Also kannst du gar nicht Recht haben.«

»Oh doch. Gerade das ist ein Hinweis. Dass Hattusili Abamuwa wieder von der Liste streichen ließ, wusste kaum jemand.« Walwaziti spürte, dass sein Gegenüber unsicherer wurde. »Das war am Nachmittag im Großen Tempel – und du warst dort, weil du das Leopardenauge wieder einsetzen musstest.«

»Aber das stimmt doch alles nicht. Das phantasierst du dir zusammen. Das sind Hirngespinste, die du nie beweisen kannst.«

Jetzt war der Moment für den entscheidenden Treffer gekommen. Betont ruhig sagte Walwaziti: »Und ob ich kann. Adduwa hat deinen Beinring erkannt. Es nützt dir nichts zu leugnen.«

»Adduwa? Aber der ist doch to…« Palla hielt erschrocken inne. Damit hatte er sich wirklich verraten.

Walwaziti besah sich triumphierend den Goldschmied, der nur mit Mühe ein Schluchzen unterdrücken konnte. Die grauen Strähnen in seinem dunklen Haar schienen jetzt viel deutlicher als sonst hervorzutreten. »Nun erzähl mir ausnahmsweise einmal die Wahrheit.«

»Ich … ich wollte niemanden töten, glaub mir«, begann Palla stockend. »Ja, ich habe Magallu auf den Stadtfelsen gelockt. Aber ich wollte ihn nur verletzen. Deshalb habe ich ihm ja auch das Fass übergestülpt … damit er mich nicht erkennt. Er sollte nur eine kleine Fleischwunde in der Wade bekommen, so dass er während des Fests hätte humpeln müssen und als Träger ausgefallen wäre. Wirklich, nichts weiter. Aber dann hat er sich so gewehrt, dass ich abgerutscht bin und tief in seinen Fuß geschlagen habe.«

»Womit?«

»Mit einem Kurzschwert. Daraufhin ist Magallu schreiend ausgewichen und über die Brüstung in die Schlucht gestürzt. Ich habe ihn nicht gestoßen. Wirklich!«

Walwaziti nickte nachdenklich. Den Spuren nach, die er auf dem Stadtfelsen entdeckt hatte, konnte das tatsächlich stimmen. Der Schmerz hatte Magallu die Orientierung genommen.

»Und weiter? Warum hast du dann Zuwappi sofort getötet?«

»Das habe ich nicht. Auch wenn du mir das nicht glaubst: Die Götter wissen, dass ich die Wahrheit sage. Nachdem ich von der Liste gehört hatte, bin ich losgeeilt und habe mich draußen beim Landgut versteckt. Damit Zuwappi mich nicht erkennt, hatte ich mir eine Hundemaske übergezogen. Ich kam von hinten und wollte auch auf seine Wade zielen. Aber Zuwappi hat mich gehört. Er drehte sich um, entriss mir das Schwert, stieß mich zu Boden und zog meine Maske herunter. Als er mich erkannte, war er so verblüfft, dass ich einen Stein packen und ihm auf den Kopf schlagen konnte.«

»Und da hast du dann ganze Arbeit geleistet und ihm gleich den Schädel zertrümmert.«

»Das musste ich doch tun. Er wusste ja, dass ich das war. Damit man ihn erst nach dem Fest entdeckt, habe ich ihn in dem hohlen Baumstamm versteckt.«

»Und hast dabei sein Siegel übersehen. Das hat ein Bauernjunge gefunden – und so auch die Leiche.«

Palla nickte kaum merklich.

»Und jetzt zu Kunni.«

»Nachdem zwei Männer tot waren, hatte ich unwiderruflich den großen Zorn der Götter auf mich geladen. Nun war alles egal, und ich wollte sichergehen. Vor allem, weil ich Kunni am Morgen bei der Probe nicht erwischen konnte. Als er dann zu den Mittagsteichen ging, habe ich nicht gezögert …«

»… und hast ihn ertränkt, ohne dass er sich wehren konnte. Aber warum hast du Adduwa dann am Leben gelassen?«

»Die Zeit drängte. Seit die Bleilieferung gestern eingetroffen ist, musste ich Figürchen gießen. Bleifigürchen, obwohl ich doch Goldschmied bin!« Selbst in dieser Situation konnte Palla seine Empörung nicht verhehlen, dass man ihm die Arbeit eines weniger hochrangigen Schmieds zugemutet hatte. »Um Adduwa konnte ich mich daher erst nach der Prozession in die Schlucht kümmern. Und danach musste ich ja rechtzeitig bei den Palastteichen sein.«

Das Blei hatte also Adduwa das Leben gerettet. Walwaziti musste unwillkürlich an den uralten Fluch über Akkad denken: »Dein Gold soll für den Preis von Silber gekauft werden. Dein Kupfer soll für den Preis von Blei gekauft werden!« Diesmal hatte sich Blei als Segen erwiesen …

Laut sagte er: »Du dachtest, du hättest ihn getötet. Gib es zu: Du hast gar nicht gemerkt, dass er nur bewusstlos war. Und beinahe hätte das Wasser ja auch dein Werk vollendet.«

Palla hob flehend die gefesselten Arme und flüsterte: »Aber ich bin froh, dass es nicht dazu gekommen ist. Auch wenn er mich erkannt hat. Doch das ändert nichts, mein Leben ist verwirkt.«

»Unsinn. Um deinen Kopf geht es nicht.«

Der Oberste Schreiber schob den Gedanken an Rache energisch beiseite. Auch wenn seine Familie direkt betroffen war, durfte und wollte er sich in seiner Position solch einen Wunsch nicht leisten. Dass die Hinterbliebenen den Kopf des Mörders verlangen durften, war längst abgeschafft.

»Du kennst unsere Gesetze. Vielleicht findest du ja milde Richter, und niemand verlangt, dass du zum Sklaven wirst. Magallus Frau und Kindern ist besser gedient, wenn du frei bleibst und ihnen Silber gibst. Zuwappis Geliebte hat keine Ansprüche, Kunni war kinderlos und seine Eltern sind schon alt, Adduwas Wunden werden wohl bald verheilen. Du könntest sogar billig davonkommen.«

Palla erkannte blitzschnell seine Chance.

»Ich stelle mich dem Gericht. Ich bin nicht allein schuld. Es war nicht recht, dass Hattusili mich nicht als Träger eingeteilt hat. Das war gegen die Tradition. Es ist Hattusili, der Unrecht begangen hat.«

Walwaziti sah ihn ungläubig an. »Du hast das wirklich alles nur getan, um die Statue zu tragen?«

Der Goldschmied nickte entschlossen. »Sie ist mein Werk! Deshalb durfte er mir die Ehre nicht nehmen.«

»Das war tatsächlich der einzige Grund?«

»Ich habe alles gesagt.«

Kopfschüttelnd verließ Walwaziti den Kerker. Palla lehnte sich mit einem leisen Lächeln gegen die Wand.

»In Hattusa, in der Stadt der Götter, sollen sie sich versammeln. Für Unsere Mächtige Sonne und für die Königin sollen sie Jahre herbeibringen. Und zwar neunmal tausend Jahre«, eröffnete Kella vor dem Sphinxtor die abschließende Zeremonie des Torfests.

Oben auf dem Wall standen in einem weiten Halbrund die Träger mit den Götterstatuen. Halpaziti trat vor sie, drehte sich um und sah Hattusili und Puduhepa an, die nun nicht auf der Tribüne saßen, sondern direkt gegenüber von den Götterbildern: »Die gute Botschaft soll Unsere Erstarkte Sonne und die Königin auf dem Thron aus Eisen finden, und es soll dazu kommen, dass Freude herrscht.«

»Alle Götter sind versammelt. Sie erfreuen den König und preisen ihn«, ergänzten die Statuenträger.

Halpaziti hob das weiße Tuch von der großen Silberschale, die ihm zwei Knaben hinhielten, beugte sich vor und betrachtete aufmerksam die Eingeweide des Vogels aus dem Land Hurri, den Kella zuvor im Großen Tempel geopfert hatte.

Puduhepa hielt den Atem an. Jetzt kam der alles entscheidende Moment. Würden die Götter Hattusili als rechtmäßigen Besitzer des Eisenthrons begrüßen, oder würden sie ihm zürnen, weil er den Sohn seines Bruders vertrieben hatte?

Istar, mächtige Herrin, du hast Hattusili befohlen, das zu tun, dachte sie. Nimm deinen Schutz jetzt nicht von ihm. Wenn Hattusili kein starker, von den Göttern gewollter König ist, versinkt das ganze Land für viele Jahre in schrecklichen Bruderkriegen. Dann zerfällt das Reich der Hethiter, und seine Länder werden eine leichte Beute für die anderen Großkönige. Jene Herren, die im letzten Jahr angeboten haben, Urhitesub zu töten, werden sich auf der Stelle wieder gegen Hattusili wenden, und sein Leben ist nichts mehr wert. Das alles kannst du nicht wollen, oh Istar, Herrin.

Hattusili saß ohne sich zu bewegen vor den Götterbildern.

Die angespannte Miene des Orakel-Priesters hellte sich plötzlich auf. Fast lachend richtete er sich auf, hob beide Hände und verkündete: »Der König *ist* den Göttern genehm! Das Land gehört allein dem Wettergott. Die Heerschar des Himmels und der Erde gehört allein dem Wettergott. Doch er hat den König zu seinem Verwalter gemacht und ihm das ganze Land Hattusa gegeben, und das ganze Land soll der König für den Wettergott verantwortlich verwalten. Wer immer sich an den Körpergliedern und an den Grenzen des Königs vergreift, den wird der Wettergott vernichten!«

Walwaziti war gerade rechtzeitig auf der Tribüne vor dem Sphinxtor angelangt, um dieses erfreuliche Urteil zu hören. Er war erleichtert. Es war ohne Frage klug von Istar gewesen, dass sie Puduhepa im Traum befohlen hatte, Halpaziti und keinen anderen bei diesem Torfest das Orakel deuten zu lassen. Der Oberste Schreiber war sich sicher gewesen, dass der Istar-Priester jeden noch so winzigen guten Aspekt herausgestrichen hätte. Das hatte ihm Hoffnung gemacht. Und die hatte sich nun erfüllt. Vor allem aber war das, was er selbst am Morgen geträumt hatte, nicht eingetreten. Hattusili lebte. Und so, wie es aussah, war auch seine Herrschaft als König nicht gefährdet. Walwaziti lehnte sich mit einem Lachen, das zwar immer noch ein bisschen kläglich klang, gegen die Mauer unter der Tribüne.

Offenkundig war das Orakel tatsächlich so glänzend ausgefallen, dass nicht einmal der pessimistischste Deuter etwas anderes herauslesen konnte.

Hattusili trat vor, verneigte sich vor den Götterstatuen und sagte: »Mir, dem König, aber haben die Götter, Sonnengöttin und Wettergott, das Land und mein Haus übergeben. Und ich, der König, werde mein Land und mein Haus schützen!«

Wie ein Mann erhoben sich alle Zuschauer und riefen begeistert: »Dein Königtum soll ewig sein!«

»Ich verstehe einfach nicht, dass jemand drei Menschen tötet – oder eigentlich sogar vier, denn Adduwa hielt er ja auch für tot –, bloß um diese Statue bei der Großen Prozession zu tragen. Sicher, die Istar-Statue liegt Hattusili besonders am Herzen, und es ist in der Tat eine ganz große Ehre, sie zu tragen, aber …«

Walwaziti beendete mit einem hilflosen Achselzucken seinen Bericht. Er saß mit Abamuwa, Bentesina und Halpaziti in einem offenen, vorn zum Hof nur von Säulen begrenzten Raum des Istar-Tempels. Der Priester hatte sie zu einem Becher Wein eingeladen, nachdem sie die Statue der Göttin zurückgebracht hatten. »Wir sollten das wirklich Glück verheißende Orakel feiern«, hatte er gesagt. Aber in Wahrheit brannte er vor Neugierde zu erfahren, was inzwischen geschehen war.

»Ja, das ist so sinnlos. Seine Ehre hat er sowieso verloren«, bestätigte Halpaziti.

»Eigentlich sollte man meinen, dass da noch mehr dahinterstecken muss«, nahm der Kommandant der Leibgarde den Faden auf. Er trank einen großen Schluck Wein und blickte in den Becher. »Dunkelroter vom nördlichen Meer. Der ist wunderbar mild.«

Halpaziti nickte erfreut. »Den habe ich für eine besondere Gelegenheit aufgehoben. Und die ist jetzt wahrlich da.« Er wurde wieder ernst und sah Walwaziti an. »Wie geht es denn Adduwa?«

»Oh, der ist schon wieder frech wie immer. Jetzt behauptet er sogar, er könne Palla dankbar sein, weil er die schwere Statue nicht tragen musste.«

»Schwer? Das stimmt doch gar nicht.« Bentesina war verblüfft. »Ich hatte keine Schwierigkeiten damit.«

»Mit siebzig Minen? Du bist zwar kräftiger als mein Bruder, aber siebzig Minen trägst auch du nicht einfach so.«

»So schwer ist sie aber nicht. Viel mehr als dreißig Minen wiegt sie sicher nicht, schätze ich. Das ist nicht einmal die Hälfte.«

»Nein, Hattusili hat Palla siebzig Minen Gold geben, damit er eine Statue aus massivem Gold anfertigt. Das weiß jeder«, entgegnete Walwaziti. Er holte deutlich hörbar Luft. »Moment. Wenn das stimmt, was du sagst, dann ...« Er sah Halpaziti fragend an.

Der Istar-Priester stand auf und verschwand mit schnellen Schritten im Allerheiligsten. »Istar, Herrin, verzeih«, hörten die anderen ihn sagen, dann erklang ein Ton wie von einem gedämpften Gong.

Halpaziti kam mit zornrotem Gesicht zurück. »Sie *ist* hohl. Jetzt ist mir auch klar, warum Palla sich beim Aufstellen nicht hat helfen lassen ...«

»... und warum er die Statue bei der Großen Prozession unbedingt selbst tragen wollte – damit niemand merkt, dass er das Gold unterschlagen hat«, fügte Walwaziti hinzu. »*Deshalb* mussten die drei sterben. Und jetzt verstehe ich vor allem, warum er so schnell bereit war, sich dem Prozess zu stellen. Ich selbst habe ihm den Weg gewiesen.« Grimmig hieb er sich mit dem Handballen vor die Stirn. »Ich dachte, er kennt unsere Gesetze nicht so gut. Doch er weiß ganz genau, dass ein Diebstahl an der Gottheit ihn den Kopf kosten kann, die Morde aber, wenn er Glück hat, nur Silber – oder Gold, von dem er wahrlich genug hätte, wenn niemand sein wahres Motiv erkennt und er später in aller Ruhe das Gold aus seinem Versteck holen könnte. Davon könnte er bequem Hunderte von Opferfamilien ernähren!«

»Das ist ungeheuerlich«, murmelte Bentesina fassungslos. »Vierzig Minen: Das ist zweimal der Goldtribut von Amurra und Ugaritta zusammen!«

»Aber wieso glaubte Palla, er könnte damit durchkommen?«, fragte Abamuwa. »Spätestens beim Herbstfest wäre doch aufgefallen, dass die Statue zu leicht ist.«

»Ich denke, er wollte sie nicht hohl lassen, sondern mit irgendetwas füllen. Vor dem Torfest kam er vielleicht nicht mehr dazu, weil er die Istar so früh in den Tempel bringen musste. Bis zur Ernte hätte er das aber nachholen können.« Walwaziti rieb sein Ohrläppchen. »Nein. Ich hab's: Die Bleilieferung war doch noch nicht da! Bestimmt wollte er sie mit Blei ausgießen, hat das aber nicht mehr geschafft.« Er verzog den Mund. »Dass er dann gestern aus Unmengen von Blei Figürchen anfertigen musste und nicht mehr an die Istar-Statue herankam, dürfte ihn besonders geärgert haben.«

»Warum hatte er nicht besser vorgesorgt?«, warf Halpaziti ein.

»Das hatte er wohl«, erklärte der Oberste Schreiber. »Aber Zuzuli hat seinen Vorrat herausgegeben, als wir überall Blei für die kleinen Figuren eingesammelt haben. Wir waren erstaunt, wie viel er in seiner Werkstatt hatte.«

»Aber auch dann hätte das Gewicht nicht gestimmt.« Abamuwa war noch nicht ganz überzeugt. »Ein Handbreitstück Blei ist doch viel leichter als ein Handbreitstück Gold!«

»Das ist richtig«, bestätigte Walwaziti. »Aber mach es nur auf allen Seiten um nicht einmal einen halben Finger größer, dann wiegt es genauso viel. Solange die Stücke nicht nebeneinander liegen, erkennt man das nicht. Und Palla wusste das offenbar genau. Er hat die Statue ein bisschen größer gemacht.« Wütend trank er den Rest seines Weins. »Hattusili selbst hat mir gesagt, dass die Statue höher geworden ist, als er erwartet hatte. Da hätte ich Dummkopf doch etwas merken müssen!«

Er stellte den Becher mit einem lauten Knall ab. »Von wegen Ehre. Einzig und allein um Gold ging es! Und ich habe wie mit Scheuklappen die ganze Zeit geglaubt, das Leben des Königs sei in Gefahr. Wenn Puduhepa nicht an die Liste gedacht hätte, wäre ich Palla nie auf die Schliche gekommen.«

»Nun, er hat die Spuren ja auch geschickt auf andere gelenkt«, tröstete Abamuwa seinen Freund. »Erst auf die Lallupijaner und dann auf Kella. Dass Nerikkaili und Kurunta sich auch noch verdächtig gemacht hatten, war ein zusätzlicher Glücksfall für ihn.«

»Aber wenn ich nicht ständig Komplotte gesucht hätte, die es gar nicht gab …«

»Hör auf«, unterbrach ihn Bentesina. »Hattusilis Leben war ja tatsächlich bedroht, zwar nicht jetzt direkt beim Fest, aber doch in ein paar Wochen. Wenn Urhitesub sich mit den Babyloniern verschworen hätte, wäre nicht allein Hattusili ein toter Mann …«

»Eben. Du hast eine Verschwörung verhindert, die für alle von uns und das gesamte Reich gefährlich war, einen dreifachen Mörder entlarvt und ganz nebenbei auch noch den wahren Grund für seine Taten herausgefunden.« Abamuwa grinste breit. »Und das in drei Tagen. Nicht schlecht für jemanden, der sonst nur in seiner Schreibstube hockt und an Griffeln nagt.«

Walwaziti wollte dagegen protestieren, doch der Freund hielt ihm den Mund zu.

»So etwas solltest du öfter machen. Ich werde mich bei Bedarf wieder an dich wenden.« Er klopfte auf Walwazitis Bauch. »Vielleicht verschwindet der dann, wenn dich solche Untersuchungen auch künftig um die Festessen bringen. Das Mahl zum Abschluss des Torfests haben wir jedenfalls jetzt versäumt.«

Sechzehnter Tag des ersten Sommermonats im ersten Jahr des Großkönigs Hattusili

(Mitte Juli 1265 v. u. Z.)

Die Aprikosenernte hatte vor einigen Tagen begonnen. Seit dem Torfest war der Mond schon zweimal voll geworden.

Der Prozess gegen Palla würde sich wohl noch hinziehen, bis die ersten Äpfel reif waren, weil der Goldschmied so viele Zeugen aufbot. Alles deutete darauf hin, dass er tatsächlich glimpflich davonkommen würde.

Wie Walwaziti erwartet hatte, war Magallus Frau die materielle Versorgung ihrer Familie am wichtigsten, und auch Kunnis Angehörige wollten sich mit Silber zufriedengeben.

Der König hätte den Prozess an sich ziehen und Pallas Kopf fordern können, doch Hattusili wollte das nicht, denn er wollte die Todesstrafe grundsätzlich nicht. Außerdem hatte Palla vorgebracht, er habe das Gold gestohlen, um die Fremdländer – besonders Babylon – zu besuchen und deren Kunstformen kennen lernen zu können. Ein Stück weit fühlte sich Hattusili daher an den Ereignissen mitschuldig, denn er selbst war es gewesen, der bemängelt hatte, dass der Goldschmied nie aus der Silberstadt herausgekommen sei.

Zu Hattusilis Verwunderung war Puduhepa damit nicht einverstanden gewesen.

»Ich glaube ihm nicht. Das ist nur ein Vorwand, um den Hals aus der Schlinge zu ziehen. Er hat erfahren, dass du so etwas gesagt hast, und verwendet es nun geschickt gegen uns, nachdem das Gold gefunden worden ist. Doch das ist eine Lüge. Habgier war es, die ihn zu seinen Taten getrieben hat, nichts weiter. Deshalb mussten drei unschuldige Männer sterben. Ich finde das nicht richtig. Bei drei Morden und einem derartig dreisten Diebstahl gebührt ihm keine Nachsicht. Das Gold, das er genommen hat, gehört Istar. Wer die Götter bestiehlt, verdient den Tod.«

Doch der König ließ sich nicht beirren. »Wahrscheinlich hast du wieder einmal Recht, aber Palla führt zu seiner Entlastung an, dass das Gold ja nie im Tempel war, Istar gar nicht übereignet worden war.«

Puduhepa wollte ihn unterbrechen, aber Hattusili fügte hinzu: »Ich weiß, dies ist eine Spitzfindigkeit, um das Gesetz zu umgehen. Aber Palla ist geschickt – und kann die Menschen gut überzeugen. Wenn auch nur einer annimmt, ich hätte aus Rachsucht den Prozess an mich gezogen und seinen Tod verlangt, dann schadet mir das weit mehr als ein zu mildes Urteil. Ich denke, Istar wird das verzeihen. Und das Gold ist ja nun im Tempel.«

Kella, der, wie sattsam bekannt, sonst eher zu konservativen Lösungen neigte und bei allen Vergehen, die die Tempel betrafen, die strengsten Strafen forderte, hatte sich diesmal voll und ganz hinter seinen König gestellt. Überhaupt schien er seit dem Torfest eine Wandlung durchgemacht zu haben. Wer ihn nicht von früher kannte, hätte ihn glatt zu Hattusilis treuesten Gefolgsmännern gezählt. Das Orakel zeigte Wirkung. Oder lag es daran, dass sich der Oberste Priester endlich genauer mit Hattusilis Plänen für die Tempelbauten beschäftigt und gleich noch ein paar Vorschläge gemacht hatte, die auf offene Ohren getroffen waren?

Allein stand Kella mit seiner Meinung jedenfalls nicht da.

Bei den anderen Fragen, die nach dem Fest geklärt werden mussten, hatte Hattusili Puduhepas Rat – wie schon öfter – bereitwillig angenommen.

So kam es, dass sich Kurunta eine Woche nach dem Torfest in neuer alter Freundschaft vom Königspaar verabschiedet und die Rückreise nach Tarhuntassa angetreten hatte. Dass er Kubanta gegenuber so auf Puduhepa geschimpft hatte, beschämte ihn. Nun war er ein glühender Anhänger der Königin. Sie hatte erkannt, dass die Tributpflichten von Tarhuntassa zu hoch waren, und Hattusili vorgeschlagen, Kurunta bis auf die Bereitstellung von zweihundert Kriegern davon zu entbinden. Seither konnte man dem König von Tarhuntassa kein böses Wort mehr über Hattusili und Puduhepa entlocken.

Und auch Uratarhunta war wie ausgewechselt. Er beteiligte sich in diesen Tagen eifrig an den Hochzeitsvorbereitungen von Mala und Adduwa. Es sollte ein prächtiges Fest werden. Das konnte er sich jetzt leisten: Hattusili hatte ihm trotz Kantuzzilis feindseliger Haltung nun doch zum Dank für die Unterstützung gegen Urhitesub Ländereien übergeben – die sogar von den Sonderdiensten befreit waren – und ihm außerdem eine bessere Position in Aussicht gestellt. Gleich nach dem nächsten Neumond würde Adduwa feines Öl auf Malas Haupt gießen, um die Verlobung zu besiegeln. Dass Walwaziti sich dabei sehr zurückhielt, verwunderte alle.

Weniger gut ging es Urhitesub und Sipaziti. Sie befanden sich inzwischen auf einem Schiff gen Süden. Diesmal waren beide unehrenhaft nach Alasija, der wüsten Kupferinsel, verbannt worden, und all ihren Besitz hatte der König dem Istar-Tempel übereignet. Dass sie diesmal unerbittlich sein mussten, darin waren sich der König und die Königin absolut einig gewesen.

Doch eine offene Frage gab es nach wie vor. Die Boten, die Hattusili mit den Delegationen nach Ägypten, Assyrien und Babylonien geschickt hatte, waren noch nicht wieder in die Silberstadt zurückgekehrt.

Allmählich wurde Hattusili ungeduldig.

Walwaziti hatte verschlafen wie ein satter Bär. Der Wein des vergangenen Abends hatte seine Glieder schwer gemacht. Aber diesmal bereute er keinen Tropfen. In den letzten zehn Tagen hatte sich sein Leben gründlich verändert.

Die Freude darüber, einen dreifachen Mord aufgeklärt und die Machenschaften von Urhitesub und Sipaziti im Keim erstickt zu haben, war schon wenige Tage nach dem Fest der Ernüchterung gewichen. Mit jedem Tag war ihm die Erfüllung seiner normalen Pflichten schwerer gefallen. Puduhepas Gegenwart hatte er weiter, wann immer es ging, gemieden. Aber langsam war das aufgefallen. Wenn er den Kampf in seinem Inneren nicht beenden konnte, musste er tatsächlich zu seinem Bruder Naninzi nach Ugaritta gehen.

Mehrfach hatte er daraufhin begonnen, einen Brief an ihn zu entwerfen – und gemerkt, dass er überhaupt keine Lust verspürte, der Silberstadt den Rücken zu kehren. Hier hatte er Macht und Einfluss, bekleidete eine Position, die er durchaus schätzte. Eigentlich wollte er seine Arbeit in der Staatskanzlei nicht aufgeben. Also musste er selbst dafür sorgen, dass sie wieder erträglich wurde und nicht durch unerwiderte Gefühle und eine lächerliche Schwärmerei beeinträchtigt wurde. Er war schließlich kein Jungspund mehr.

Von diesem Augenblick an ging es ihm besser. Es gelang ihm schrittweise, seine Verliebtheit in Puduhepa wieder durch die Verehrung zu ersetzen, die einer Königin zukam. Nach wie vor bewunderte er sie, aber das Kribbeln bei ihrem Anblick ließ nach, und zunehmend konnte er es sich sogar auch eingestehen, wenn sie einen Fehler machte. Besonders ärgerte es ihn, wenn sie versuchte, Hattusili zu beeinflussen. War es nötig gewesen, Kurunta so viele Zugeständnisse zu machen? Warum hielt sie einzig ihre Politik gegenüber den Ländern am westlichen Meer für richtig? Schließlich war es die Aufgabe des Obersten Schreibers, seinen König in solchen Fragen zu beraten! Und dann hatte sie auch noch versucht, ihm selbst Vorschriften zu machen, wie er mit seinen jungen Schreibern umzugehen hätte! Er sei zu streng, hatte sie behauptet, und würde vergessen, dass junge Leute von ihrem Ungestüm auch gelegentlich überwältigt würden. Als wüsste er nicht selbst am besten, wie wichtig es war, solchen Regungen gar nicht erst nachzugeben!

Ja, allmählich war er froh, dass er wegen einer Frau, die nach Gutdünken und voller Gefühle in die Belange des Throns eingriff, nicht auf seine Machtposition verzichtet hatte. Auch wenn sich ihre Vorschläge, wenn er ehrlich war, meistens mit seinen deckten. Trotzdem hielt er, wann immer es ging, Abstand zu ihr.

Seit zehn Tagen jedoch suchte er die Nähe der Königin geradezu wieder.

Der Oberste Schreiber betrat das Audienzzimmer, um die Aufgaben des Tages zu besprechen. Er setzte sich auf einen Sessel gegenüber von Hattusili. Wieder stand Puduhepa bei einer Schale mit Blumen, wieder strahlte ihr kupferrotes Haar. Doch unversehens schob sich für Walwaziti ein dunkler Schopf davor, und üppigere Formen erschienen ihm weitaus begehrenswerter als die grazile Schlankheit der Königin.

Vor zehn Tagen war Puduhepas Base Mastigga aus Kummanni zu Besuch gekommen. Äußerlich hätten die beiden Frauen nicht unterschiedlicher sein können, doch an Klugheit und Witz standen sie sich in seinen Augen in nichts nach. Im Gegenteil, Mastigga teilte zudem Walwazitis Sinn für Ironie – und, wie ihr Körper deutlich zeigte, seine Vorliebe für gutes Essen. Gestern hatte er es endlich gewagt, sie einzuladen. Nani hatte all seine wahrlich nicht unbeträchtlichen Kochkünste aufgeboten, und es war ein langer und fröhlicher Abend mit viel rotem Wein aus Kizzuwatna geworden. Walwaziti strich über sein Ohrläppchen und lächelte verträumt.

»He, Walwaziti, dein König spricht mit dir. Ich bin sicher, ich weiß, wer dich ablenkt!« Hattusili lachte.

Es war ihm keineswegs verborgen geblieben, dass sich sein Oberster Schreiber seit dem Torfest merkwürdig verhalten hatte, ja trübsinnig zu sein schien. Um so froher machte es ihn, dass Walwaziti Mastigga seit ihrer Ankunft geradezu mit Blicken verschlang. Das war gut. Denn nachdem er mit Magallu, Kunni und Zuwappi schon drei Diplomaten seines Vertrauens verloren hatte, war er dringend darauf angewiesen, dass sein bester Diplomat wieder seine gewohnte Offenheit und Geistesgegenwärtigkeit zurückgewann. Und nicht etwa auf dumme Gedanken verfiel wie den, Hattusa zu verlassen. Über diese Befürchtungen hatte der König wohlweislich nicht mit Puduhepa gesprochen.

»Ich denke, du solltest am Nachmittag die Königin und ihre Base bei einem Ausflug begleiten«, erklärte Hattusili scheinbar beiläufig. Dann wurde er ernst. »Doch jetzt sollten wir uns mit Ahhijawa befassen.«

Walwaziti nickte, nahm eine Tontafel zur Hand und fasste den Inhalt zusammen: »Offenbar gibt es jenseits des westlichen Meers große Veränderungen, Meine Sonne. Meine Kundschafter berichten, dass die Herrscher dort, die bislang gleichberechtigt waren, einen aus ihrer Mitte zu einer Art obersten König machen wollen. Und das bedeutet, dass wir es künftig mit einem Großkönig von Ahhijawa zu tun haben.«

»Das erleichtert zwar den Austausch von Boten«, ergänzte Hattusili, »aber es könnte auch dazu führen, dass Ahhijawa sich nicht mehr mit dem schmalen Küstenstreifen von Millawanda zufrieden gibt. Das macht mir Sorgen, denn heute habe ich außerdem erfahren, dass Pijamaradu sich mit seiner Tochter und seinem Schwiegersohn versöhnt hat und nach Millawanda zurückkehren will.«

Walwaziti sah erschrocken auf. Dieser Schwiegersohn war der Statthalter von Ahhijawa in Millawanda. Pijamaradu stammte aus einer Königslinie, die in Mira geherrscht hatte, als das Land noch erheblich größer als heute war, und die später vom hethitischen König abgesetzt worden war. Mehrfach hatte er versucht, sich einen Thron am westlichen Meer zurückzuerobern. Bislang war er damit gescheitert, und Hattusa hatte sogar davon profitiert, weil sich Wilusa, das zuvor selbstständig gewesen war, dem Hethiter-Reich angeschlossen hatte, nachdem Pijamaradu zusammen mit einem Heer aus Masa dort eingefallen war. Im Augenblick aber, solange Hattusilis Anerkennung durch die Fremdländer noch nicht gesichert und sein Verhältnis zum König von Mira angespannt war, bargen neue Unruhen im Westen nur Gefahren.

»Du weißt«, unterbrach Hattusili seinen Gedankengang, »dass das Torfest nur dann wirklich ein Erfolg war, wenn aus Ägypten und Assyrien gute Nachrichten eintreffen.«

»Ich denke, wir haben noch keinen Grund zur Besorgnis,

Meine Sonne«, antwortete der Oberste Schreiber beschwichtigend. »Der Bote, den du mit Baba-aha-iddina nach Assur geschickt hast, benötigt zwar eigentlich keine zwei Monde, um wieder hier zu sein, aber sicher hält ihn Adad-Nirari zurück, bis er weiß, wie Ramses sich verhält. Doch vom Pharao kannst du jetzt noch keine Botschaft erwarten. Zwischen Hattusa und Piramesse liegen mindestens dreißig Tagesreisen – und das nur, wenn der Bote ohne großes Gefolge unterwegs ist. Und ich glaube nicht, dass es Tuttu gelungen ist, Mairia zu irgendwelcher Eile zu veranlassen. Du hast ja selbst gesehen, wie eitel der Ägypter ist.«

»Du hast Recht«, bestätigte Hattusili. »Trotzdem: Wenn Ahhijawa nun …« Er unterbrach sich nachdenklich.

In diesem Moment kam Abamuwa und verkündete: »Tuttu bittet um Gehör, Meine Sonne.«

»Lass ihn herein!« Hattusili wie Walwaziti fuhren auf. Puduhepa drehte sich so heftig um, dass die Blumenschale gefährlich ins Wanken geriet.

Ein sichtlich erschöpfter und übermüdeter Tuttu kam strahlend herein. »Entschuldige, Meine Sonne, ich habe es nicht schneller geschafft. Obwohl ich letzte Nacht nur dann kurz Rast gemacht habe, wenn die Pferde erschöpft waren.« Er streckte Walwaziti eine versiegelte Tontafel hin. »Diese Botschaft sollst du unserem König und der Königin vorlesen.«

Hastig erbrach der Oberste Schreiber das Siegel und nahm die Tonhülle ab. Schon nach einem kurzen Blick auf den Inhalt strahlte er gleichfalls.

So spricht der Großkönig, der König des Landes Ägypten, Usermaatre-Setepenre, der Sohn der Sonne, Ramses Meriamun:

Zu Hattusili, dem Großkönig, dem König des Landes Hattusa, meinem Bruder, sage:

Mir, deinem Bruder, geht es sehr gut, meinen Häusern, meinen Frauen, meinen Söhnen, meinen Truppen, meinen Pferden, meinen Wagen und innerhalb aller meiner Länder geht es sehr, sehr gut.

Dir, meinem Bruder, möge es sehr gut gehen, deinen Häusern, dei-

nen Frauen, deinen Söhnen, deinen Truppen, deinen Pferden, deinen Wagen und innerhalb aller deiner Länder möge es sehr, sehr gut gehen.

Siehe: Ich nehme dich zur Kenntnis, denn du bist groß im Lande Hattusa, und du bist heldenhaft in allen Ländern.

So sprich zu meinem Bruder: Siehe, du bist der Großkönig der Länder des Landes Hattusa. Der Sonnengott hat dich veranlasst, und der Wettergott hat dich veranlasst das Königtum auszuüben in den Ländern des Landes Hattusa an der Stelle deines Großvaters.

Vertraue du den Worten deines Bruders! Dass ich dies sage, beruht auf dem guten Verhältnis, das wir geschaffen haben. Und ich werde das gute Verhältnis nicht aufgeben; das weißt du, und ich weiß es für ewig.

Und Tuttu, deinen Boten, den du mir gesandt hast, den habe ich zu dir zu gehen veranlasst mit einem großen Geschenk.

Einen Mann von Rang nehme ich zur Kenntnis, aber siehe, den Urhitesub nehme ich nicht zur Kenntnis, ein starrsinniger Mensch ist der.

Siehe, du bist ein freundlich gesonnener König und kein feindlicher König. Du wirst das Land Hattusa gedeihen lassen. Fürwahr, du hast die Königsherrschaft über das Land Hattusa zu Recht ergriffen und nicht zu Unrecht!

Historisches Nachwort

Jeder historische Roman, erst recht einer, der in einer fernen Vergangenheit spielt, vermischt Fakten und Fiktives, und selbstverständlich hat das Maß seines Realitätsgehalts mit seiner Qualität *als Roman* nichts zu tun. Da sich aber trotzdem viele Leser dafür interessieren, will ich kurz darlegen, was an der Geschichte von Walwaziti, Puduhepa, Hattusili und den anderen wahr ist und was nicht.

Die Öllämpchen beispielsweise musste ich erfinden.

Dank zigtausender Keilschrifttafeln, die man in den Ruinen Hattusas und andernorts gefunden hat, weiß die Wissenschaft mittlerweile sehr viel über die Hethiter, doch wie man in Hattusa abends die Häuser beleuchtete – über so etwas Banales kann sie keine Auskunft geben. Aber Öllampen sind für die Zeit, in der der Roman spielt, aus Mesopotamien (wie auch Ägypten) belegt. Da die Hethiter seit Jahrhunderten einen regen Handelsaustausch mit diesen Regionen pflegten, dürften sie kaum auf solche Dinge, die den Alltag erleichterten, verzichtet haben.

Damals wie heute war es so, dass man eher das Außergewöhnliche und Offizielle schriftlich festhielt und selten das Private, Alltägliche. Wo die Informationen auf den hethitischen Keilschrifttafeln fehlen, waren mir also oft nur Rückschlüsse möglich. Die wertvollste Hilfe bot dabei die Archäologie: So sind etwa Badewannen und Kanalisation selbst in kleineren Häusern von Hattusa (und auch andernorts) keine Phantasie – sie wurden ausgegraben.

Natürlich habe ich mir auch die Morde ausgedacht, die Dialoge, die Gedanken und Gefühle der Menschen sowie zum größeren Teil ihr Aussehen.

Nicht aber die Menschen selbst. Alle Personennamen sind

in hethitischen Quellen für das 13. Jahrhundert v. u. Z. belegt. Und ich habe mir nicht einfach bloß Namen herausgepickt und eine Geschichte dazu erfunden: Bis auf wenige Ausnahmen sind alle handelnden Personen mit demselben Namen, in derselben beruflichen beziehungsweise gesellschaftlichen Position, mit denselben verwandtschaftlichen Beziehungen untereinander und meist auch mit derselben politischen Einstellung zu Hattusili – in der wissenschaftlichen Literatur als Hattusili III. bekannt – überliefert.

Vor allem haben auch Walwaziti und seine Familie wirklich gelebt: Bis hin zu der Tatsache, dass Walwazitis Vater Hattusili geraten hat, den Kampf gegen Urhitesub aufzunehmen, ist deren Geschichte in den hethitischen Quellen verzeichnet. Dasselbe gilt für Nebenfiguren wie Masturi und Kubanta (bei letzterem habe ich mir nur die Freiheit genommen, seinen Namen, der eigentlich Kubantakurunta lautete, zu verkürzen, damit man den König von Mira beim Lesen leichter von Kurunta von Tarhuntassa unterscheiden kann); und auch die Schenkung des Landguts an Uratarhunta beispielsweise ist belegt – trotz der Feindseligkeit seines Vaters Kantuzzili.

Genauso wenig erfunden habe ich, dass Hattusili Itti-Marduk-balatu für ein Schandmaul hielt. Ob der Babylonier tatsächlich einen Besuch in Hattusa abgestattet hat, ist hingegen nicht bekannt. Das gilt auch für die Anwesenheit des späteren assyrischen Wesirs Baba-aha-iddina. Doch dass die Assyrer Hattusili zunächst die üblichen Geschenke und Glückwünsche zur Thronbesteigung verwehrt haben, entspricht den Tatsachen (wie auch Verhandlungen über die Bestrafung von Turira). Gleichfalls Historie ist, dass der Arzt Raba-sa-Marduk viele Jahre am hethitischen Königshof gelebt hat und mit einer Verwandten des Königs verheiratet war. Unrecht getan habe ich möglicherweise Kella: Ob der Priester diese konservative Haltung gegenüber Hattusilis Thronübernahme tatsächlich hatte, sagen die Quellen nicht – wohl aber, dass er in Anwesenheit des Obersten Schreibers

Walwaziti Festrituale diktiert hat. Dieser Liste ließen sich noch viele Personen hinzufügen – Tuttu, Alalimi, Gassulawija, Bentesina, Sipaziti, um nur einige zu nennen … Und selbst, auch wenn das fast unglaublich erscheint, der Übeltäter und sein ursprüngliches Verbrechen entsprangen nicht meiner Phantasie: Beide sind in einem hethitischen Gerichtsprotokoll verzeichnet.

Vieles von dem, was den Lesern vielleicht besonders exotisch oder phantasievoll vorkommen mag, ist gerade keine Erfindung, etwa der Text des rituellen Theaterspiels – nur die »Inszenierung« ist von mir – oder die in den Sand »gemalten« Figuren bei der Streitwagenvorführung: Ein hethitischer Text behandelt ausführlich die Kunst der Pferde-Ausbildung. Auch so etwas wie der Fässerwettkampf ist keine Fiktion, ebenso wenig sind es die Schwertschlucker und Akrobaten mit der Leiter. Selbst der »Knietanz« ist in den Quellen vermerkt. Ob es tatsächlich eine Art Kasatschok war, kann ich allerdings nicht beschwören. Doch das Bild drängt sich auf, wenn man liest: »Knietanz in Hockstellung«. Oder das Essen: All die vielen Brot- und Biersorten, die ganze Palette der Speisen beim großen Festmenü wie auch die Weinsuppe vom ersten Festtag sind belegt. (Wer den Hammel mit Granatäpfeln ausprobieren möchte, findet ein auf moderne Gegebenheiten zugeschnittenes Rezept zusammen mit einem für »Torfest-Honigbrote« im Anhang.)

Mehr hinzudichten musste ich bei der Kleidung und den Frisuren. Die bildlichen Darstellungen der Hethiter sind ziemlich standardisiert und beschränken sich überwiegend auf Ritualszenen, sagen also über das normale Aussehen wenig. Aber auch hier gilt: Wenn ein besonders fremdartiges Kleidungsstück erwähnt ist, sich eine der Personen beispielsweise einen speziellen Hut aufsetzt, ist das natürlich so überliefert.

Noch verblüffender ist die Sache mit dem Eisenthron, den vielleicht einige ins Reich der Phantasie verwiesen haben, weil er so gar nicht zu unserem Schulwissen vom Beginn der

Eisenzeit (zwischen 1000 und 800 v. u. Z.) passen will. Doch zu Hattusilis Zeiten saßen die hethitischen Großkönige bereits seit rund 400 Jahren (!) auf einem Eisenthron – und wurden von den zeitgenössischen Kollegen darum heftig beneidet, die sich »bloß« Gold leisten konnten. Eisen war damals im Schnitt vierzigmal wertvoller als Silber, Gold hingegen nur vier- bis siebenmal. Die Wissenschaftler sind sich zwar noch nicht ganz sicher, aber in mehr als einer Hinsicht scheinen die Hethiter – oder ein zu ihren Vasallen gehörendes Volk – bei der schrittweisen Entdeckung der schwierigen Eisenverarbeitung eine bedeutende Rolle gespielt zu haben.

Und der Pavian, den Mairia als Geschenk mitbringt? Nun, gelegentlich habe ich mir die Freiheit genommen, zeitliche Abläufe festzulegen, die nicht vollständig gesichert sind. Der Pavian ist so ein Beispiel. Mairia *hat* Hattusili einen Pavian als Geschenk von Ramses II. überbracht. Ob das so kurz nach Hattusilis Thronübernahme oder ein paar Jahre später geschah – allerdings nur wenige, das ist gewiss –, darüber gehen die wissenschaftlichen Interpretationen auseinander.

An der Grundsituation, in der sich Hattusili und die anderen im Frühjahr 1265 v. u. Z. befanden, ändert das nichts.

Die Hethiter betraten die Bühne der Geschichte kurz vor 1700 v. u. Z. Da unterwarf in Zentralanatolien ein Stadtfürst mehrere andere kleine Fürstentümer, darunter das von Hattusa. Eineinhalb Jahrhunderte später bezwang einer seiner Nachfahren, der sich als erster Hattusili – »Mann von Hattusa« – nannte, ein Gebiet bis hinunter nach Syrien. Und sein Sohn Mursili zerstörte kurz darauf sogar Babylon. Doch von Dauer waren all diese Eroberungen nicht. Mehr als einmal stand das Hethiter-Reich am Rand des Untergangs. Besonders schlimm war die Lage Mitte des 14. Jahrhunderts. Da schien es nur noch eine Frage der Zeit zu sein, bis es von Mittanni, einem mächtigen Nachbarn und Konkurrenten um die Oberhoheit über Syrien, geschluckt würde.

Doch das Blatt wendete sich, als Suppiluliuma I. – der Großvater von Hattusili III. – den Thron in Hattusa bestieg. Erstmals tat ein hethitischer König das, wofür die Hethiter zu Recht berühmt wurden: Er verknüpfte Eroberungszüge mit Bündnispolitik und Diplomatie. Statt sich, wie bislang üblich, dem Feind mit einem Heer entgegenzuwerfen, isolierte er das Reich Mittanni erst einmal politisch. Er verbündete sich mit Babylonien, band den wichtigsten nördlichen Nachbarn von Mittanni mit einer politischen Heirat an sich, schloss ein Stillhalteabkommen mit Ägypten (das eigentlich auf der Seite von Mittanni stand) und versprach mehreren Mittanni-Vasallen Unterstützung, wenn sie sich lossagen würden. Erst danach erfolgte der militärische Angriff – dem das auf sich allein gestellte Mittanni jetzt nicht mehr standhalten konnte. Fortan geboten die Hethiter über die wichtigen Handelsrouten und Häfen in Nordsyrien.

Mit Ägypten wollte sich Suppiluliuma dagegen nicht anlegen. Es war ihm wohl ziemlich klar, dass er vom fernen Hattusa aus nicht die gesamte Levante-Küste beherrschen konnte. Kritisch wurde die Situation jedoch, als der Kleinkönig von Kadesch (einer Festung am Orontes, in der Nähe der heutigen syrisch-libanesischen Grenze) seine Kräfte überschätzte und die Hethiter angriff. Natürlich besiegte ihn Suppiluliuma und machte ihn zum Vasallen von Hattusa. Das hätte eigentlich die Ägypter auf den Plan rufen müssen.

Aber am Nil herrschte zu der Zeit der »Ketzerpharao« Echnaton, der seinem Land den ersten Monotheismus der Welt verordnet hatte, was zu gewaltigen innenpolitischen Turbulenzen führte und das Reich außenpolitisch lähmte. Während Echnatons Regentschaft wie auch in der Restaurationsphase danach unterblieb daher jedwede Reaktion aus Ägypten. Statt dessen schrieb wenige Jahre später die Witwe von Tutanchamun (der wahrscheinlich ermordet worden war) einen Brief an Suppiluliuma: Er möge ihr einen seiner

Söhne schicken, damit sie ihn heiraten und so zum ägyptischen Pharao machen könne.

Da es in Ägypten eigentlich undenkbar war, einen Ausländer zum Herrscher zu machen, zögerte Suppiluliuma zunächst, beorderte dann aber einen seiner Söhne an den Nil. Wie Recht Suppiluliuma mit seiner Skepsis gehabt hatte, zeigte sich, als der hethitische Prinz dort ankam: Inzwischen saß Eje, ein ehemaliger Heerführer, auf dem Pharaonenthron. Statt den Hethiter gleich wieder nach Hause zu schicken, hielt Eje ihn zurück, und der Prinz starb in dieser Zeit. Suppiluliuma vermutete einen gewaltsamen Tod und verlangte eine Erklärung. Die kam offenbar nicht, und Suppiluliuma begann einen Rachefeldzug gegen Ägypten. Zunächst war er siegreich, doch dann brach unter ägyptischen Gefangenen eine Seuche aus, die rasch auf Anatolien übergriff und dort über zwanzig Jahre wütete. Auch Suppiluliuma fiel ihr zum Opfer.

Mursili II., dem jüngsten Sohn von Suppiluliuma, gelang es trotzdem, das Hethiter-Reich zu erhalten und im Westen von Anatolien sogar noch Gebiete hinzuzugewinnen. Einzig Millawanda (Milet) konnte er nicht dauerhaft an Hattusa binden. Milet blieb eine Handelsniederlassung von Ahhijawa (so die hethitische Bezeichnung für das mykenische Griechenland). Dass die Lage in Syrien stabil blieb, lag wohl daran, dass die Ägypter weiterhin mit internen Problemen beschäftigt waren.

Diese Situation änderte sich mit der 19. ägyptischen Dynastie, insbesondere unter Ramses II., der 1279 Pharao geworden war. Zu diesem Zeitpunkt war bereits Mursilis Sohn Muwattalli II. hethitischer König. Muwattalli war klar, dass die Auseinandersetzung, die mittlerweile fast fünfzig Jahre auf Eis gelegen hatte, nun unvermeidlich wurde, da Ägypten zu seiner alten Expansionspolitik zurückgefunden hatte. Muwattalli verlagerte die Hauptstadt von Hattusa in den Süden des Reiches, nach Tarhuntassa, und machte seinen Bruder Hattusili zum Regenten im Norden. Nachdem Ramses II. 1275 nach Syrien gezogen war und dort Amurru (hethitisch: Amurra) unterworfen hatte, sammelte Muwattalli im nächsten Jahr ein Heer von 37 000 Mann und 3500 Streitwagen und marschierte zusammen mit Hattusili nach Kadesch (hethitisch: Kinza). Am 12. Mai 1274 v. u. Z. kam es dort zur wohl berühmtesten Schlacht der Bronzezeit.

Die Hethiter errangen einen glanzvollen Sieg.

Etwa zwei Jahre nach der Schlacht von Kadesch starb Muwattalli. Sein Nachfolger wurde Urhitesub, der Sohn einer Nebenfrau. Er war nach hethitischem Recht ein legitimer Thronfolger, erwies sich aber als schlechter Herrscher. Assyrien, einst Vasall von Mittanni, hatte im Windschatten von Suppiluliumas Siegen die Selbstständigkeit erlangen können und schickte sich nun an, seinerseits Mittanni zu erobern. Urhitesub sah dem Expansionsdrang tatenlos zu und verschlimmerte die Lage noch durch einen beleidigenden Brief an den assyrischen König Adad-Nirari I., der allen diplomatischen Gepflogenheiten (der damaligen wie der heutigen Zeit) entgegenlief. Ein offener Krieg gegen Assyrien hätte unweigerlich wieder Ramses auf den Plan gerufen, der seine Niederlage liebend gern rückgängig gemacht hätte. Wie schwach Urhitesub war, blieb Ramses nicht verborgen. Deshalb scheute er sich nicht, eine Darstellung der Schlacht von Kadesch auf Tempelwänden einmeißeln zu lassen, die der Realität ganz und gar nicht entsprach und ihn persönlich zum großen Sieger erklärte. (Und noch heute kann man in Büchern diese ägyptische Version der Ereignisse lesen.)

Zu Hause machte sich Urhitesub, der den Thronnamen Mursili III. trug, insbesondere seinen Onkel Hattusili zum Feind. Nachdem er die Hauptstadt wieder zurück nach Hattusa verlegt hatte, beschnitt er Stück für Stück Hattusilis Macht. Nach sieben Jahren ließ sich Hattusili das nicht weiter bieten, zog gegen Urhitesub zu Felde und nahm ihn alsbald in Samuha gefangen. Der vertriebene König bekam ein ehrenvolles, lukratives Exil – ein paar befestigte Städte in Nuhassa – und Hattusili bestieg den hethitischen Thron.

Auch wenn dieser erzwungene Thronwechsel für das Land ein Segen war, widersprach er hethitischem Recht, und es drohte eine Spaltung zwischen den beiden rivalisierenden Linien des Königshauses und ihren jeweiligen Anhängern – also ein Bürgerkrieg. Hattusili musste alles daransetzen, im Innern wie nach außen Anerkennung zu finden, um auf dem Thron zu überleben.

Diese Situation, die ebenfalls durch schriftliche Quellen belegt ist, schildert der Roman.

Dass Hattusili die heikle Aufgabe meisterte, beweist der weitere Verlauf der Geschichte. Ob er mit solch einem Fest den Boden dafür bereitet hat, ist nicht bekannt. Aber ohne Zweifel hatten die großen Feste in Hattusa genau diese Funktion. Boten aus den Fremdländern kamen, und für die Vasallen war eine solche Teilnahme einmal im Jahr Pflicht.

Es könnte also so gewesen sein …

Ganz sicher verlief das Torfest (meine freie Übersetzung des wissenschaftlich als KI.LAM bezeichneten Fests) nicht exakt so, wie ich es beschrieben habe. Aber da selbst die Hethitologen sich nicht über die genaue Abfolge einig sind, habe ich mir die Freiheit genommen, dort, wo die Texte Lücken aufweisen, die Elemente so zusammenzustellen, dass sich ein abwechslungsreicher Verlauf ergibt, und statt einer endlosen Wiederholung von nahezu immer gleichen Opfern an die unterschiedlichen Götter habe ich Teile von anderen, ähnlichen Festen mit hineingenommen.

Durch Quellen belegt sind auch die Anredeformen (»Meine Sonne«, »Herr«), die Begrüßungsfloskeln, die rituellen Trinksprüche und sogar Puduhepas Traum von Walwaziti wie auch dessen hastiges Opferversprechen nach seinem eigenen Traum (der selbst allerdings pure Erfindung ist). Wörtliche Originalzitate erkennt der Leser leicht am etwas anderen Ton.

Insgesamt fand ich es aber unangebracht, die normale, alltägliche Sprechweise meiner Figuren zu »archaisieren«, wie man das gelegentlich in anderen historischen Romanen findet. Zu ihrer Zeit sprachen diese Menschen ja ein absolut »modernes« Hethitisch, das ich folglich in ein modernes Deutsch »übersetze«. Natürlich musste ich dabei Anachronismen vermeiden (wer keine Uhr hat, denkt nicht in Minuten oder gar Sekunden), aber Begriffe wie etwa »Staatskanzlei« sind angesichts der sehr komplexen hethitischen Verwaltung nicht fehl am Platz. Dass Heilsformeln, Trinksprüche oder auch der Text des Theaterspiels etwas steifer, förmlicher, altmodischer klingen, folgt dabei auch der Logik: Denn rituelle Texte sind überlieferte Texte und daher sprachlich einer älteren Tradition verpflichtet – in jedem modernen Gottesdienst kann man sich davon überzeugen, dass dies heute noch ganz genauso ist.

Das fremdartigste und damit schwierigste Element sind für die Leser sicher die hethitischen Namen. Um sie trotzdem so leicht fassbar wie möglich zu halten, habe ich keine wissenschaftliche, sondern eine vereinfachte deutsche Schreibweise gewählt und auch keine Zungenbrecher wie beispielsweise doppelte »sch« benutzt (über deren Verwendung die Fachleute sowieso uneins sind).

Größten Wert habe ich aber auf die Authentizität der Gegebenheiten und des historisch-politischen Hintergrunds gelegt, denn die ausgesprochen »moderne« hethitische Außenpolitik, die sehr auf Diplomatie, Allianzen, bilaterale Verträge und Heiratspolitik à la Habsburg setzte, fasziniert mich an der hethitischen Kultur ganz besonders. Gerade Hattusili und Puduhepa waren in dieser Hinsicht äußerst klug und geschickt. Würde man ihre Biografie ohne Jahreszahlen und irgendwelche sonstigen zeitlichen Bezüge aufschreiben, würde man sie eher in der jüngeren Vergangenheit als in der späten Bronzezeit vermuten.

Es war mein Bestreben, diesen Ausschnitt der Weltgeschichte so wissenschaftlich stichhaltig wie möglich wiederzugeben. Die Leser können also sicher sein, dass die heute noch berühmte Schlacht von Kadesch tatsächlich von Hattusili und seinem Bruder Muwattalli gewonnen wurde und alle anderen Versionen ägyptische Propaganda sind. (Wer Christian Jacq gelesen hat und dies bezweifelt: In seinen wissenschaftlichen Werken stellt er diesen Sachverhalt genauso dar wie ich, nur in seinem Roman nimmt er natürlich die ägyptische Perspektive ein, wie sie Ramses in die Tempelmauern einmeißeln ließ.)

Und anschließend wurde eine der größten Blüten der hethitischen Kultur tatsächlich dadurch eingeleitet, dass es Hattusili gelang, eine Machtbalance zwischen den damals führenden »Welt«-Reichen Ägypten, Assyrien, Babylonien, dem Hethiter-Reich und Ahhijawa (dem mykenischen Griechenland) herzustellen. (Die Prinzessin, die Hattusili und Puduhepa am Abend auf der Dachterrasse ihres Palasts »planen«, wurde übrigens wirklich mit Ramses verheiratet; meine Erfindung ist einzig, dass sie die drittgeborene war).

Ziemlich ausgewogen waren auch die Verträge mit den Vasallen. Eigentlich wäre es richtiger, von Bundes- oder Glied- statt von Vasallenstaaten zu sprechen; die Hethiter bezeichneten sie auch nicht so, sondern – im Gegensatz zu den inneren, inkorporierten Ländern – als »auswärtige Länder«. Die Könige dort waren zwar zu militärischen Dienstleistungen, Tributzahlungen, jährlichem Erscheinen vor dem Großkönig und dem Verzicht auf eigene Außenpolitik verpflichtet, blieben aber innerhalb ihres Landes autonom. Nur in Ausnahmefällen – meist wegen Illoyalität – verlor ein Vasall seinen Thron. Starb einer der Partner, wurde das Abkommen mit seinem Nachfolger neu geschlossen. (Diese Besonderheit eines persönlichen Vertrags zwischen den Herrschern hatte allerdings den Nachteil, dass ein Thronwechsel in Hattusa auch gern benutzt wurde, um die Vasallenschaft erst einmal aufzukündigen.) Wichtige Könige wurden durch Heiraten zusätzlich in die hethitische Herrschersippe eingebunden.

Genauso »modern« waren die Hethiter hinsichtlich der gesellschaftlichen Stellung der Frauen: Sie waren voll geschäftsfähig, verloren ihre Freiheit nicht, wenn sie beispielsweise einen Sklaven heirateten und agierten – sofern sie Königinnen waren – sogar als Mitregentinnen.

Ein weiteres Faszinosum ist das Rechtsverständnis. Die Hethiter waren nicht nur das erste Volk, das eine Art Verfassung kannte – in der die Thronfolge und Rechte und Pflichten des Königs bestimmt waren sowie ein Kontrollorgan über ihn festgeschrieben wurde –, sondern sie hatten auch für die damalige Zeit einzigartige Strafgesetze: Diese zielten auf Ersatz und Wiedergutmachung ab, nicht auf grausame Strafen. Ein Dieb etwa wurde nicht verstümmelt, wie das andernorts meist geschah, sondern er musste dem Geschädigten einen mehrfachen Wert dessen ersetzen, was er gestohlen hatte. Zusätzlich wurden auch noch die wirtschaftlichen Umstände des Täters berücksichtigt: Für einen gestohlenen Pflug musste ein Freier sechs Sekel Silber bezahlen, ein Unfreier nur drei Sekel.

Die Todesstrafe konnte – nach der Überführung des Täters in einem geregelten Gerichtsverfahren – allein der König verhängen; sie war bereits um 1500 v. u. Z. nur noch wenigen, besonders schweren Tatbeständen vorbehalten (die Hethiter hatten damit ein Rechtsverständnis erreicht, an dem die Verfassung des deutschen Bundeslandes Hessen auch zu Beginn des 3. Jahrtausends u. Z. immer noch festhält – vgl. Artikel 21 derselben). Zu Hattusilis Zeit galt die Todesstrafe nicht einmal mehr für Mord.

Geradezu zukunftweisend verfuhren die Hethiter zudem bei materiellen Strafen, also Leistungen in Naturalien oder Edelmetallen: Diese kamen allein den Opfern zugute, der Staat und seine Rechtspflegeorgane erhielten davon keinen Anteil.

Falls ich meinen Lesern aber den Eindruck vermittelt habe, dass das Leben im Hethiter-Reich eitel Sonnenschein war, so muss ich eine gewichtige Einschränkung anbringen: Das Leben in der Hauptstadt Hattusa – damals eine der größten Städte der Welt – war sicherlich angenehm bis luxuriös, denn hier war der zentrale Verwaltungssitz, hier lebte die Elite der Eliten eines Riesenreichs. An der Spitze der Gesellschaft stand eine kreuz und quer miteinander verwandte und verschwägerte Hochadelssippe, die alle wichtigen Posten besetzte, im militärischen wie im zivilen Bereich. Vor allem auch die der Schreiber (und zwar aller, bis hin zum Schreiber-Schüler, der erst am Beginn seiner langen Ausbildung stand), auf die der König in besonderem Maß vertrauen musste, weil er selbst – genau wie seine Kollegen in den anderen Großreichen – die komplizierte Keilschrift wohl weder lesen noch schreiben konnte.

Walwaziti war, würde man heute sagen, so etwas wie Präsidentenberater, erster PR-Stratege, Leiter der Staatskanzlei und oberster Diplomat in einer Person. Ihn als Außenminister zu bezeichnen, wäre allerdings falsch. Diese Funktion hatte der sogenannte Oberste der Leibgarde inne, der nach heutigem Verständnis zusätzlich auch noch als Verteidigungsminister bezeichnet werden könnte. Abamuwa, der als Kommandant – im Gegensatz zum *Obersten* – der Leibgarde tatsächlich für den Schutz des Königs verantwortlich war, gehörte natürlich ebenfalls zum Kreis dieser Vertrauenspersonen und entstammte dem Hochadel.

Auch die Handwerker in der Hauptstadt, nicht zuletzt die Schmiede – Chefingenieure des technischen Fortschritts und Experten für die wichtigsten Tauschwaren –, sowie alle, die im Palast und in den Tempeln ihren Dienst versahen, waren keine einfachen Leute. Das erklärt zugleich, wieso die Figuren des Romans im »normalen« Leben innerhalb der Stadtmauern nicht ständig ein kompliziertes Protokoll befolgen müssen (das für offizielle Anlässe sowie außerhalb durchaus vorgeschrieben war, besonders, wenn der König die Residenz verließ).

Doch auch die Diener dieser Adelsschicht – im Roman etwa Nani oder Zuzuli – genossen gewiss ein angenehmes Leben. Im Gegensatz dazu gab es draußen im Land natürlich eine viel größere Zahl von Bauern, Hirten, Unfreien und auch

Sklaven, von deren persönlichem Schicksal wir so gut wie nichts wissen, weil sie den hethitischen Schreibern, die uns so viele Keilschrifttafeln hinterlassen haben, nur in Ausnahmefällen der Erwähnung wert waren. Aber wir können sicher sein, dass es ihnen bei weitem nicht so gut ging. Armut, Krankheit, Not und Elend dürften für die einfachen Leute dieselbe Rolle gespielt haben wie stets in der Weltgeschichte, von der ersten Sesshaftwerdung bis – im globalen Maßstab betrachtet – heute.

Von der Hauptstadt Hattusa, wie ich sie schildere, ist ziemlich viel erfunden. Nicht etwa die abenteuerliche Lage auf zwei Bergen – der eine eine Kuppe, der andere ein riesiges Amphitheater mit klippenartig herausragenden Felskanzeln, auf denen sich prächtige Bauten erhoben. Sie sind noch heute durch eine tief eingeschnittene Schlucht getrennt, die dieses Areal verteidigungstechnisch gesehen zu einem der weltweit ungewöhnlichsten Orte für eine Hauptstadt machte. Man weiß nicht, was, aber *irgendetwas* war den Hethitern an dieser Schlucht so wichtig – vielleicht heilig? –, dass sie sie unbedingt innerhalb der Stadtmauern haben wollten. Nein, den grandios-verrückten Anblick, den diese Stadt einst geboten haben muss, habe ich nicht erfunden, auch nicht die im Roman vorkommenden Mauern, Tore, Paläste, Tempel, Kultstätten und sogar Teiche – selbst die »Mittagsteiche« nicht –, wohl aber viele der kleineren Häuser und Gassen (allerdings nicht das Haus von Walwaziti und Adduwa in der Nordstadt!); denn von der ungeheuren Fläche haben die Archäologen – die äußerst langsam arbeiten müssen, wenn sie nicht wichtige Funde *vor* der Entdeckung zerstören wollen – erst einen kleinen Bruchteil ausgegraben. Im Plan in der hinteren Klappe ist eingezeichnet, was sie bis heute gefunden haben.

Kennern der Materie fällt vielleicht auf, dass ich die Oberstadt im Süden, die in der Fachliteratur erst Hattusilis Nachfolger Tudhalija beziehungsweise seinem Enkel Suppiluliuma II. zugeschrieben wird, bereits zum Zeitpunkt des Romans existieren lasse. Ich denke, das ist legitim: Schon immer wurde bezweifelt, ob der gewaltige Ausbau der Stadt auf das Doppelte allein der Regierungszeit zweier Könige zugeordnet werden kann – zumal es in der Spätphase noch zu einschneidenden Änderungen kam, ehe Hattusas Paläste geheimnisvollerweise nahezu besenrein verlassen wurden. Viel logischer erscheint mir, dass der Ausbau erfolgte, nachdem die Hauptstadt wieder von Tarhuntassa nach Hattusa zurückverlegt wurde. Neueste Datierungen bei den Ausgrabungen in Sarissa (Kuşaklı) deuten sogar darauf hin, dass dieser prächtige Ausbau noch früher begann.

Gleichfalls erfinden musste ich Benennungen für die einzelnen Örtlichkeiten innerhalb der Stadt. In den Texten belegt ist einzig das Tawinija-Tor – ironischerweise besagt das aber nichts über seine Lage, denn es ist nicht bekannt, wo die namengebende Stadt lag. Die hethitische Geografie gibt immer noch zahllose Rätsel auf. Manche Forscher identifizieren so Tawinija mit dem antiken Tavium, während andere an dieser Stelle Arinna, die Heimat der Sonnengöttin, vermuten.

Obwohl sie im Rahmen des Torfests durchaus im Mittelpunkt steht, kann in einem Roman wie diesem die Religion und vor allem die Religiosität der Hethiter nicht erschöpfend vermittelt werden. Die Bezeichnung »Tausend Götter des Landes Hattusa« ist keine Übertreibung: So groß war der Götterhimmel tatsächlich. Allerdings darf man sich dabei nicht vorstellen, dass den Hethitern auferlegt war, auf Schritt und Tritt dem Kult aller dieser Götter nachzukommen (dagegen spricht auch eine einfache pragmatische Überlegung: Wäre das so gewesen, hätten sie kaum eine effiziente weltliche Verwaltung auf die Beine stellen können). Doch zweifellos spielte die Religion eine wichtige Rolle im täglichen Leben. Interessant ist dabei, neben vielen anderen, vor allem ein Aspekt: Auch im Himmel herrschte eine Hierarchie; sehr oft wandte man sich an »niedere« Gottheiten, damit sie die Bitten der Menschen an die höchsten Götter weiterleiteten – nicht viel anders als heutzutage Heilige um Fürsprache gebeten werden.

Faszinierend ist die Toleranz, mit der fremde Götter »aufgenommen« (vor allem sie haben maßgeblich zur immensen Zahl des Pantheons beigetragen) und bereitwillig verehrt wurden – und zwar in der ihnen angestammten Sprache, dem Idiom ihres Herkunftslandes.

Kein Gott war dagegen der hethitische König (das wurde er, anders als die Herrscher in Assyrien oder am Nil, erst nach seinem Tod, und auch nur im eher bescheidenen Rahmen des Ahnenkults). Er hatte zwar ein besonderes Verhältnis zu den Göttern und fungierte zusammen mit der Königin als wichtigster Priester, aber er galt weiterhin als Sterblicher. Das Land mit allen seinen Geschöpfen blieb Eigentum des Wettergotts. Die Aufgabe des Königs war, das Land nach bestem Vermögen zu verwalten und dessen Reichtum zu mehren. Dabei galt er weder als unfehlbar noch als irdischer Stellvertreter des obersten Gottes. Im Gegenteil, der König räumte seine Irrtümer und Fehlgriffe in seinem jährlichen Rechenschaftsbericht an die Götter auch ohne größere Umschweife ein. Natürlich versuchte er dabei gewiss auch so manches Mal, die Dinge ein bisschen besser darzustellen – aber glatte Lügen oder Verkehrungen der Tatsachen wären sinnlos gewesen: Die Götter wussten ja sowieso, was geschehen war.

Diesem Umstand verdanken wir ein verhältnismäßig objektives Wissen über die hethitische Geschichte und vor allem so manchen Einblick in die Nöte, Freuden, Ängste, Hoffnungen – und menschlichen Eitelkeiten – der Hethiter. Beides machte diesen Roman überhaupt erst möglich.

Danksagungen

Im Interesse eines möglichst hohen Grades an Authentizität habe ich neben der unten genannten Literatur zahlreiche andere Werke hinzugezogen und vor allem Fachwissenschaftler um Auskunft, Rat und Hilfe gebeten. Ihnen allen möchte ich hier ganz herzlich danken, dass sie mir so bereitwillig Unterstützung gewährten.

An erster Stelle und in besonderem Maß gilt dieser Dank Jürgen Seeher und Aişe Baykal-Seeher, die die Ausgrabungen in Hattusa leiten, sowie Frank Starke, der in Tübingen lehrt. Insbesondere sie haben mich ständig mit neuesten Forschungsergebnissen versorgt, umgehend jede noch so detaillierte Frage beantwortet, mich auf Veröffentlichungen und Quellen hingewiesen und mich immer wieder an ihrem umfangreichen Wissen teilhaben lassen. Dies betraf auch Unveröffentlichtes – so dass in diesen Roman Erkenntnisse einfließen konnten, die noch nicht einmal in der Fachwelt verbreitet sind.

Für ihre Hilfsbereitschaft, Informationen und Ermutigung möchte ich auch ausdrücklich danken: Hans P. Birk, der die Daten der neuen Vermessungen in Hattusa zur Verfügung gestellt hat, Hermann Genz (Universität Marburg), der unter anderem den Plot gerettet hat, Theo van den Hout (University of Chicago), der neben vielem weiterem zu den Rezepten beigetragen hat, die Hermann Feuersee für mich ausprobiert und aufgeschrieben hat, und Ada Taggar-Cohen (Ben-Gurion-Universität in Beer Sheva), der nicht zuletzt Abamuwa sein Dasein verdankt. Wertvolle Hinweise habe ich auch Andreas Hauptmann (Ruhruniversität Bochum) und Andreas Müller-Karpe (Grabungsleiter in Kuşaklı-Sarissa) sowie Dorle Eberwein, Thomas Landenberger, Christa Mertz, Uli Spalthoff und meinen Lektorinnen Ulrike Ostermeyer und Svenja Geithner zu verdanken.

Genauso möchte ich mich bei meinem Arbeits- und Lebenspartner Hartmut Schickert bedanken. Er weiß selbst am besten, wie sehr er sich für das Projekt engagiert und wie viel Zeit er dafür geopfert hat. Doch ich denke, er hat es nicht bereut; er hat zu dem, was er bereits wusste, noch vieles mehr über die Hethiter erfahren – und ein paar neue Freunde gefunden: So manchen Abend haben wir über die Romanfiguren wie über gute alte Bekannte gesprochen.

Rezepte

Hammel nach Art der Königin Puduhepa (vereinfacht)
1 kg Hackfleisch vom Lamm mit Saft und Kernen von 2 Granatäpfeln (Kerne weglassen, wenn man sie nicht mag!), 2 EL Semmelbröseln, 2 Eiern, ¼ TL kleingehackten Rosmarin-Nadeln und Salz sowie durchgepresstem Knoblauch nach Geschmack gründlich vermischen. Die Masse in eine gefettete Kastenform passender Größe füllen, mit Speckscheiben abdecken (wer kein Hammelfett mag, nimmt Schweinespeck) und im vorgeheizten Ofen bei 200 °C rund 1 Std. braten. Dazu passen Dinkel- oder Weizenvollkornbrot, vielleicht mit Nüssen, und ein trockener Rotwein.

Torfest-Honigbrote
400–500 g Dörrobst (Äpfel, Birnen, Aprikosen, Pflaumen, Feigen, Rosinen) ein paar Stunden in etwas Weißwein einweichen. Gut abtropfen lassen, dabei die Einweichflüssigkeit auffangen, und feinhacken.

500 g Roggen-Vollkornmehl und 250 g Weizen-Vollkornmehl, beides zimmerwarm, in eine Schüssel sieben und eine Vertiefung hineindrücken. ½ Würfel Hefe hineinbröckeln und mit 1 TL Honig, ½ Tasse handwarmem Wasser und etwas Mehl vom Rand zu einem halbflüssigen Vorteig verrühren. Zugedeckt gehen lassen, bis der Vorteig schäumt und hochgestiegen ist (10–20 Minuten). 1 Beutel Flüssig-Sauerteig, ebenfalls zimmerwarm, hinzugeben, 2 TL Salz und je

¼ TL Anis und Koriander, beides gemahlen, auf das Mehl streuen und unter Zugabe von ¼–½ l Wasser (die Einweichflüssigkeit vom Obst mitverwenden) zu einem recht zähen Teig kneten, dabei nach und nach 150 g Honig und das gehackte Dörrobst einarbeiten. Zugedeckt an einem warmen Ort gehen lassen (braucht länger als reiner Hefeteig), bis der Teig hoch aufgestiegen ist. Nochmals gut durchkneten, eventuell etwas mehr Mehl zugeben, falls der Teig zu sehr an den Händen klebt.

Auf einem mit Backpapier belegten Blech aus dem Teig flache Fladen von ca. 12 cm Durchmesser formen und die Oberfläche mit einem in kaltes Wasser getauchten Löffelrücken glätten; aus abgezogenen, halbierten Mandeln sowie Mandelstiften auf jeden Fladen das Zeichen für »Tor« (s. unten) legen und leicht eindrücken. Nochmals mit Wasser bestreichen und im vorgeheizten Backofen 5 Min. bei 220 °C, dann noch 15 Min. bei 160° backen. (Garprobe: An einem hineingesteckten Zahnstocher dürfen keine Teigreste mehr haften.)

Die Brote schmecken pur, aber auch aufgeschnitten mit Butter, Honig oder Marmelade; die Autorin des Buches bevorzugt – welch Anachronismus! – Nutella …

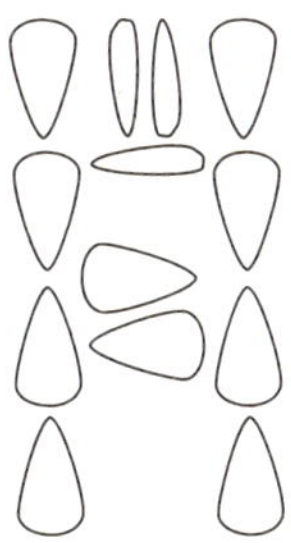

Die luwische Hieroglyphe für Tor, wie sie in Hattusa am Löwentor eingemeißelt ist. Ein hethitischer Bäcker hätte sie auf einem Brot wahrscheinlich erhaben aus kleinen Teigwülsten geformt. Einfacher – und nicht anachronistisch, denn sie waren längst verbreitet – ist die Verwendung von Mandeln nach dem Schema rechts daneben.

Literaturauswahl

Assmann, Jan: *Ägypten. Eine Sinngeschichte.* München: Hanser 1996.

Beckman, Gary: *Hittite Diplomatic Texts.* Atlanta, Georgia: Scholars Press 1996.

Bittel, Kurt: *Die Hethiter.* München: Beck 1976.

Brandau, Birgit, und Hartmut Schickert: *Hethiter. Die unbekannte Weltmacht.* München: Piper 2001. *Darin ist auch eine ausführliche Literaturliste enthalten.*

Bryce, Trevor: *The Kingdom of the Hittites.* Oxford: Clarendon Press 1998.

Desroches Noblecourt, Christiane: *Ramses – Sonne Ägyptens. Die wahre Geschichte.* Bergisch Gladbach: Bastei Lübbe 1999.

Edel, Elmar (Hg.): *Die ägyptisch-hethitische Korrespondenz aus Boghazköi in babylonischer und hethitischer Sprache.* 2 Bände. Opladen: Westdeutscher Verlag 1994.

Gurney, O. R.: *The Hittites.* Erw. Ausgabe. London, New York: Penguin 1990.

Güterbock, Hans G., und Theo P. J. van den Hout: *The Hittite Instruction for the Royal Bodyguard.* Chicago: The Oriental Institute of the University of Chicago 1991.

Haas, Volkert: *Geschichte der hethitischen Religion.* Leiden, New York, Köln: E. J. Brill 1994.

Haase, Richard: *Texte zum hethitischen Recht.* Wiesbaden: Dr. Ludwig Reichert 1984.

Hoffner, Harry A., jr.: *Alimenta Hethaeorum. Food Production in Hittite Asia Minor.* New Haven, Connecticut: American Oriental Society 1974.

Hout, Theo P. J. van den: »Der Falke und das Kücken: der neue Pharao und der hethitische Prinz?«. In: *Zeitschrift für Assyriologie* Bd. 84. Berlin, New York: de Gruyter 1994.

Hout, Theo P. J. van den: *Der Ulmitešub-Vertrag. Eine prosopographische Untersuchung.* Studien zu den Boğazköy-Texten Heft 38. Wiesbaden: Harrassowitz 1995.

Hout, Theo P. J. van den: »Twee- tot driemaal daags. Eten en eetgewoontes bij de Hettieten«. In: *Phoenix* 43,2. Leiden: Ex Oriente Lux 1997.

Jacq, Christian: *Die Ägypterinnen.* Düsseldorf, Zürich: Artemis & Winkler 1998.

Klengel, Horst: *Geschichte und Kultur Altsyriens.* Leipzig: Koehler & Amelang 1967.

Klengel, Horst: *Geschichte des hethitischen Reiches.* Leiden, Boston, Köln: Brill 1999.

Macqueen, J. G.: *The Hittites and their contemporaries in Asia Minor.* Revidierte Ausgabe. London: Thames and Hudson 1986.

Müller-Karpe, Hermann: *Frauen des 13. Jahrhunderts v. Chr.* Mainz: Philipp von Zabern 1985.

Neve, Peter: *Hattuscha-Information.* Istanbul: Typoskripte des Deutschen Archäologischen Instituts. Istanbul 1985.

Neve, Peter: *Ḫattuša. Stadt der Götter und Tempel. Neue Ausgrabungen in der Hauptstadt der Hethiter.* Erw. Aufl. Mainz: Philipp von Zabern 1996.

Otten, Heinrich: *Puduḫepa. Eine hethitische Königin in ihren Textzeugnissen.* Akademie der Wissenschaften und der Literatur, Mainz. Wiesbaden: Franz Steiner 1975.

Otten, Heinrich: *Die Apologie [»Rechtfertigung«] Hattusilis III.* Studien zu den Boğazköy-Texten Heft 24. Wiesbaden: Otto Harrassowitz 1981.

Pritchard, James B. (Hg.): *Ancient Near Eastern Texts.* Princetown, New Jersey: Princetown University Press 1969.

Reallexikon der Assyriologie. Berlin 1928 ff.

Seeher, Jürgen: »Die Ausgrabungen in Boğazköy-Ḫattuša 1996, 1997, 1998«. In: *Archäologischer Anzeiger* 1997, 1998 und 1999.

Seeher, Jürgen: *Hattuscha-Führer. Ein Tag in der hethitischen Hauptstadt.* Ege Yayınları: Istanbul 1999.

Seeher, Jürgen: Aktuelle Forschungsberichte unter *www.hattuscha.de.* 2001

Singer, Itamar: *The Hittite* KI.LAM *Festival. Part One.* Studien zu den Boğazköy-Texten Heft 27. Wiesbaden: Otto Harrassowitz 1983.

Starke, Frank: *Ausbildung und Training von Streitwagenpferden. Eine hippologisch orientierte Interpretation des Kikkuli-Textes.* Studien zu den Boğazköy-Texten Heft 41. Wiesbaden: Harrassowitz 1995.

Starke, Frank: Seminarunterlagen Sommersemester 1998 und Wintersemester 1998/99, Universität Tübingen.

Taracha, Piotr: »Was gab man dem hethitischen König zu essen? Betrachtungen zur hethitischen Küche.« In: S. Alp und A. Süel: *III. Uluslararası Hititoloji Kongresi Bildirileri.* Ankara 1998.

Ünal, Ahmet: *Ḫattušili III.* Heidelberg: Carl Winter 1974.

Werner, Rudolf: *Hethitische Gerichtsprotokolle.* Studien zu den Boğazköy-Texten Heft 4. Wiesbaden: Otto Harrassowitz 1967.

Abbildungen

Der Abdruck unter den Kapiteltiteln zeigt das gemeinsame Siegel von Hattusili III. und Königin Puduhepa. Unter der Flügelsonne, dem Zeichen für Majestät (»Meine Sonne«), stehen von links die luwischen Hieroglyphen für: Großkönig (spitzes Dreieck mit gekreuzten Linien und »Kringel« darüber), Hattusili (die drei auseinanderstrebenden Linien mit dolchartigem Keil), vier Zeichen für die Silben des Namens Puduhepa (untereinander) und Großkönigin (der Frauenkopf mit »Kringel«). Der Keilschriftring außen besagt: »Siegel des Hattusili, des Großkönigs«. Nach: H. G. Güterbock und R. M. Boehmer: *Glyptik aus dem Stadtgebiet von Boğazköy.* Berlin 1987.

Das Keilschriftzeichen zwischen den einzelnen Absätzen ist das Zeichen für KI.LAM, das ich mit »Torfest« übersetzt habe. Nach: C. Rüster und E. Neu: *Hethitisches Zeichenlexikon.*

Inventar und Interpretation der Keilschriftzeichen aus den Boğazköy-Texten. Wiesbaden 1989.

Die Hieroglyphe für Tor, die unter dem Rezept für die »Torfest-Honigbrote« abgebildet ist, wurde am Löwentor in Hattusa gefunden. Umzeichnung in: J. Seeher: *Hattuscha-Führer.* Istanbul 1999.

Maße und Gewichte

1 Finger = 2 cm
1 Handbreit = 8 cm
1 Elle (hethitisch Gebessar) = 0,5 m
(Da die Forschung sich über diese Größe uneins ist, habe ich von den vorgeschlagenen jenen Wert gewählt, der für heutige Leser am bequemsten umzurechnen ist; die zugrundeliegenden Angaben – Höhen, Größen von Bauwerken, Entfernungen – beruhen sowieso auf modernen Messungen)
1 Feld = 30 Ellen = 15 m
1 Meile = 100 Feld = 1500 m
1 Mine = 40 Sekel à 12 g = 480 g

Die Zeitangabe v.u.Z. bedeutet vor unserer Zeitrechnung und ist das »religionsneutrale« Äquivalent von v. Chr., 1265 v.u.Z. bezeichnet also dasselbe Jahr wie 1265 v. Chr.

Ein Verzeichnis der handelnden und genannten Personen befindet sich in der hinteren Klappe.

Zeittafel des Großreichs

Hethiter-Reich	Ägypten
Suppiluliuma I. 1355–1320 *begründet das Großreich*	Echnaton 1351–1334 *kapselt Ägypten ab*
	Tutanchamun 1333–1323 *und* Eje 1323–1319 *stoßen bis Nordsyrien vor; erste Kämpfe mit den Hethitern*
Arnuwanda II. 1320–1318 Mursili II. 1318–1290 *20 Jahre lang wütet eine Seuche im Reich* Muwattalli II. 1290–1272	Haremhab 1319–1292 Ramses I. 1292–1290 Sethos I. 1290–1279 Ramses II. 1279–1213 *fordert die Hethiter heraus*

12. Mai 1274: *Schlacht von Kadesch (Nordsyrien)*

Urhitesub (Mursili III.) 1272–1266 Hattusili III. 1266–1236 *setzt Urhitesub ab und bringt das Reich zu größter Blüte*	

November 1259: *Friedensvertrag zwischen dem Hethiter-Reich und Ägypten*

1245: *Eine Hethiter-Prinzessin heiratet Ramses II.*

Tudhalija IV. 1236–1215	
1220: *Interregnum* Kuruntas von Tarhuntassa	
Arnuwanda III. 1215	
Suppiluliuma II. 1214–1190 *Ende des hethitischen Großreichs, Untergang Hattusas*	Merenptah 1213–1203

Assyrien	**Babylonien**
Assur-Ubalit 1353–1318	Burnaburias II. 1361–1333
Enlil-Nirari 1318–1308	
Adad-Nirari 1296–1264 *besiegt Mittanni, den Pufferstaat zwischen Assyrien und Hattusa;*	
	Kadasman-Turgu 1276–1258 *erkennt zunächst Hattusili III. nicht an*
Salmanassar I. 1264–1234 *ist auf weitere Eroberungen aus, greift aber nicht Hattusili III. an*	Kadasman-Enlil II. 1258–1249 *nimmt diplomatischen Kontakt zu Ägypten auf, wird von Hattusili III. an bestehende Verträge erinnert* Kudur-Enlil II. 1249–1240
Tukulti-Ninurta I. 1233–1197	Kastilias IV. 1232–1224